Lev Nikolayevich Tolstoy

톨스토이 작품집

레프 톨스토이 지음 / 김진욱 옮김

국립중앙도서관 출판예정도서목록(CIP)

톨스토이 작품집 / 지은이 : 톨스토이 / 옮긴이 : 김진욱.
-- 파주 : 범우, 2017
  p. ;   cm

원저자명: Лев Николаевич Толстой
연보수록
영어로 번역된 러시아어 원작을 한국어로 중역
ISBN 978-89-6365-163-7 04840 : ₩9000
ISBN 978-89-6365-161-3 (세트) 04080

러시아 소설[--小說]

892.83-KDC6
891.733-DDC23   CIP2017008007

차 례

이 책을 읽는 분에게

　도스토예프스키와 더불어 러시아 고전 문학의 거봉巨峰인 레프 니콜라예비치 톨스토이Lev Nikolaevich Tolstoi는, 1828년 8월 28일에 제정帝政 러시아의 유서 깊은 명문 귀족 집안에서 태어났다. 그의 출생지인 야스나야 폴랴나는 톨스토이 애독자에게는 성지聖地와도 같은 곳이며, 현재도 톨스토이를 기리며 이곳을 방문하는 사람들의 발길이 끊이지 않고 있다.

　톨스토이는 15세 때까지 그곳에서 지냈는데, 그 동안에 2세 때에 어머니를, 9세 때에는 아버지를 여의었다. 그 후에는 먼 친척인 타치야나와 알렉산드라라는 두 부인에 의해 양육되었다. 타치야나는 '사랑하는 일의 행복'과 '꾸밈없는 조용한 생활의 아름다움'을 톨스토이에게 가르쳐 그의 생애에 큰 영향을 미쳤고, 알렉산드라는 그의 어린 영혼에 신앙심을 심어 주었다고 전해진다. 어린 나이에 부모를 잃은 톨스토이는 고독하고 내성적인 나날을 보내게 되는데, 일찍부터 성인 세계의 부정不正을 감지하여 의혹의 눈길을 보내며 인생의 문제를 진지하게 생각하는 소년으로 성장하였다.

　그는 15세 때에 카잔 대학에 입학하여 처음 2년 동안은 동양어학과에서, 진급 시험에 낙제한 후에는 법학과에서 2년의 대학 생활을 보냈지만, 자신이 공부에 열중하지 않은 일은 생각지 않고 '대학은 학문의 무덤'이라 단정하여 1847년에 자퇴自退하고 말았다. 그 후 농업경영에 전력하기로 결심하고, 자신이 상속받게 되어 있던 영지領地인 야스나야 폴라나로 돌아갔다. 그의 나이 19세 때였다. 이후 4년간의 농촌 생활은 <지주地主의 아침>1856에 상세히 그려져 있다.

하지만 너무 일찍 현실의 벽에 부딪쳐 자신의 이상理想이 맥없이 무너져 버렸음을 알고 또한 자신의 행동에서 허위의 냄새를 맡은 톨스토이는, 절망과 자기혐오에 빠져 술과 여자와 도박으로 도피하게 된다. 이것은 그의 생애에서 최초의 위기였다. 1852년에 그는 이러한 생활을 단념하고 군대 복무를 지원하여, 레르몬토프와 인연이 있는 고장인 카프카즈에서 군무軍務에 종사하게 되었다. 평원平原뿐인 중앙 러시아에서는 꿈에도 생각할 수 없는, 높은 산악으로 둘러싸인 카프카즈의 대자연은 톨스토이를 부활시키고 오랫동안 잊고 지냈던 신神의 존재에 다시금 눈을 돌리게 하였다.

1853년에 크림 전쟁이 시작되자 혈기 왕성한 톨스토이는 곧 도나우 군軍에의 전속을 지원하여, 1854년 11월부터 이듬해 8월에 걸친 유명한 세바스토폴리 포위전包圍戰에 참가, 성城을 지키는 데 따르는 온갖 괴로움과 전투의 처절함을 경험하게 되었다. 이 전투에서 죽음과 대결하고 있는 동안에 그는 계시啓示에 의해 자기 생애의 목적을 뚜렷이 파악하게 되었다. 그것은 기독교에 의한 온 인류의 합일合一이라는 꿈이었지만, 시기는 아직 무르익어 있지 않았다.

전쟁이 끝난 후의 수년 동안은 세바스토폴리 전투의 용사로서 또 신진 작가로서 두 도시에서 방탕한 생활을 보내고 몇 차례의 외국 여행도 즐겼지만, 그는 항상 고향에 대한 그리움을 강하게 느꼈고 지주地主로서 거기에 정착하여 새로운 생활을 개척하려는 희망을 버리지 않았다.

그의 이러한 희망은 34세 때인 1862년에 실현되었는데, 그로부터 약 50년 동안, 몇 차례의 여행을 제외하고는 고향을 떠나지 않았다.

결혼하여 조상 대대로 물려온 영지領地에 틀어박힌 톨스토이는 지주로서의 농촌 생활을 진심으로 사랑하고, 도시 지식인들과의 교제를 피하며 영지의 경영과 창작 활동에 전념했다. 그가 자신의 작가로서의 천분天分을 자각한 때는 카프카즈 시절이며, 당시 그는 처녀작 <유년시대幼年時代>를 써서 《현대인》지誌에 익명으로 발표했다.

<유년시대>는 그 속편인 <소년시대>, <청년시대>와 함께 톨스토이 자전自傳 소설의 3부작을 이루는데, 같은 의미에서 그의 초기의 작품, 이를테면 <세바스토폴리 이야기>, <지주의 아침>, <카자흐 사람들> 따위도 이 작가의 내면 생활을 묘사한 자전적 소설이라 할 수 있을 것이다. 톨스토이는 몇 번이나 자신은 작가가 아니라고 말하고 문학 이외의 훨씬 중요한 목적을 품고 있음을 암시했으며, 마침내는 그때까지의 자신의 작품을 모두 부정하게 되었지만, 그러나 역시 그는 타고난 작가였다. 펜을 잡는 일이야말로 그

의 천직天職이었고 또 실제로 그는 죽음에 이르기까지 펜을 놓지 않았다.

러시아 귀족의 명문名門에서 태어난 톨스토이는 당시 러시아 일반 사회, 특히 농민의 비참한 생활을 목격하곤 언제나 양심의 가책을 받아 번민했으며, 특권을 가진 귀족 지주는 불우한 일반 대중에게 그 대가를 지불할 의무가 있다고 생각했다. 그러기 위해서는 무엇보다도 먼저 농민의 생활을 향상시킬 필요가 있다고 생각한 그는, 자신의 영지에 농민을 위한 학교를 창설하고 교과서까지 스스로 만들어 교육에 진력했으며, 농민 해방 운동에도 협력을 아끼지 않았다.

《안나 카레니나》집필 중에 세 아이와 예의 두 친척아주머니를 잃은 톨스토이는 인생의 의미를 진지하게 생각하게 되어, '예술은 인생의 거울이다. 인생이 의미를 가질 수 없게 되었을 때, 이미 거울의 유희遊戲는 흥미를 끌지 못한다'고 하여 마침내 예술을 포기하기에 이르렀다. 하지만 철학이나 과학도 삶과 죽음의 문제에 해답을 내려주지 못했다. 톨스토이는 절망하고 괴로워했다. 그러한 그에게 구원의 손을 뻗쳐 절망으로부터 그를 다시 소생시켜 준 것은, 민중의 소박한 신앙 —— 자신을 위해서가 아니라 하느님을 위해 살아간다는—— 이었다.

1870년대 말부터 1880년대에 걸쳐 일어난 톨스토이의 전기轉機는, 《안나 카레니나》의 주인공 중 한 사람인 레빈, 즉 톨스토이 자신에 의해 일찍부터 예언되었다. 그는 3년 동안 열심히 교회에 다니며 어떻게든 경건한 기독교도가 되려고 노력했지만, 인습因習에 젖은 러시아 정교회라는 벽이 그러한 그의 앞을 가로막고 있었다. 사형 제도와 전쟁을 공공연히 긍정하고 다른 종파에 증오의 눈길을 보내는 러시아 정교회의 실태를, 그의 이성理性은 도저히 용납할 수 없었던 것이다.

마침내 구원받을 길 없는 러시아 정교회와 완전히 손을 끊고 복음서의 연구에 몰두한 톨스토이는, 그 성과를 <교의신학비판敎義神學批判>, <4복음서의 요약 색인과 번역>, <우리는 무슨 일을 해야 할 것인가>, <요약 복음서> 등의 종교적 논문으로 정리하였다. 그리고 그 집대성集大成이 《나의 신앙》이고, 거기에 이르는 영혼의 고뇌를 기록한 것이 《참회록》이었다. 톨스토이는 철학이나 과학에는 인류를 이끌 힘이 없다고 생각하고, 모든 인간은 자신들로서는 이해할 수 없는 존재, 즉 '하느님'을 위해 살아가야 한다는 결론을 내리게 된 것이다.

이른바 톨스토이이즘의 기본이 되어 있는 것은 '산상山上의 수훈垂訓'이며, 그는 노여워해서는 안 된다, 간음해서는 안 된다, 맹세해서는 안 된다, 악으로써 악에 대항해서는 안 된다, 어떠한 사람의 적도 되어서는 안 된다는 가르침 톨스토이는 이를 다섯 가지의 계율五戒律이라 부르고 있다 은 결국 '하느님을 사랑하고, 또 자신의 이웃을 자기 자신처럼 사랑하라'는 말로 요약된다고 말하고 있다.

인간의 이성理性은 하느님으로부터 부여받은, 진리를 알기 위한 유일한 수단이고 또 인간의 유일한 이성적 활동은 사랑이라는, 복음서에 의거한 톨스토이의 독자적인 교의敎義는, 전 세계 지식인들의 마음에 깊은 감명을 주었으며, 그중 '악에 대항하지 말라'는 주장은 인도의 간디에 의해 계승되었다.

톨스토이는 문학이나 예술은 무의미하다고 선언하고, 그 전기轉機 이후로 도덕적·종교적인 평론이나 논문의 집필 쪽으로 관심을 돌리게 되었지만, 그래도 끊기 어려운 욕구에 이끌리어 소설 쓰는 일을 계속하였다. 자신의 손자가 《안나 카레니나》를 읽고 있는 걸 보고 "왜 좀더 유익한 책을 읽지 않고, 그런 쓸모없는 책을 읽느냐"고 말한 톨스토이는, 종교 활동에 유익한 작품을 쓰겠다는 구실로 1886년에는 <이반 일리이치의 죽음>을, 1889년에는 《크로이체르 소나타》를, 그리고 1899년에는 《부활》을 발표하였다. 그는 역시 본질적으로는 뭐니 뭐니 해도 작가였던 것이다.

1882년에 모스크바 시세市勢 조사에 참가해 빈민굴을 시찰하게 된 톨스토이는, 농촌뿐만 아니라 이곳에서도 가난한 시민들이 지옥 같은 생활에 시달리고 있는 것을 보고 격분하여, 그 악의 원인이 그것을 허용하고 있는 국가 권력에 있음을 폭로하고 그 악을 조장시키고 있는 특권 계급이나 국가, 교회, 과학, 문명에 공공연히 도전하겠다고 선언하였다. 그러기 위해서는, 그러한 악에 가담하기를 거부하고 금전과 토지의 사유私有를 포기하며, 악의 근원인 국가에 봉사하지 않고 사랑과 근로와 자기 희생적 생활을 하는 것이 무엇보다도 중요하다고 생각하였다. 이러한 사상을 넓히는 수단으로서 그는 <바보 이반>, <사랑이 있는 곳에 하느님은 계신다>, <인간에게 많은 땅이 필요한가>, <촛불>, <사람은 무엇으로 사는가>, <두 노인> 등의 훌륭한 단편短篇을 발표하였다.

하지만 톨스토이가 종교적인 평론을 쓰거나 복음서 연구에 몰두하고 있을 동안은 아직 참고 있던 부인이나 아이들도, 그가 귀족 지주의 생활양식을 버리고 농민과 같은 생활을 시작하자 그에게 등을 돌리고 말았다. 이전에는 가정적인 사랑으로 《전쟁과 평화》나 《안나 카레니나》 집필을 도와 준 부인 소피아도, 이제는 혐오감을 안겨 줄 뿐이었다. 톨스토이는 고독했다. 어린 시절의 추억이 서린 야스나야 폴랴나도 그에게는 더 이상 안주安住의 땅일 수 없었다. 부부의 반목은 날이 갈수록 격화되어 갔다.

《부활》에 묘사된 감옥 내의 예배당 장면을 문제 삼은 러시아 정교회에 의해 정식으로 교회로부터 파문破門을 선고받았을 때, 톨스토이의 노여움은 최고조에 달했다. 그는 항상 '악에 대항하지 말라'고 주장했지만, 실제로는 그 자신이당시의 러시아의 악과 싸우고 있었던 것이다. '악에 대항하지 말라'는 가르침의 가장 충실한 사도使徒였던 톨스토이가 러시아 혁명의 가장 강력한 추진자이며 선구자가 된 비밀이 여기에 숨어 있다. 가정 안에서는 고립되고 정부로부터는 위험인물로 백안시당하게 된 톨스토이는, 모든 것을 버리고 혼자가 되는 데서 최후의 해결책을 구하였다. 그는 1910년 10월 29일 아침, "생애의 마지막 며칠 동안을 고독과 정적 속에서 지내고 싶다"는 글이 쓰인 쪽지를 남기고 몰래 집을 나와 방랑길에 올랐다. 가출家出의 비밀을 알고 있던 사람은, 가족 중의 유일한 이해자理解者였던 장녀 알렉산드라와 친구인 의사뿐이었다.

이윽고 톨스토이가 랴잔 — 우랄선線의 조그마한 간이역인 한랭한 아스타포보 역에서 폐렴으로 쓰러졌다는 뉴스가 온 세계를 놀라게 하였다. 1901년에도 며칠 동안 가출했던 적이 있는 톨스토이는, 이리하여 마침내 그 처절한 바람을 이룬 것이다. 며칠 후에 질환이 급변하여 그는 마침내 불귀不歸의 객客이 되었다. "지상에는 수백만 명의 사람들이 괴로워하고 있다, 그런데 왜 당신들은 나 한 사람의 일에만 구애되는가?"라고 불만을 나타내고, "진리를…… 나는 정말 사랑한다…… 왜 사람들은……"이라고 한 것이 그의 마지막 말이었다고 전해지고 있다. 1910년 11월 7일 신력新曆으로는 11월 20일의 일이다.

그의 유체遺體는 82년의 생애 대부분을 보낸 회상의 땅인 야스나야 폴랴나의 조용한 숲 속에 장방형으로 마련된, 묘비도 없는 무덤 속에 조용히 잠들어 있다.

톨스토이의 생활 원칙은 루소의 '자연으로 돌아가라!'는 사상이며, 원시적이며 간소한 생활이야말로 최상의 것이라 하여, 도시 문명과 결부되는 모든 것을 배척하였다. 톨스토이의 마음을 끌어당긴

것은 '자연인自然人'의 생활이며, 그가 동경한 것은 어머니인 대지大地에 직결되는 생활이었다.

이 신조信條는 그의 생활뿐만 아니라 예술에도 통하는 것이었다. 톨스토이에 의하면 진정한 예술은, 첫째 인간의 생활에 기여하는 것이어야 하고, 둘째 오늘날 유행하고 있는 예술처럼 미美나 향락 추구를 목적으로 하는 것이 아니라 종교적 감정에 의거한 것이어야 하며, 셋째 하나의 국민이나 하나의 계급에만 적용되는 것이 아니라 널리 일반 대중에게도 이해되는 보편적인 것이어야 한다. 그러기 위해서는 우선 그 표현과 형식이 간소하고 단순 명료해야 했다. 그러한 의미에서 이 책에 수록된 네 편의 단편은 그 조건을 완전히 갖춘 것이라 할 수 있다.

러시아 고전 문학은 일반적으로 인생을 위한 문학, 교훈을 가진 문학으로 알려져 있다. 이 교훈적인 경향은 특히 톨스토이 문학에서 절정에 이르고 있다고 생각된다. 이러한 경향을 역겨워할 사람도 있겠지만, 이는 어쨌든 톨스토이 자신이 수십 년 동안의 정신적 고뇌 끝에 체득한 사랑의 복음이자 톨스토이 문학의 정수精髓이기도 하므로, 그 길이의 짧음에 관계없이 매우 중요한 의미를 갖는다고 할 수 있겠다.

19세기말의 톨스토이만큼 온 세계의 지식인들에게 커다란 영향을 미친 작가는 없으며, 그는 살아 있을 때부터 이미 신화적인 존재여서 모든 사람들이 그의 가르침에 귀를 기울였다 해도 지나친 말이 아니다. 광활한 러시아 대지의 아들에 걸맞게 반세기 이상이나 러시아 국민의 정신 생활의 중심이었고, 현재에 이르러서도 지구상의 많은 독자들로부터 사랑을 받고 있는 점은 참으로 경탄할 만한 일이다. 확실히 그는 지금도 우리 가슴 속에 살아 있다.

'여러분은 왜 나를 스승이라 부르는가? 나는 스승이 아니다. 죄罪에 있어서나 부활復活에 있어서나 나는 여러분의 형제다.'

옮긴이

Lev Nikolayevich Tolstoy

톨스토이 작품집

사랑이 있는 곳에 하느님은 계신다

어느 마을에 마틴 아브제이치라는 구두 수선공이 살고 있었다. 그가 살고 있는 방은 창문이 하나밖에 없는 작은 지하실이었다. 그 창문은 한길로 나 있어, 길을 걸어가는 사람의 모습이 유리를 통해 훤히 보였다. 하지만 보이는 건 발뿐이었다. 그러나 마틴 아브제이치는 신발만 봐도 그것이 누구인지를 금방 알 수 있었다. 그는 오래 전부터 이곳에 살고 있었으므로, 많은 사람들을 알고 있었다. 이 근방에서 그의 손을 한두 번 거쳐 가지 않은 신발은 거의 없을 정도였다. 구두창을 갈아주거나 가죽 조각을 데어 기워 준 것도 있고, 때로는 표면의 가죽을 몽땅 새것으로 갈아 준 것도 있었다. 그래서 그는 이따금 이 창문을 통해, 자신의 손을 거쳐 간 신발들과 마주치곤 했다.

일거리는 많았다. 왜냐하면 아브제이치는 일을 꼼꼼하게 하고 재료도 좋은 걸 사용하면서도 제 값만 받았고 약속은 반드시 지켰기 때문이다. 기한 내에 끝내 줄 수 있을 것 같으면 일을 맡지만 그렇지 않을 경우에는 경솔히 떠맡지 않고, 끝낼 수 없다고 분명히 미리 말해주는 것이었다. 그래서 사람들은 모두 아브제이치에 대해 잘 알고 있었으며, 그 때문에 그에게는 일이 끊이지 않았다. 아브제이치는 그때 까지만 해도 그저 순박한 사람이었다.

그러나 점차 늘그막으로 접어들면서 그는 자신의 영혼에 대해 이전보다 더 많이 생각하게 되었으며 하느님과 더욱 가까워졌다. 마틴이 이전 장인匠人 밑에서 도제수업徒弟授業을 받고 있을 때에, 그의 아내는 세살 먹은 사내아이 하나를 남기고 죽었다. 다른 아이들은 그 전에 모두 죽어 버린 것이다. 마틴은 처음에 이 사내아이를 시골의 누이동생에게 맡기려 했지만, 차차 아버지로서 미안한 생각이 들어, '우리 카피토시카도 남의 집에서 자라기는 괴롭겠지, 내가 데리고 키워야지'하고 스스로 다짐했다.

그래서 아브제이치는 주인의 집을 나와 따로 방을 구해 어린 아들과 함께 지내게 되었다. 그러나 하느님은 아브제이치에게 자식 복을 주시지 않았다. 사내아이가 겨우 성장하여 아버지의 일을 도와 줄 수 있게 되고 앞으로는 즐거운 나날을 보낼 수 있겠다고 생각하게 되었을 때, 카피토시카가 갑자기 병이 들어 자리에 드러눕게 된 것이다. 그리고 일주일쯤 열병을 앓다가 그대로 어이없이 죽어 버린 것이다. 마틴은 아들의 장례식을 치르고는 풀이 죽어 버렸다. 아들을 잃은 슬픔이 너무나 컸기 때문에 마틴은 하느님을 원망하게 되었다. 쓸쓸함을 못 이겨 하느님에게 몇 번이고 죽음을 간청했고, 자신과 같은 늙은이를 데려가시지 않고 귀여운 외아들의 목숨을 앗아 가셨다며 하느님을 비난했다. 아브제이치는 교회에도 나가지 않았다.

그런데 어느 날, 트로이차에서 온 — 이미 7년 동안이나 순례 여행을 계속하고 있는 — 같은 고향 사람인, 자그마한 노인이 아브제이치의 집에 들렀다. 아브제이치는 점차 이야기에 열중하여, 그 노인에게 그만 자신의 슬픔을 하소연하기 시작하였다.

"저는요, 아저씨, 이제 더 이상 살고 싶지 않아요"하고 그는 말을 이었다. "어떻게든 빨리 죽고만 싶어요. 그래서 오직 죽기만을 하느님께 기원하고 있지요. 이젠 이 세상에 아무 희망도 없는 인간이 되어 버렸거든요."

그러자 노인이 그에게 말하였다.

"자네 말은 옳지 못해, 마틴. 우리는 하느님의 일에 대해 시시비비해선 안 돼. 세상일은 우리들이 결정하는 것이 아니라 하느님이 하시는 거니까. 자네 아들은 죽도록, 또 자네는 살아 있도록 정하신 것도 모두 하느님의 뜻이야, 결국 그 편이 좋은 것이겠지. 그런데 자네가 희망을 잃고 실의에 빠져 있는 것은, 요컨대 자네가 자신의 기쁨만을 위해 살아가려고 하기 때문일세."

"그럼 대체 무엇을 위해 살아가야 합니까?"

하고 마틴은 물었다.

그러자 노인이 다음과 같이 말했다.

"마틴, 하느님을 위해 살아가야 하네, 자네에게 생명을 내려 주신 분은 바로 하느님이니까, 하느님을 위해 살아가야 하네. 하느님을 위해 살아가게 되면, 그때는 슬퍼할 일이 없어질 것이며, 모든 일이 순조로워질 걸세."

마틴은 잠시 잠자코 있더니 이렇게 물었다.

"하지만 하느님을 위해 살아가려면 도대체 어떻게 해야 합니까?"

그러자 노인이 대답했다.

"어떻게 하면 하느님을 위해 살아갈 수 있는가는, 그리스도께서 가르쳐 주셨네. 자네 글 읽을 줄 알지? 그러면 복음서를 사서 읽어 보게, 하느님을 위해 살아가려면 어떻게 해야 하는지, 그것을 읽으면 알 수 있을 걸세. 어떤 일이든 거기에 모두 쓰여 있으니까."

이러한 말들은 아브제이치의 마음속에 깊이 새겨졌다. 그래서 그는 그날 바로, 큰 활자로 인쇄된 《신약성서》를 사 가지고 와서 읽기 시작했다.

아브제이치는 처음에는 주일主日에만 읽을 작정이었다. 그러나 읽다 보니 어쩐지 마음이 아주 편안해지는 듯한 느낌이 들어, 그 후로는 매일 읽게 되었다. 때로는 읽는 데 너무나 열중하여, 램프의 석유가 달아 버린 것도 모를 정도였다.

이리하여 아브제이치는 밤마다 《성서》를 읽게 되었다. 그리고 읽으면 읽을수록 하느님이 자신에게 바라고 계시는 게 무엇인지를, 그리고 하느님을 위해 살아가려면 어떻게 해야 하는지를 더욱 분명히 알게 되었다. 그리고 날이 갈수록 그는 더욱 마음이 가벼워져 갔다. 이전에는 잠자리에 들어서도 한숨을 쉬거나 신음하며 아들 카피토시카의 일만을 생각하곤 했지만, 이제는 "주여, 주님께 영광을! 무슨 일이나 주님의 뜻대로 하소서!" 하며 주를 찬양할 뿐이었다.

그리고 그때부터 아브제이치의 생활은 완전히 변해버렸다. 이전에는 주일이면 그도 훌쩍 술집 따위에 들러 차를 마시거나 마음이 내킬 때면 보드카를 한잔 들이켜곤 했었다. 낯이 익은 사나이와 한잔 들이켜면, 몹시 취할 정도는 아니더라도, 어쨌든 술집을 나설 때에는 기분이 썩 좋아져 쓸데없는 이야기로 흥겨워하곤 했었다. 또한 자주 남을 욕하거나 비난하기도 했었다. 그런데 어느 틈엔지 그러한 일들로부터도 멀어져 버렸다. 그의 생활은 조용하고 기쁨으로 충만한 것으로 변해 갔다. 아침부터 빈틈없이 일에 착수하여 정해진 시간만큼 일을 하고는, 벽의 램프를 테이블 위에 내려놓은 다음 《성서》를 펴들고 읽기 시작했다. 그리고 읽으면 읽을수록 의미를 더 잘 알게 되고, 그에 따라 기분도 상쾌하고 즐거워지는 것이었다.

한번은 마틴이 밤늦게까지 《성서》 읽기에 열중하고 있었다. 그는 <누가복음>을 읽고 있었는데 제6장을 읽고 있는 동안에 다음과 같은 구절과 마주쳤다.

누가 뺨을 치거든 다른 뺨마저 돌려 대주고, 누가 겉옷을 빼앗거든 속옷마저 내어 주어라. 달라는 사람에게 주고 빼앗는 사람에게는 되받으려고 하지 말라. 너희는 남에게서 바라는 대로 남에게 해주어라.

그는 다시 주께서 말씀하고 계시는 그 다음 구절을 읽어 나갔다.

너희는 나에게 주님, 주님 하면서 어찌하여 내 말을 실행하지 않느냐? 나에게 와서 내 말을 듣고 실행하는 사람이 어떤 사람인지 가르쳐 주겠다. 그 사람은 땅을 깊이 파고 반석 위에 기초를 놓고 집을 짓는 사람과 같다. 홍수가 나서 큰물이 집으로 들이치더라도 그 집은 튼튼하게 지어졌기 때문에 조금도 흔들리지 않는다. 그러나 내 말을 듣고도 실행하지 않는 사람은 기초 없이 맨땅에 집을 지은 사람과 같다. 큰물이 들이치면 그 집은 곧 무너져 여지없이 파괴되고 말 것이다.

아브제이치는 이러한 말들을 읽고 있는 동안 점차 가슴이 기쁨으로 충만해 감을 느꼈다.

그는 안경을 벗어 책 위에 내려놓고, 테이블에 팔꿈치를 얹고는 가만히 생각에 잠겼다. 그리고 성경 말씀에 비추어 자신의 삶을 돌아보았다.

'나의 집은 어떨까. 반석 위에 세워졌을까, 아니면 맨땅에 세워졌을까? 반석 위라면 그보다 더 고마울 게 없는데. 아무들 이렇게 혼자 앉아 있으면 마음이 아주 편해지고, 또 하느님의 말씀대로 해온 듯한 느낌이 들거든. 그런데 자칫 마음이 해이해지면 또 잘못을 저지르게 되겠지. 그러나 어떻게든 힘껏 이겨 나가기로 하자. 이는 아주 좋은 일이야! 주여, 나를 도와주세요!'

그는 이러한 생각을 하고는 이제 잠자리에 들려고 했지만, 책을 덮으려니 아무래도 마음에 걸렸다. 그래서 그는 다시 그 다음의 제7장을 읽기 시작하였다. 그는 백부장百夫長:100명으로 조직된 단위부대의 장의 이야기며 어느 과부의 아들 이야기, 두 제자에 대한 요한의 대답 따위를 읽고, 또 어느 부유한 바리새인이 주께 자기 집에서 함께 식사를 하시도록 청한 데까지 읽어 나갔다. 그리고 죄인인 한 여자가 주님의 발에 향유를 붓고 눈물로 그 발을 적시니, 주께서 그녀의 죄를 사하였다는 이야기를 읽었다. 그리고 44절까지 나아가, 다음과 같은 구절을 읽기 시작하였다.

> 그 여자를 돌아보시며 시몬에게 말씀을 계속하셨다.
> "이 여자를 보아라. 내가 네 집에 들어왔을 때 너는 나에게 발 씻을 물도 주지 않았지만 이 여자는 눈물로 내 발을 적시고 머리카락으로 내 발을 닦아 주었다. 너는 내 얼굴에도 입 맞추지 않았지만 이 여자는 내가 들어왔을 때부터 줄곧 내 발에 입 맞추고 있다. 너는 내 머리에 기름을 발라 주지 않았지만 이 여자는 내 발에 향유를 발라 주었다."

그는 이 구절을 읽고는 잠시 생각했다. '너는 발 씻을 물도 주지 않았다. 입 맞추지 않았다. 머리에 기름을 발라 주지 않았다.'

그리고 아브제이치는 안경을 벗어 책 위에 내려놓고는 다시 생각에 잠겼다.

'이 바리새인은 아무래도 나와 같은 사나이였을 것임에 틀림없다……. 나 역시 자신의 일만을 생각하고 있었으니까. 차를 실컷 마시고 싶다든지, 혼자만 편하게, 사람들로부터 귀여움을 받으며 지내고 싶다는 따위의 생각만 하고, 손님의 일에는 생각이 미치지 못한 것임에 틀림없어. 자신의 일에만 열중하여, 손님에게는 무관심했을 거야. 그런데 손님이란 누구인가? 주님 자신이 아닌가. 만일 내 집에 들르셨다면, 나 역시 그렇게 하지 않았을까?'

이렇게 양 팔꿈치를 테이블 위에 얹고 생각하고 있는 동안에, 아브제이치는 어느 틈엔지 꾸벅꾸벅 졸고 있었다.

"마틴!" 갑자기 누가 그의 귓전에 대고 이렇게 부르는 듯했다.

마틴은 퍼뜩 깨어나 졸음에 취한 눈을 한 채로 이렇게 물었다.

"거기 누구요?"

그는 입구 쪽을 돌아보았다 ─ 하지만 아무도 없었다. 그래서 그는 다시 꾸벅꾸벅 졸기 시작했다. 잠시 후 이번에는 또렷한 목소리가 들렸다.

"마틴, 이봐요 마틴. 내일 한길을 내다보고 있어요, 이곳에 올 테니," 마틴은 완전히 잠을 깨어, 의자에서 일어나 눈을 문지르기 시작했다. 방금의 말을 꿈속에서 들었는지 아니면 실제로 들었는지, 스스로도 잘 알 수 없었다. 그는 램프의 불을 끄고 잠자리에 들었다.

이튿날, 아브제이치는 날이 밝기 전에 일어나 하느님에게 기도를 하고는, 난로에 불을 붙이고 양배추 수프와 죽을 불 위에 얹고 사모바르 러시아 특유의, 물 끓이는 기구 를 준비한 다음, 작업용 앞치마를 두르고 창문 옆에 앉아 일을 하기 시작했다. 아브제이치는 앉아서 일을 하면서도, 마음속으로는 어젯밤 일만 생각하고 있었다. 그는 분명히 알 수가 없었다. 꿈속에서 일어난 일이라고 여겨지기도 하고, 실제로 그 목소리를 들은 것처럼 생각되기도 했다. '별거 아냐, 이런 일은 전에도 가끔 있었지.'

창가에 앉은 마틴은 일을 하기보다는 창 밖을 내다보는 일이 더 많았다. 그리고 본 적이 없는 신발을 신은 사람이 지나가면 발뿐만 아니라 그의 얼굴도 알아보려고 몸을 웅크려 창 밖을 올려다보곤 했다. 새로운 방한용防寒用 펠트 장화를 신은 저택 관리인이 지나갔고, 물을 운반하는 사나이가 지나간 다음, 줄무늬 진 낡은 펠트 장화를 신고 작은 삽을 손에 쥔, 니콜라이 1세 시대의 나이 많은 군인의 모습이 창 밖에 나타났다. 아브제이치는 그 펠트 장화를 보기만 해도 그가 누구인지 금방 알 수 있었다. 그는 스체파누이치라는 노인으로, 이웃 상인商人의 호의로 상인의 집에서 기거하게 된 늙은이였다. 이 노인에게는 저택 관리인을 돕는 일이 주어졌다. 스체파누이치는 아브제이치가 보는 앞에서 창 밑의 눈을 치기 시작했다. 아브제이치는 그의 모습을 흘끗 바라보고는 다시 일을 계속했다.

"이런, 나도 늘그막에 접어들어 아무래도 망령이 든 모양이군" 하고 아브제이치는 스스로 자신을 비웃으며 말했다. "스체파누이치가 눈을 치우고 있는데, 나는 그리스도께서 납신 줄 알았으니까. 망령이 들어 버렸어, 이 늙은이가."

하지만 아브제이치는 구두를 열 바늘쯤 깁고는 또 창 밖을 내다보고 싶어졌다. 결국 창 밖을 흘끗 쳐다보았다. 이제 스체파누이치는 작은 삽을 벽에 세워 둘 채, 몸을 녹이면서 쉬고 있었다.

노인이라서 — 몸이 아주 노쇠하여 — 아무래도 눈 치우기에도 힘이 부치는 것 같았다. 그래서 아브제이치는 생각했다. '저 사나이에게 차라도 한잔 대접 해야겠군. 사모바르의 물도 마침 끓고 있으니.' 아브제이치는 바늘을 꽂아 두고 자리에서 일어나, 사모바르를 테이블로 가져왔다. 그리고 차茶를 넣은 다음 유리창을 똑똑 두드렸다. 스체파누이치가 돌아보고 창가로 다가오자 아브제이치는 안으로 들어오라고 손짓을 하고는, 문을 열어 주기 위해서 입구 쪽으로 나갔다.

"안으로 들어와 몸을 좀 녹여요, 바깥이 무척 추울 텐데"
하고 아브제이치가 말했다.

"어, 고맙소. 뼈마디가 어찌나 욱신거리고 아픈지" 하고
스체파누이치가 말하였다. 스체파누이치는 안으로 들어서
자 몸의 눈을 털고, 바닥에 자국이 나지 않도록 발을 닦으
려다 몸의 중심을 잃고 비틀거렸다.

"무리하게 닦지 말아요, 나중에 내가 닦을 테니. 그런 건
내가 할 일이니 어서 이리로 와 앉아요" 하고 아브제이치
는 말했다. "자, 차라도 한잔 들지요."

그리고 아브제이치는 잔 두 개에 차를 따른 다음, 하나를
손님에게 건네주고 자신도 잔을 집어 들고 후후 불어 마시
기 시작하였다.

스체파누이치는 차를 다 마시고는 잘 마셨다는 인사말을
했다. 하지만 그렇게 말하면서도 더 마시고 싶은 눈치였다.

"자, 더 마셔요"하고 아브제이치는 말하며 자신의 잔과
손님의 잔에 다시 차를 가득 따랐다. 아브제이치는 차를 마
시면서도 연방 한길 쪽만 내다보고 있었다.

"누굴 기다리고 있소?"하고 손님이 물었다.

"누굴 기다리고 있느냐구요? 누굴 기다리고 있다고 말하
기도 부끄러울 정도지요. 기다리고 있다면 기다리고 있는

거고, 기다리고 있지 않다면 기다리고 있지 않는 셈이니까. 실은 어떤 말이 가슴에 새겨져 떠나질 않는데, 그게 꿈이었는지 생시였는지 나 스스로도 잘 알 수가 없단 말이오. 간밤에 예수님의 이야기가 적힌 복음서를 읽고 있었지요. 예수님이 괴로움을 당하신 이야기며 사방을 돌아다니신 이야기를 읽고 있었거든. 당신도 그런 이야기는 들은 적이 있겠지요?"

"듣긴 들었지만, 아무튼 눈뜬장님이라 글은 읽지 못해요" 하고 스체파누이치는 대답하였다.

"그건 그렇고, 나는 예수님이 이 지상地上을 돌아다니고 계시던 대목을 읽고 있었거든요. 즉 예수님이 바리새인의 집에 들르셨는데, 그 바리새인은 대접을 하지 않았다는 대목을 읽고 있었지요. 그리고 그것을 읽고난 후에, 나는 그 바리새인이 왜 예수님을 제대로 대접하지 않았는가를 생각해 보았어요. 그러나 가만히 생각해 보니, 내 경우든 누구의 경우든 마찬가지로 어떻게 대접해야 할지를 모르고 있는 거지요. 그래서 그 바리새인도 대접을 하지 못한 거지요. 아무튼 나는 그렇게 생각하다가 꾸벅꾸벅 졸기 시작했지요. 그런데 누가 내 이름을 부르고 있지 않겠어요? 나는 잠을 깨었는데 ─ 그 목소리는 마치 누가 귓전에 대고 속삭이고 있는 것처럼 ─ 내일 '한길을 내다보고 있어요, 이곳에 올 테니'라고 들려 왔었어요. 더욱이 그 말씀은 두 번이나 되풀이 되었어요. 그래서 실은 그 말씀이 뇌리에서 떠나지 않기 때문에, 마음속으로는 어이없어 하면서도 이렇게 즉 예수님이 납시기를 기다리고 있는 셈이지요.

스체파누이치는 고개를 끄덕일 뿐 아무 말로 하지 않았다. 그리고 차를 마시고는 잔을 한쪽에 내려놓았다. 하지만 아브제이치는 그 잔을 집어 들고 다시 차를 따랐다.

"자, 실컷 들어요! 그런데 나는 이렇게 생각해요. 주님은, 예수님이라는 분은 이 지상地上을 걸어 다니셨을 때, 어떤 인간이나 가리지 않고 언제나 특히 밑바닥의 인간들만 상대하셨고 언제나 이름 없는 사람들의 집만 방문하셨으며, 제자를 택하실 때에도 대개 우리처럼 죄가 많은, 노동자들 중에서 고르셨지요. 그리고 누구든지 자기를 높이는 사람은 낮아지고, 자기를 낮추는 사람은 높아지리라고 말씀하셨지요. 또 '당신들은 나를 주님이라 부르고 있지만, 나는 반대로 당신들의 발을 닦아 준다. 누구나 가장 훌륭한 사람이 되려면, 그는 모든 사람들의 종이 되어야 한다. 왜냐하면 가난한 사람, 겸손한 사람, 온화한 사람, 동정심이 있는 사람이야말로 행복하기 때문이라'고 말씀하셨지요."

스체파누이치는 차를 마시는 일도 잊고 있었다. 그는 노인이라 감동하기 쉬웠기 때문에, 가만히 앉아 아브제이치의 말을 듣고 있는 동안에 눈물이 볼을 타고 하염없이 흘러내렸다.

"자, 더 들어요" 하고 아브제이치는 말하였다.

하지만 스체파누이치는 십자를 긋고 인사말을 하고는 일어섰다. "고맙소, 마틴 아브제이치. 맛있게 들었소. 덕분에 마음과 몸이 따뜻해졌소."

"천만에, 또 들러 줘요. 사람들이 와 주는 건 기쁜 일이니까" 하고 아브제이치는 말했다.

스체파누이치는 밖으로 나갔다. 마틴은 나머지 차를 마저 따라 마시고 잔과 사모바르를 치우고는 다시 창가에 앉아 구두 뒤축의 윗부분을 꿰매기 시작했다. 하지만 그는 그렇게 일을 하면서도 연방 창 밖을 내다보며 그리스도가 오시기를 기다리고, 그리스도와 그리스도의 일에 대해서만 생각하고 있었다. 그러자 그의 머리에는 그리스도의 여러 가지 말씀이 잇따라 떠오르는 것이었다.

창 밖으로 두 명의 군인이 지나갔다. 한 명은 관급官給 장화를 신고, 한 명은 일반 장화를 신고 있었다. 그리고 예쁜 오버슈즈를 신은 이웃집 주인이 지나가고 바구니를 든 빵집 주인이 지나갔지만, 모두 그대로 지나쳐버렸다. 그 다음에 이번에는 모직으로 짠 긴 양말과 너덜너덜하게 해진 신발을 신은 한 여인의 모습이 창 밖에 나타났다. 그 여자는 창문 앞을 지나, 창문과 창문 사이의 벽 앞에 멈춰 섰다. 아브제이치는 창문 밑에서 흘끗 올려다보았다. 초라한 옷차림의 낯선 여자가 갓난아기를 안고 바람이 불어오는 쪽으로 등을 돌리고 벽에 기대어 갓난아기를 감싸려 하고 있었지만, 감쌀 것이 없어 난처해하는 모습이었다. 그 여자는 누더기 같은 여름옷을 걸치고 있었다. 아브제이치의 귀에 창 밖의 갓난아기의 울음소리와 갓난아기를 달래려 애쓰는 여자의 목소리가 들려 왔다. 아브제이치는 일어나 문을 열고 입구의 계단 쪽으로 나가 그 여자를 향해 소리쳤다.

"이봐요! 이봐요!"

여자는 그 목소리를 듣고 뒤돌아보았다.

"왜 이 추운 날씨에 갓난아기를 안고 밖에 서 있어요? 괜찮으니 어서 안으로 들어와요. 갓난아기는 따뜻한 데라야 잘 달래져요. 자, 이리로 들어와요!"

여자는 깜짝 놀랐다. 안경을 코 위로 늘어뜨리고 앞치마를 입은 한 나이 많은 노인이 안으로 들어오라고 소리치고 있지 않는가. 여자는 노인의 말에 따라 안으로 들어갔다.

두 사람이 계단을 내려가 방 안에 들어서자, 아브제이치는 여자를 침대 쪽으로 데려갔다.

"자, 여기에 걸터앉아요. 되도록 페치카러시아의 벽난로 가까이 앉도록 해요. 그리고 몸을 녹인 다음 갓난아기에게 젖을 줘요."

"하지만 젖이 안 나와요. 아침부터 아무것도 먹질 않아
서……" 여자는 그렇게 말하면서도 어쨌든 갓난아기에게
젖꼭지를 물렸다.

아브제이치는 고개를 저으며 테이블 옆으로 다가가 빵과
접시를 집어 들었다. 그리고 솥뚜껑을 열고 양배추 수프를
접시에 담았다. 그런 다음 페치카에서 죽을 끓이는 냄비를
꺼냈지만, 아직 끓지 않고 있었다. 그래서 양배추 수프만을
테이블에 올려놓았다. 그리고 빵을 내놓고, 벽에 걸린 냅킨
을 내려놓음으로써 대충 식사준비를 끝냈다.

"자, 여기 앉아 좀 들어요, 아기는 내가 봐 줄 테니. 이래
뵈도 아이를 기른 적이 있기 때문에, 녀석들을 잘 다룰 줄
알지요."

여자는 십자를 긋고, 테이블 앞에 앉아 식사를 하기 시
작했다. 아브제이치는 갓난아기 옆의 침대에 걸터앉았다.
그는 갓난아기를 어르기 위해 연방 뽀뽀를 하려고 했지만
이빨이 없어 잘 되지 않았다. 갓난아기는 줄곧 울고만 있었
다. 그래서 아브제이치는 이번에는 손가락으로 어르려 했
다. 손가락을 빙글빙글 돌리면서 갓난아기의 입술 가까이
까지 가져갔다가 재빨리 후퇴하곤 했다. 하지만 손가락을
입 속에 넣지는 않았다. 그의 손가락은 구두를 깁느라 더러

워져 새까맸기 때문이다. 갓난아기가 그 손가락에 눈이 팔려 울음을 그치고 어느 틈엔지 생글거리기 시작하자, 아브제이치도 기분이 아주 좋아졌다. 여자는 식사를 하면서, 이윽고 스스럼없이 자신의 처지와 어디로 가는 중인지를 이야기하기 시작했다.

"나는" 하고 여자는 말을 꺼냈다. "군인의 아내인데, 남편은 8개월 전에 어디론가 멀리 떠났으며, 그 후로는 소식도 없어요. 나는 남의 집에 식모로 들어가 그곳에서 아이를 낳았지요. 그런데 아이가 생기니까 더 이상 써주질 않아요. 그래서 일자리가 없어 쩔쩔매며 석 달을 지내 왔어요. 유모乳母가 되려고도 했지만, 아무도 고용해 주질 않았어요. 몸이 너무 야위어 안 된다는 겁니다. 오늘도 어느 상인의 부인에게 다녀오는 길이에요. 그 집엔 이미 한 할머니가 고용되어 있었지만 나도 써 주겠다고 약속했었거든요. 그것으로 다 된 줄 알고 있었는데, 부인이 다음주에 오라는 거예요. 그런데 그 부인은 굉장히 먼 곳에 살고 있습니다. 그래서 나는 지쳐 녹초가 되어 버렸고, 이 귀여운 아이에게도 고생을 시켰죠. 하지만 고맙게도 그 부인은 우리를 불쌍히 여겨, 예수님 은총으로 자기 집에 눌러 있도록 약속은 해주셨습니다. 그렇지 않았다면, 어떻게 살아가야 할지 앞길이 막막했을 거예요."

아브제이치는 한숨을 쉬며 말하였다.

"그런데 겨울옷 하나 없어요?"

"할아버지, 그래요. 이제 겨울옷을 입어야 할 철이지요! 겨우 하나 남아 있던 숄도 실은 어제 20코페이카에 저당 잡혀 버렸어요." 여자는 침대 쪽으로 다가가 갓난아기를 껴안았다.

아브제이치는 일어나 벽 쪽으로 다가가서 무엇을 찾고 있더니, 낡은 남자용 외투를 들고 왔다.

"자, 이걸 가져가요. 낡아빠진 거지만, 갓난아기를 감싸는 데는 도움이 될 거요."

여자는 외투를 쳐다보고 이어 노인의 얼굴을 흘끗 바라보더니, 외투를 받아 들고 소리 내어 울기 시작했다. 아브제이치도 고개를 돌렸다. 그리고 침대 밑으로 들어가서 작은 트렁크를 꺼내어 그 속을 뒤적이고 있더니, 다시 여자에게로 다가가 마주 앉았다.

그러자 여자가 말했다.

"그리스도께서 할아버지께 은총을 내리시기를! 그리스도께서 나를 이 창가에 오도록 인도하신 것임에 틀림없어요. 그렇지 않았다면, 나는 이 아이를 얼어 죽게 했을 거예요. 내가 집을 나섰을 때는 그래도 따뜻했지만, 지금은 갑자기 이렇게 추워져 버렸어요. 필시 그리스도께서 할아버지로 하여금 창 밖을 내다보게 하여 불행한 저를 돌보아 주도록 만드셨을 것임에 틀림없어요."

아브제이치는 빙긋 웃으며 대답했다.

"그래요, 그리스도께서 그렇게 하도록 만드신 거예요. 다 까닭이 있어 창 밖을 내다보고 있었거든요" 이렇게 말하고 마틴은 군인의 아내에게 자신의 꿈 이야기, 즉 오늘 주께서 자신이 있는 데로 납시겠다고 약속해 주신 말씀을 이야기해 주었다.

"무슨 일이든 일어날 수 있으니까요" 하고 여자는 말했다. 그리고 자리에서 일어나 외투를 걸치고 그것으로 갓난 아기를 완전히 감싼 후 아브제이치에게 몇 번이고 절을 하며 고맙다고 말했다.

"주님을 위해 이것을 가져가요" 하고 아브제이치는 말하면서 여자에게 은화銀貨 20코페이카를 건네주었다. "이것으로 숄을 찾도록 해요."

여자는 십자를 그었다. 아브제이치도 십자를 긋고 여자를 입구까지 바래다주었다.

여자는 떠났다. 아브제이치는 양배추 수프를 마저 마시고 테이블 위를 치운 다음에, 다시 자리에 앉아 구두를 깁기 시작하였다. 하지만 일을 하고 있어도, 창 밖의 일이 염두에서 떠나지 않았다. 누가 지나가는지 알아보기 위해 어두워지는 창 밖을 내다보곤 했다. 낯익은 사람도 지나가고 낯선 사람도 지나갔지만, 특이한 사람은 하나도 없었다.

이윽고 창문 맞은편에 멈춰 서 있는 사과 파는 할머니의 모습이 아브제이치의 눈에 들어왔다. 할머니는 사과 바구니를 들고 있었다. 거의 다 팔아서인지 바구니에는 사과가 얼마 남아 있지 않았으며, 그 대신 나뭇조각을 담은 부대를 어깨에 둘러메고 있었다. 아마 어느 공사장에서 주워 가지고 집으로 돌아가는 길인 듯했다. 그런데 그 부대가 너무 무거웠던지, 할머니는 다른 쪽 어깨에 옮겨 메려고 부대를 땅에 내려놓고 사과 바구니는 길바닥의 말뚝에 걸어 놓고는, 부대의 부피를 줄이려고 나뭇조각들을 추스르기 시작하였다. 그런데 할머니가 부대를 추스르고 있는 동안, 해진 모자를 쓴 한 사내아이가 어디선지 갑자기 나타나, 별안간 바구니 속의 사과 한 개를 집어 들고는 그대로 달아나려 했다. 하지만 그걸 알아챈 할머니는 홱 돌아서며 재빨리 아이의 소매를 움켜쥐었다. 사내아이는 발버둥치며 어떻게든 달아나려 했다. 하지만 할머니는 녀석을 두 손으로 꽉 잡고, 모자를 빼앗아 머리칼을 움켜잡았다. 사내아이는 울부짖고, 할머니는 고래고래 소리를 질렀다. 아브제이치는 구두 바늘을 바늘통에 꽂을 틈도 없이 바닥 위에 내팽개친 채 입구 쪽으로 달려갔다. 계단에서 발이 걸려 안경이 날아

갈 정도로 서두르고 있었다. 아브제이치는 한길로 뛰쳐나
갔다. 할머니는 녀석의 이마에 드리워진 머리칼을 휘어잡
고 연방 욕을 퍼부으며 아이를 순경에게 데려가려 하였다.
아이는 달아나려고 몸부림치며, 발뺌을 하려고, "난 훔치지
않았어. 왜 때려요, 놓아 줘요!" 하고 울부짖었다. 아브제이
치는 두 사람을 떼어놓으려고, 사내아이의 손을 잡고는 말
하였다. "용서해 줘요, 할머니. 그리스도의 은혜로 용서해
줘요!"

"아, 용서해 줄 거요, 다시는 이러지 않도록 실컷 두들겨
준 다음에요! 이런 나쁜 놈은 경찰에 넘겨야 해요!"

아브제이치는 할머니를 설득하기 시작하였다. "놓아 줘
요, 할머니. 이 아이도 이제 두 번 다시 이런 짓은 안 할 테
니까, 그리스도의 은혜로 제발 놓아줘요" 할머니는 사내아
이에게서 손을 떼었다. 사내아이는 그대로 달아나려 했지
만, 아브제이치가 못 가게 했다.

"자, 할머니에게 사과를 해야지. 그리고 앞으로는 두 번
다시 이런 짓을 해선 안 된다. 네가 훔치는 걸 보고 있었단
말이야" 사내아이는 그제야 눈물을 흘리며 용서를 빌었다.

"그래그래, 그럼 됐어. 그럼 이 사과 한 개를 네게 주마"
그렇게 말하며 아브제이치는 바구니에서 사과를 한 개 집
어 사내아이에게 건네주었다. "값은 치르겠어요, 할머니"

하고 그는 할머니에게 말했다.

"당신은 이놈을 너무 응석받이로 만들고 있어요, 이렇게 나쁜 녀석을. 이런 놈은 절대 잊을 수 없도록 호되게 매질을 해줘야 해요" 하고 할머니가 말했다.

"무슨 말을 하는 거요, 할머니. 우리 인간의 생각으로는 그렇겠지만, 하느님의 생각은 그와는 달라요. 만일 사과 한 개의 일로 이 아이를 벌줘야 한다면 우리의 죄를 다스리기 위해서는 우리를 대체 어떻게 해야 합니까?" 아브제이치가 반박하듯 말했다.

할머니는 잠자코 있었다.

그래서 아브제이치는 할머니에게, 주인은 소작인小作人의 그 많은 부채負債를 완전히 말소시켜 주었는데 그 소작인은 그 길로 곧바로, 자신에게 돈을 빌려간 사나이를 찾아가 그의 목을 조르려 했다는 《성서》 속의 비유적인 이야기를 들려주었다. 할머니는 그 이야기를 가만히 듣고 있었고 사내아이도 잠자코 그 이야기를 듣고 있었다.

"하느님은 용서해 주라고 말씀하신 거요. 그렇지 않으면 우리도 용서받을 수 없는 거요. 어떠한 사람이든 용서해 줘야 하지만, 생각이 모자라는 아이들의 경우는 더욱 그래요" 하고 아브제이치가 덧붙였다.

할머니는 고개를 끄덕이며 한숨을 쉬었다.

"하긴 그래요. 하지만 요놈들은 아무래도 장난이 너무 심해" 하고 할머니가 말했다. "그러니까 이런 아이들에게는 우리 늙은이들이 가르쳐 줘야 합니다" 하고 아브제이치는 말을 받았다.

"맞아요, 나도 그 말을 하고 있는 거예요. 내게도 아이들이 일곱이나 있었지만, 지금은 딸아이 하나만 남아있죠"라고 말하며, 할머니는 지금 그 딸과 어디서 어떻게 살고 있으며, 손자가 몇 명이라는 따위의 이야기를 했다.

"보시다시피 난 힘도 별로 없지만, 그래도 열심히 일하고 있어요. 어린 손자들이 가엾고 또 모두 좋은 아이들이기 때문이죠. 아무도 우리 손자들처럼 나를 소중히 여겨 주진 않아요. 그 중에서도 아크세토카는 언제나 내 곁에서만 놀고 다른 데는 갈 생각도 하지 않아요. '할머니, 다정한 할머니, 제일 좋은 할머니!' 하면서요." 이제 할머니는 기분이 아주 흐뭇해졌다.

"뭐 별건 아냐, 아이들의 일이니까. 제발 하느님이 지켜 주시길!" 할머니는 사내아이를 보며 말했다.

할머니가 부대를 어깨에 둘러메려 하자, 사내아이는 재빨리 다가가 말을 걸었다.

"제가 메고 가겠어요, 할머니. 저도 그쪽으로 가는 길이니까요."

할머니는 고개를 끄덕이며 부대를 사내아이의 어깨에 메어 주었다. 그리고 두 사람은 나란히 걸어갔다. 할머니는 아브제이치로부터 사과 값을 받는 것도 잊고 있었다. 아브제이치는 그 자리에 멈춰 선 채 두 사람의 모습을 가만히 바라보며, 둘이 걸어가면서 연방 무슨 얘긴지 서로 주고받는 소리를 듣고 있었다.

두 사람이 떠나간 뒤 아브제이치는 자신의 가게로 되돌아왔다. 계단에서 안경을 발견했지만, 다행히 부서진 데는 없었다. 그리고 큰 바늘을 집어 들고 다시 자리에 앉아 일하기 시작했다. 한참 일을 계속하고 있다 보니 날이 어두워져, 눈이 잘 보이지 않아 바느질하기가 힘들었다. 그래서 눈을 들어 보니, 점등點燈하는 이가 한길의 가스등에 불을 켜 가고 있었다.

'이제 램프에 불을 켜야겠다'고 생각한 그는 램프에 불을 켜 벽에 걸고는 다시 일을 했다. 장화 한 켤레를 완성한 후 그는 여러 방향으로 돌려가며 잘 살펴보았다. 썩 만족스러웠다. 그래서 도구들을 치우고, 가죽조각을 쓸어 모으고, 실이며 바늘 따위를 제자리에 정돈하였다. 그리고 벽의 램프를 테이블 위에 내려놓고는, 벽장에서 복음서를 꺼내었다. 그는 어젯밤 읽다가 가죽 조각을 끼워 두었던 복음서 부분을 펼치려 했지만, 펼쳐 보니 다른 곳이었다. 성경을 펼치자 아브제이치의 머리에 어젯밤의 꿈이 떠올랐다. 그리고 그것을 생각해 낸 순간, 그에겐 누군가 자기 뒤로 다가오는 듯한 느낌이 들었다. 아브제이치는 뒤를 돌아보았다. 그랬더니 어두운 구석 쪽에 사람들이 서 있는 듯한 모습이 보이지 않는가. 사람이 서 있는 건 분명하지만, 그들이 누구인지는 분간할 수 없었다. 이윽고 그의 귓전에 대고 속삭이는 듯한 목소리가 들려 왔다.

"마틴, 마틴. 자네는 나를 모르겠는가?"

"누구요?" 하고 아브제이치가 물었다.

"나야, 이봐 나라니까" 하는 목소리가 들려 왔다. 그리고 어두운 구석에서 스체파누이치의 모습이 나타났다. 그는 빙긋 미소 짓더니 이내 구름처럼 사라져 보이지 않게 되었다.

"이것도 나예요" 하는 목소리가 또 들렸다. 그리고 어두운 구석에서 갓난아기를 안은 여자가 나타났다. 여자는 미소 짓고 있었고 갓난아기도 생글생글 웃고 있었다. 그러더니 이들 역시 이내 사라져 버렸다. "이것도 나예요" 하는 목소리가 다시 들렸다. 할머니와 사과를 들고 있는 사내아이가 나타나 다가오더니 빙긋 미소 짓고는 역시 사라져 버렸다.

아브제이치는 기쁨으로 가슴이 충만해졌다. 그는 십자를 긋고 안경을 끼고는, 펼쳐져 있던 데서부터 복음서를 읽기 시작하였다. 그는 그 면의 앞부분에 있는 다음 구절을 읽었다.

‘너희는 내가 굶주렸을 때에 먹을 것을 주었고 목말랐을 때에 마실 것을 주었으며 나그네 되었을 때에 따뜻하게 맞이하였다.’

그리고 그 면의 끝부분에 있는 다음 구절도 그는 읽었다.

‘너희가 여기 있는 형제 중에 가장 보잘것없는 사람 하나에게 해주지 않은 것이 곧 나에게 해주지 않은 것이다.’

그리고 아브제이치는 꿈이 자신을 기만하지 않았으며, 이날 확실히 구세주가 자신이 있는 곳에 나타나셨고 또 자신이 구세주를 올바로 대접했음을 깨달았다.1885년

인간에게
많은 땅이 필요한가

1

언니가 도시에서 시골의 동생을 찾아왔다. 언니는 상인과 결혼하여 도시에서 살고, 동생은 시골의 농부에게 시집가 살고 있었다. 언니와 동생은 차를 마시면서 여러 가지 이야기를 나누었다. 그러다가 언니는 도시에서의 자신의 생활을 자랑하면서 뽐내기 시작했다 — 도시에서는 굉장히 넓은 집에서 살며, 산뜻한 옷차림을 하고 깔끔하게 생활하고 있으며, 아이들을 예쁘게 치장을 시키고, 굉장히 맛있는 음식을 먹이고, 또 언제나 마차를 몰고 놀러 다니며 연극 구경을 하러 가기도 한다는 것이었다.

그러자 동생은 모멸당한 느낌이 들어, 상인의 생활을 헐뜯으며 자기네 농부들의 생활이 훨씬 낫다고 얘기하기 시작했다.

"난 무슨 일이 있더라도 내 생활을 언니의 생활과 바꾸지는 않겠어요. 시골 생활이야 소박하기는 하지만, 그 대신 두려운 게 없지요. 언니네 생활은 훨씬 깔끔할지는 모르지만, 한꺼번에 큰 벌이를 하거나 아니면 빈털터리가 되어 버리겠죠. '손해와 이득은 손의 앞뒤와 같다'는 속담도 있잖아요. 그러니까 이런 일도 있을 수 있을 거예요. 오늘은 부자지만, 내일은 남의 문전에서 걸식하게 되는 일 말예요. 그에 비하면 우리 농부들의 삶은 훨씬 안정적이죠. 농부들의 생활은 무미건조하지만, 그 대신 오래 가죠. 부자는 될 수 없어도 배고프지는 않거든요."

그러자 언니가 되받아 말했다. "아무리 배고프지는 않다고 해도 언제나 돼지나 송아지하고만 어울려 산대서야! 예쁜 옷도 입지 못하고, 변변한 사교社交도 못 하잖니! 네 남편이 아무리 열심히 일한대도 결국 너희는 거름 속에서 지내다 거름 속에서 죽어 갈 뿐이잖아. 어린애들도 마찬가지이겠지."

"그게 어떻다는 거예요?" 하고 동생이 말을 이었다. "그게 우리의 방식이에요. 그 대신 생활에는 뿌리가 내려져 있고, 누구에게 고개를 숙일 일도 없으며, 두려운 사람도 없어요. 하지만 도시 사람들은 모두 유혹에 둘러싸여 살아가

고 있잖아요. 오늘은 좋아도, 내일은 어떤 악마에게 사로잡
힐지 알게 뭐예요? 이를테면 형부만 해도 언제 마魔가 들어
도박에 열중하거나, 술에 빠지거나, 어느 예쁜 계집에게 홀
려버릴지 알게 뭐냐구요. 그러면 모든 게 끝장이잖아요. 이
것은 드문 일은 아닐 거예요."

　동생의 남편인 파홈이 난로 옆에서 두 여자의 이야기를
듣고 있다가, "확실히 그래, 틀림없어" 하고 말을 거들었
다. "우리 동료들은 어릴 때부터 땅을, 이 어머니인 대지를
죽 파헤쳐 오고 있기 때문에, 그런 어리석은 생각이 머리에
끼어들 틈이 없지. 한 가지 유감스러운 일은, 땅이 모자라
다는 거야! 만약 땅만 넉넉하다면, 악마나 다른 그 누구도
무섭지 않다고요!" 여자들은 차를 마시고는 얼마 동안 옷
이야기 따위를 하고 있더니, 그릇들을 치우고 잠자리에 들
었다. 그런데 악마 한 녀석이 난로 뒤에 숨어, 이 이야기를
모조리 듣고 있었던 것이다. 농부가 아내의 뽐내는 이야기
에 말려들어, 땅만 있으면 악마도 무섭지 않다고 큰소리치
는 걸 듣고 악마는 참을 수가 없었다. '좋아, 그럼 어디 너
와 내기를 해 보자. 나는 네게 땅을 듬뿍 주어 땅으로써 너
를 홀려 보겠다.' 악마는 그렇게 다짐했다.

2

이 마을과 가까운 곳에 한 여지주女地主가 살고 있었다. 그녀는 120헥타르 정도의 넓은 땅을 갖고 있었는데, 지금까지는 농부들을 노엽게 한 적이 없어서 서로 의좋게 지내왔다. 그런데 군인 출신의 사나이가 그녀의 관리인으로 고용된 이후로, 그 사나이는 함부로 벌금을 징수하여 농부들을 괴롭히게 되었다. 파홈이 아무리 주의해도 말이 그녀의 메밀밭으로 뛰어들거나 소가 정원을 통과하거나 송아지가 목초지牧草地로 뛰어들곤 하여, 그때마다 닥치는 대로 벌금을 징수 당하곤 했다.

벌금을 징수당할 때마다 파홈은 집안사람들에게 욕설을 하거나 손찌검을 하곤 했다. 이리하여 이 관리인 때문에 파홈은 여름 동안에 꽤 많은 죄를 짓게 되었다. 그래서 가축을 헛간에 들이게 되었을 때에는, 도리어 그걸 기쁘게 생각했을 정도였다. 사료飼料는 아까웠지만, 걱정거리가 없어지기 때문이었다.

그런데 겨울 동안 그 여지주가 땅을 팔게 되어, 저택 관리인이 그 땅을 산다는 소문이 나돌았다.

그 말을 들은 농부들은 깜짝 놀랐다.

'만일 그 땅이 저택 관리인의 손에 들어가면, 그자는 지금 보다 훨씬 심한 벌금으로 우리를 괴롭힐 것임에 틀림없다. 우리는 그 땅이 없으면 도저히 살아갈 수 없지. 어쨌든 우리 모두는 그 주변에 살고 있으니까.' 농부들은 이렇게 생각했다.

그래서 농부들은 한 덩어리가 되어 부인을 찾아가서, 그 땅을 저택 관리인에게 팔지 말고 자신들에게 양도해달라고 부탁하기 시작했다. 그들은 더 비싼 값으로 사겠노라고 약속했다.

결국 부인은 승낙하였다. 농부들은 모두 모여 그 땅을 사들이기 위한 협의를 벌이기 시작했다. 몇 번이고 회합을 거듭했지만, 좀처럼 결론이 나지 않았다. 악마가 그들의 의견을 제각각으로 만들었기 때문에, 도저히 의견을 통일시킬 수 없었던 것이다. 그래서 농부들은 마침내 각기 살 수 있을 만큼의 땅을 따로따로 사들이기로 했고, 지주 부인도 그렇게 하는 데 동의하였다.

이웃집 사나이가 부인으로부터 20헥타르의 땅을 사기로 했는데, 부인은 그 대금 절반의 지불 기간을 일 년간 연기해 주었다는 이야기를 들은 파홈은 몹시 부러운 생각이 들었다. '다른 사람들이 그 땅을 모두 사 버리면 내 손에는 아무것도 들어오지 않게 돼' 그는 이렇게 생각하고 아내와

상의해 보기로 했다.

"남들이 자꾸 사들이고 있으니까" 하고 그는 말을 꺼냈다. "우리도 10헥타르 정도는 사들여야 할 거야. 그런데 우린 그만한 형편이 못 돼. 관리인이라는 자가 벌금으로 많은 돈을 뜯어 갔으니 말이야."

두 사람은 사들일 방법을 골똘히 궁리했다. 그들에게는 저축해 둔 돈 100루블이 있었다. 그리고 망아지 한 마리와 꿀벌 절반을 팔아 버리고, 전도금前渡金을 받고 아들을 머슴살이로 내보내고, 또 아내의 형부로부터 돈을 빌려서 가까스로 땅 값의 절반을 긁어모았다.

파홈은 돈을 긁어모으자, 작은 숲이 있는 15헥타르 정도의 땅을 점찍고, 부인에게 흥정을 하러 갔다. 그리고 부인이 땅 값을 깎아 주겠다고 하자, 그것으로 흥정을 매듭짓고 계약금을 지불하였다. 그는 시내로 가 매매 수속을 끝낸 다음, 대금은 절반만 지불하고 나머지는 2년 동안에 걸쳐 지불하기로 했다.

이리하여 파홈은 자신의 땅을 갖게 되었다. 파홈은 종자를 사서는 사들인 땅에 뿌렸다. 작물은 잘되었다. 겨우 일 년 만에 나머지 땅 값을 모두 부인에게 지불하고, 아내의 형부로부터 빌린 돈도 갚게 되었다. 이리하여 파홈은 명실공히 지주가 되었다. 자신의 땅을 갈아 씨를 뿌리고, 자신의 땅에서 자란 풀을 베어 건초乾草를 만들며, 자신의 땅에서 나무를 베어 내고 자신의 땅에서 가축을 기르게 된 것이다. 영구히 자신의 소유가 된 땅을 경작하러 가거나, 작물의 싹이 돋아나는 밭이나 목초지牧草地를 돌아보러 갈 때마다, 파홈은 더할 나위 없이 기뻤다. 이 땅에서는 풀이 자라고 꽃이 피어나는 모양이 다른 곳과는 전혀 다른 듯한 느낌이 들었다. 그는 이전에도 곧잘 이 땅을 통과한 적이 있고, 여느 땅과 같은 땅이지만, 이제는 아주 특별한 땅이 되어버린 것이다.

ヨ

이리하여 파홈은 기쁨으로 충만한 나날을 보내게 되었다. 만일 농부들이 파홈의 직물이나 목초지를 침해하지만 않았다면, 모든 것이 잘 되어갔을 것이다. 그는 농부들에게 조심해 줄 것을 부탁해 보았지만, 통 효과가 없었다. 여전히 소가 목초지에 들어오거나, 밤에는 놓아두고 있는 말들이 보리밭에 뛰어들곤 했다. 그래도 파홈은 몰아내기만 할 뿐, 너그러이 봐주고 결코 소송을 제기하지는 않았다. 하지만 나중에는 그 일에 골머리를 앓게 되어, 군郡의 재판소에 일일이 제소提訴하게 되었다. 원래 땅이 좁아서 그렇지 농부들에게 어떤 악의惡意가 있어 그러는 게 아님을 잘 알고 있었지만, '그렇다고 이대로 내버려 둘 수는 없지, 가만히 있으면 모든 게 엉망이 되어 버릴 테니까. 이제는 따끔한 맛을 보여줘야 해' 라고 생각한 것이다.

한 번 이렇게 재판을 통해 따끔한 맛을 보여준 이후로 그는 잇따라 농부들을 응징하게 되어, 벌금을 징수당하는 농부가 속속 나왔다. 그래서 부근의 농부들은 파홈에게 원한을 품기 시작하였다. 그리고 이번에는 고의적으로 그의 땅을 망치려 들었다. 어떤 농부는 밤중에 몰래 숲으로 들어가, 수십 그루의 보리수 껍질을 모두 벗겨 버렸다. 파홈이자기의 숲에 다가가 보니, 껍질이 벗겨진 어린 보리수나무들이 사방에 흐트러진 채 그루터기만 남아 있지 않는가! 무성하게 자란 가지는 베더라도 원기둥만은 남겨 두었더라면 좋았으련만 그 악당은 모조리 베어 버린 것이다.

파홈은 그만 울화가 치밀어 올랐다. '빌어먹을! 누가 이런 짓을 했는지 꼭 찾아내고 말겠다. 그리고 실컷 보복을 해줄 테다' 그는 이렇게 다짐하며 어느 놈이 그랬을까 하고 골똘히 생각해 보았다. '이는 아무래도 쇼무카 녀석의 짓임에 틀림없어. 이런 짓을 할 놈이라곤 그놈밖에 없으니까' 그래서 쇼무카에게로 달려가 집 주위를 살펴보았다. 그러나 서로 욕설을 퍼부었을 뿐, 증거는 아무것도 발견하지 못했다. 그리하여 파홈은, 이는 쇼무카가 한 짓임에 틀림없다고 더욱 확신하기에 이르렀다. 그는 재판소에 제소하였고 두 사람은 법정에 호출되었다. 몇 번이고 심리審理가 되풀이된 끝에, 그 농부는 무죄 판정을 받았다. 증거가 없었기 때문이다. 그래서 파홈은 더욱 화가 나 이장里長이나 재판관에게도 욕을 하였다.

"당신들은 도둑놈 편을 드는군, 당신들이 정직하고 올바른 사람이라면 도둑놈을 무죄로 만들 리가 없어" 그리고 파홈은 재판관이나 이웃 농부들을 상대로 싸움을 걸기 시작했다. 농부들은 불을 지르겠다며 그를 위협했다. 파홈은 넓은 땅에서 살고 있으면서도, 세상을 좁게 살아가게 되어 버렸다.

마침 그 무렵, 농부들이 새로운 땅으로 이주移住하려 하고 있다는 소문이 돌았다. 그래서 파홈은 생각했다. '내게는 자신의 땅에서 떠나야 할 이유가 하나도 없다. 그리고 이곳 사람들이 모두 떠나가 버리면, 땅도 더욱 넓힐 수 있겠지. 그자들의 땅을 손에 넣어, 이 부근 일대를 몽땅 내 것으로 만들어 버리자. 그러면 지내기가 한결 나아질 거야. 그러지 않고는 아무래도 좁아서 견딜 재간이 없어.'

한 번은 파홈이 집에 있을 때에, 여행 중인 한 농부가 찾아왔다. 그래서 그 농부를 재워 주기로 하고, 음식을 대접하며 세상 이야기로 꽃을 피웠다. 대체 어디서 왔는가 하고 묻자, 그 농부는 아래쪽의 볼가강 건너편에서 왔으며, 지금까지 거기서 일하고 있었다는 것이었다. 그리고 파홈의 질문에 대답하면서, 지금 그곳에로의 이주移住가 농부들 사이에 유행하고 있다고 대충 말해 주었다. 그의 말에 의하면, 이곳 농부들이 그곳으로 이주하면 마을의 조합組合에 등록되어, 1인당 10헥타르의 땅을 배당받게 되어 있다는 것이다.

"그런데 그 땅이 어찌나 비옥한지, 호밀을 파종하면 말의 키보다 더 높이 자라고 빽빽이 들어차서 단 다섯 줌이면 한 다발이 되어 버리니 대단하죠. 어느 농부는 처음 이주해 왔을 때는 빈털터리였는데, 지금은 말 여섯 마리와 암소 두 마리를 갖고 있답니다."

그 농부는 이렇게 말했다.

파홈은 흥분으로 가슴이 뜨거워졌다. 그는 생각했다. '그렇게 좋은 생활을 할 수 있는데, 이처럼 좁은 곳에서 가난뱅이로 지낼 필요가 없지. 이곳 땅과 집을 팔아버리자. 그리고 그 돈으로 그쪽에 집을 짓고, 새로이 시작하자. 이렇게 좁은 곳에 있으면 그야말로 죄만 짓게 되니까. 하지만 그 전에 우선 내 눈으로 실상을 똑똑히 확인할 필요가 있겠지.'

그리하여 파홈은 한 해를 기다린 후 그곳으로 출발하였다. 사마라까지는 볼가강을 따라 기선汽船으로 내려가고, 그다음에는 걸어서 400킬로미터쯤 내려갔다. 이윽고 목적지에 닿아 보니 모든 게 듣던 그대로였다. 농부들은 각기 10헥타르의 땅을 배당받아 풍족하게 생활하고 있었다. 또 누구나 기꺼이 조합에 가입시켜주었다. 그리고 돈이 있는 사람이면, 배당받는 땅 외에 제일 좋은 땅을 3루블씩에 얼마든지 원하는 대로 사들여, 그것을 영구히 소유할 수 있었다. 자신이 원하는 만큼 얼마든지 사들일 수 있는 것이다!

모든 것을 자세히 살펴본 파홈은, 가을이 되기 전에 집으로 돌아와서 가지고 있는 것들을 모조리 팔아 버리기로 했다. 그는 땅을 처분하여 상당한 액수의 돈을 손에 넣었다. 집도 팔고 가축도 모두 팔아 버렸다. 그리고 마을의 조합으로부터 적籍을 뺀 다음, 봄이 되기를 기다려 가족을 데리고 새로운 땅으로 출발했다.

4

　파홈은 가족을 데리고 새로운 땅에 도착하자, 곧 마을의 대규모 조합에 가입키로 하였다. 그래서 조합장이나 간부들에게 술대접을 하고, 필요한 서류를 모두 갖추어 제출하였다. 파홈은 가입을 허락받아, 5명의 가족에게 할당되는 목장 이외의 여러 경작지 50헥타르를 배당받았다. 파홈은 집을 짓고, 가축을 기르기 시작하였다. 그의 땅은 이전보다 1인당 세 배나 넓어졌다. 더욱이 그것은 기름지고 풍요로운 땅이었다. 따라서 생활도 이전보다 열 배나 나아졌다. 게다가 경작지나 가축의 사료도 이제는 충분했고 가축도 얼마든지 기를 수 있었다.

　파홈은, 집을 짓거나 가축을 불려가고 있을 무렵에는 모든 것이 더할 나위 없이 좋다고 생각했다. 하지만 점점 지내기가 익숙해지자, 이 땅도 좁은 듯한 느낌이 들었다. 첫해에 파홈은 할당받은 땅에 밀을 파종하여 풍성한 수확을 올렸다. 그래서 그는 밀을 더 심고 싶었지만, 할당받은 땅으로는 모자랐다. 게다가 밀이 적합하지 않은 땅도 있었다. 그래서 밀은 억새가 자라고 있는 땅이나 휴경지休耕地에 파종하기로 했다. 그러나 일년이나 2년쯤 밀농사를 지은 후,

다시 억새가 자랄 때까지 땅을 놀려 두지 않으면 안 되었다. 더욱이 그러한 땅은 희망자가 많아, 이용하기가 어려웠다. 그래서 그 땅 때문에 곧잘 싸움이 일어났다. 약간이나마 돈이 있는 사람은 자신이 이용하려 했고, 가난한 사람은 상인商人으로부터 그 땅을 일 년 동안 빌려 쓰고자 했다. 파홈은 가능한 한 더 많은 밀을 심고 싶었다. 그래서 이듬해에는 상인을 찾아가, 땅을 일 년 동안 빌리기로 하였다. 그리고 지난해보다 더 많이 파종하였더니, 이번에도 풍성한 수확을 올렸다. 하지만 그곳은 마을에서 멀리 떨어져 있어, 15킬로미터나 운반하지 않으면 안 되었다. 그리고 가만히 살펴보니, 이 부근에서는 상업에 손을 대고 있는 농부들이 커다란 저택을 장만하는 등 더욱 부유해져 가고 있었다. 그래서 파홈은 생각했다. '만일 그들처럼 땅을 사들여 영구히 자신의 것으로 만들 수만 있다면 훌륭한 저택은 문제가 아닐 뿐만 아니라 이런 일은 하지 않아도 될 거야. 모든 건 땅만 갖게 되면 이룰 수 있어' 그리하여 파홈은 어떻게 하면 땅을 사들여 영구히 자신의 것으로 만들 수 있을까를 생각하게 되었다.

파홈은 이렇게 3년의 세월을 보냈다. 땅을 빌어 밀농사를 지은 것이 해마다 풍작을 이루어, 꽤 많은 돈이 저축되었다. 이제 생활하는 데는 아무런 걱정도 없었지만, 파홈에게는 해마다 남의 땅을 빌리고 땅 때문에 허덕여야 한다는 게 아무래도 따분하게 느껴졌다. 어디에 약간이나마 좋은 땅이 있으면, 농부들은 곧 달려가 몽땅 손에 넣어 버린다. 우물쭈물하다가 빌릴 기회를 놓치면, 밀 심을 곳이 없어져 버리는 것이다. 그는 3년째 되던 해에는 어느 상인과 반반씩 나누어 갖기로 약속하고 농부들로부터 경작지를 빌렸으나, 경작을 끝마쳤을 때에 농부들이 소송을 제기한 때문에 노력이 수포로 돌아가 버렸다. '이게 만일 내 땅이라면' 하고 그는 생각하였다. '누구에게 머리를 숙일 필요도 없고, 큰 곤욕을 겪지 않아도 될 텐데.'

그래서 파홈은 영구히 사들일 땅을 찾기 시작하다가 우연히 한 농부를 만났다. 그 농부는 5백 헥타르의 땅을 갖고 있는데, 재산을 날려버려 싸게 팔겠다는 것이었다. 파홈은 그 사나이와 흥정해 보기로 했다. 몇 번이고 교섭을 거듭한 끝에, 대금은 1천 5백 루블로 하고, 절반은 저당 잡히기로 합의가 되었다. 일이 마무리 단계에 접어들었을 때, 우연히 여행 중이던 한 상인이 말에게 먹이를 주기 위해 파홈의 집에 들렀다. 두 사람은 차를 마시며 세상 이야기를 하였다.

상인은 멀리 떨어진 파시킬로부터 오는 길이라고 말했다. 거기서 그는 파시킬 사람으로부터 5천 헥타르 정도의 땅을 샀다는 것이다. 그런데 그 땅 값이 천 루블에 지나지 않았다고 그 상인은 말하였다. 그래서 파홈이 여러 가지를 물어 보자 상인은 그 경위를 설명하였다. "우두머리나 간부들을 만족시켜 주기만 하면 돼요. 나는 백 루블어치 정도의 가운이나 깔개 따위와 커다란 차茶 한 상자를 그들에게 선물로 주고 또 술을 대접함으로써 1헥타르당 20코페이카라는 싼 값으로 그 땅을 손에 넣은 겁니다" 이렇게 말하면서 그는 등기登記증서를 내보였다. "더욱이 그 땅은 작은 하천을 끼고 있어 억새가 잔뜩 자라고 있는 넓은 들판이지요."

파홈은 더욱 자세히 물어 보았다. "그곳에는요" 하고 상인은 말을 계속했다. "일 년이 걸려도 한 바퀴 돌아볼 수 없을 만큼 넓은 땅이 있으며, 그게 모두 파시킬 사람들의 것입니다. 그런데 그들은 양처럼 순해빠진 얼간이들이에요. 그냥 얻는 거나 다름없는 거죠.

'그렇다면 5백 헥타르의 땅을 1천 루블이나 주고 사들이고 또 빚을 갚느라 괴로워하는 따위의 어리석은 짓을 할 필요가 없지. 똑같은 1천 루블로 엄청나게 넓은 땅을 가질 수 있을 테니!'하고 파홈은 생각했다.

5

파홈은 그곳으로 가는 길을 자세히 물어 보았다. 그리고 상인이 떠나자, 재빨리 자신도 여행길에 오를 준비를 했다. 뒷일은 아내에게 맡기고, 그는 한 명의 머슴을 데리고 출발했다. 도중에 작은 도시에 들러 상인이 말해 준 대로 커다란 차茶 상자와 선물할 물건들 그리고 술 따위를 구입하였다. 그리고 마차에 올라 여행을 계속하여 5백 킬로미터쯤 달렸다. 7일 만에 두 사람은 파시킬의 유목지遊牧地에 도착하였다. 모든 것이 그 상인이 말한 대로였다. 모두들 개천을 끼고 펼쳐져 있는 초원草原의, 펠트로 만들어진 텐트 속에서 살고 있었다. 그들은 스스로 땅을 경작하지도, 또 곡물을 먹지도 않는다. 초원에는 가축이나 말들이 무리 지어 돌아다니고 있다. 텐트 뒤에는 망아지들이 매어져 있으며, 어미 말들을 하루에 두 번씩 이곳으로 몰아온다. 암컷으로부터는 젖을 짜고, 그 젖으로 마유주馬乳酒를 만든다. 여자들은 마유주를 휘저어 치즈를 만든다. 하지만 남자들은 마유주나 차를 마시며 양고기를 먹고는 피리를 불 줄밖에 모른다. 모두들 정중하고 쾌활하며, 여름철 내내 축제 분위기 속에 지내고 있다. 모두들 문맹文盲이어서 러시아 어조차 모르지만, 성품은 온화하고 붙임성이 있었다.

파홈의 모습을 발견하자마자 파시킬 사람들이 텐트에서 몰려나와 손님 주위를 둘러쌌다. 통역할 사나이가 나타나 자신을 소개하자, 파홈은 그 사나이에게 땅을 구하러 왔다고 말했다. 파시킬 사람들은 기뻐하며 파홈을 껴안기라도 할 것처럼 다정하게 대하면서 그를 멋진 텐트 속으로 안내했다. 그리고 양탄자를 펼쳐 깔고 방석 위에 앉히고는, 그 주위에 빙 둘러앉아 차와 마유주를 권했다. 또 양 한 마리를 잡아 그 고기도 대접해 주었다. 파홈은 마차에서 선물을 꺼내어 파시킬 사람들에게 나누어 주기로 하였다. 파홈이 파시킬 사람들에게 선물을 건네 준 다음 차도 나누어 주자 그들은 매우 기뻐하였다. 그리고 자기네끼리 귀엣말을 주고받더니, 통역하는 사나이를 통해 다음과 같이 알려 주었다.

"이 사람들은" 하고 통역하는 사나이가 말하였다. "모두 당신에게 호감을 갖고 있어요. 그런데 자신들의 관습으로 손님은 되도록 후하게 대접하고, 선물을 받으면 답례를 하게 되어 있습니다. 당신은 여러 가지의 선물을 주셨어요. 그래서 이번에는 당신에게 답례를 하고 싶은데, 자신들이 갖고 있는 것들 중 제일 갖고 싶은 게 무엇인지 말해 달랍니다."

"내가 제일 갖고 싶은 건" 하고 파홈은 말하였다. "무엇보다도 당신들의 땅입니다. 우리 고장은 땅이 좁고 또 오래 경작을 하여 땅이 쇠해 버렸지만, 당신들에게는 많은 땅이 있고 또 그 땅은 기름집니다. 이처럼 좋은 땅은 지금까지 본 적이 없어요."

통역하는 사나이가 이 말을 그들에게 전달하였다. 파시킬 사람들은 다시 서로 이야기하기 시작했다. 파홈은 그들이 무슨 말을 하고 있는지 알 수 없었지만, 그들은 매우 즐거운 듯이 떠들며 미소 짓고 있었다. 이윽고 입을 다물고 모두들 파홈을 바라보았다. 그리고 통역하는 사나이가 말하였다. "당신의 친절에 보답하기 위해 얼마든지 갖고 싶은 만큼의 땅을 기꺼이 드리겠다고 말해 달랍니다. 그저 손으로 이만큼이라고 가리켜 주시면 ― 그게 당신의 땅입니다."

모두들 다시 이야기를 하기 시작하더니, 얼마 후에 언쟁이 시작되었다. 그래서 파홈은 무슨 일로 다투고 있는가 하고 물었다. 통역하는 사나이가 말하였다. "땅에 관한 일은 이장里長에게 물어 볼 필요가 있다, 물어보지 않고 결정할 수는 없다고 몇 명이 말하고 있어요. 그에 반해, 다른 사람들은 물어 보지 않아도 상관없다고 말하고 있는 겁니다."

6

파시킬 사람들이 이렇게 다투고 있을 때 여우 가죽으로 만든 모자를 쓴 사나이가 들어왔다. 모두들 갑자기 입을 다물고 일어섰다. 그리고 통역하는 사나이가 말하였다. "이분이 이장입니다."

파홈은 재빨리 제일 품질이 좋은 가운과 2킬로그램쯤 되는 차茶를 이장에게 갖다 주었다. 이장은 그것을 받아들고는 상좌上座에 앉았다. 그리고 파시킬 사람들이 곧 그에게 무슨 이야기를 하기 시작했다. 이장은 잠자코 듣고 있더니, 얼마 후에 고개를 끄덕이며 파홈에게 러시아 어로 말하였다.

"아, 좋아요. 원하는 땅을 가지세요. 땅은 얼마든지 있으니까요." '원하는 만큼이라고 하지만, 그걸 어떤 방법으로 갖는담? 하지만 아무튼 계약만은 분명히 해두어야 한다. 그러지 않으면 지금은 네 것이라고 말하고서 나중엔 다시 가져가 버리는 수도 있으니까' 하고 생각한 파홈은 이렇게 말했다.

"친절히 말씀해 주셔서 정말 감사합니다. 확실히 이곳에는 땅이 얼마든지 있지만, 내게 필요한 건 약간의 땅입니다. 다만 나로서는 어디가 내 땅인지 분명히 해두고 싶습니다. 그러므로 일단 경계를 그을 만큼은 그어 자신의 땅을 확인해 두어야 합니다. 아무튼 인간이 죽고 사는 것은 하느님의 뜻에 달려 있으므로, 여러분은 친절히 땅을 주시겠다고 하시지만, 나중에 여러분의 아드님에게 빼앗길 수도 있으니까요."

"지당한 말이오. 확인하는 건 상관없습니다" 하고 이장이 말했다.

그래서 파홈은 말했다.

"듣기로는 한 상인이 이곳에 왔었다더군요. 여러분은 그 사람에게도 약간의 땅을 주어 등기 증서까지 만드셨다는데, 내게도 그렇게 해주시면 고맙겠습니다만."

이장은 모든 걸 들어주었다.

"그건 어렵지 않은 일입니다. 우리에게는 서기書記도 있으니까, 함께 시내로 나가 격식에 맞춰 증서에 도장을 찍기로 합시다."

"그러면 값은 얼마나 내야 할까요?" 하고 파홈이 물었다.

"여기는 값이 모두 똑같습니다. 즉 하루분에 1천 루블이에요."

파홈은 무슨 말인지 알 수 없었다. "일일분이라면, 그건 대체 어떤 방식으로 측정하는 건가요? 몇 헥타르쯤 되는 겁니까?"

"우리는 그러한 계산은 서툴러서요. 언제나 일일분씩 팔기로 되어 있습니다. 즉 꼬박 하루 동안 한 바퀴 돌아온 만큼의 범위가 바로 당신의 땅이 되는 겁니다. 그리고 값은 일일분에 1천 루블입니다" 하고 이장이 말했다. 파홈은 깜짝 놀라며 말했다. "그러나 온종일 한 바퀴를 돈다면 그건 굉장히 넓은 땅이겠군요" 이장이 웃으며 발했다. "모두 당신의 것이 됩니다. 다만 거기에는 한 가지 조건이 따르지요. 만일 해가 지기 전까지 당신이 출발한 장소로 되돌아오지 못하면, 땅도 갖지 못하고 물론 당신의 돈도 돌려받지 못하는 겁니다."

"그러면 내가 한 바퀴 도는 지점들은 어떻게 표시합니까?" 하고 파홈이 물었다.

"우리는 당신이 원하는 곳이면 어디나 서 있기로 하겠어요. 우리는 줄곧 서 있을 테니까, 당신은 원을 그리듯 한 바퀴 돌기만 하면 됩니다. 다만 작은 삽을 가지고 가셔서 어디든 적당한 데에 표시를 해주세요. 즉 구부러지는 지점마다 작은 구멍을 파고 잔디라도 던져두면 됩니다. 그러면 나중에 그 구멍과 구멍을 잇는 경계선이 마련될 겁니다. 어떤 식으로 한 바퀴를 돌든 그것은 당신의 자유지만, 해가 지기 전에 처음 출발한 장소로 되돌아와 주시기 바랍니다. 한 바퀴 돌아 온 만큼의 땅이 모두 당신의 것이 됩니다" 하고 이장은 거듭 강조했다.

　파홈은 기뻤다. 그들은 아침 일찍 출발하기로 결정하였다. 그리고 그 일에 관해 여러 가지 이야기를 더 하고, 마유주를 마시고, 양고기를 먹고, 차도 실컷 마셨다. 그러는 동안에 밤이 되었다. 파시킬 사람들은 파홈을 새털을 넣은 가벼운 이불 위에서 쉬도록 하고 각기 자기네 텐트로 돌아갔다. 그들은 이튿날 아침 해가 뜰 무렵, 총소리가 들리면 출발 지점에 모이기로 약속을 했다.

7

　파홈은 이불 위에 드러누웠지만, 땅 생각이 머리에서 떠나지 않아 좀처럼 잠을 이루지 못하고 생각에 잠겼다. '어마어마하게 넓은 땅을 손에 넣어야지, 온종일 걸으면 50킬로미터쯤은 돌아 볼 수 있겠지, 게다가 지금은 일 년 중 제일 낮이 긴 때니까. 아무튼 둘레가 50킬로미터라면 꿍장한 땅이지! 별로 신통치 않은 곳은 팔거나 농부들에게 빌려 주기로 하고, 제일 좋은 곳을 골라 거기에 정착하기로 하자. 황소 두 마리가 끄는 쟁기를 만들고, 일꾼을 두 명쯤 고용하기로 하자. 그리고 50헥타르 정도는 경작지로 이용하고,

나머지는 가축의 방목지放牧地로 하자.'

파홈은 뜬눈으로 밤을 새웠다. 겨우 새벽녘이 다 되어서야 잠깐 졸았다. 그는 꿈결에 텐트 속에 드러누운 채, 밖에서 누가 웃고 있는 소리에 귀를 기울이고 있는 자신을 보았다. 그러다가 대체 무엇이 우스운지 알아보고 싶어서 그는 일어나 텐트 밖으로 나왔다. 나와 보니 그 파시킬 인들의 이장이 텐트 앞에 앉아 두 손으로 배를 움켜쥐고 몸을 흔들면서, 무엇이 우스운지 배꼽이 빠질 정도로 웃고 있지 않는가. 그는 다가가서, "무슨 일로 웃고 계십니까?" 하고 물어 보았다. 하지만 자세히 보니, 그는 파시킬 인들의 이장이 아니라, 언젠가 자기 집에 들러 이곳의 땅 이야기를 해준 그 상인인 듯했다. 그래서, "언제부터 이곳에 와 있었소?" 하고 말을 건 순간, 그는 이미 그 상인이 아니라, 오래 전에 그의 집에 들렀던, 볼가강 건너편의 그 농부로 변해 있었다. 그러나 파홈이 다시 자세히 살펴보니, 그 놈은 바로 뿔이 달린 악마였다. 그놈이 땅바닥에 앉아 배를 움켜잡고 웃고 있었던 것이다. 그리고 그 앞에는 속옷 바람에 맨발인 사나이가 쓰러져 있었다. 그래서 파홈은 대체 그 사나이가 누구인지 확인하러 다가가 자세히 보니, 그 사나이는 이미 죽어 있었으며, 더욱이 그것은 자기 자신이었다. 파홈은 오싹 소름이 끼쳐 잠을 깨었다.

깨어나 그는 '불길한 꿈을 꾸었군' 하고 한숨 돌리며 주위를 둘러보았다. 열려 있는 입구 쪽을 내다보니, 이미 날이 밝아 오고 있었다. '자, 모두 깨워야겠군. 이제 출발할 시간이야' 하며 파홈은 일어나서, 마차 속에서 자고 있던 머슴을 깨워 출발 준비를 하도록 이르고 자신은 파시킬 사람들을 깨우러 갔다. "이제 초원으로 땅을 정하러 갈 시간이에요" 하고 그는 외쳤다. 파시킬 사람들도 모두 일어나 한곳에 모였고 이장도 나왔다. 파시킬 사람들은 또 마유주를 마시기 시작하였고 파홈이 자기들에게 차를 대접하기를 원했지만, 그는 그렇게 태평스레 차나 마시고 있을 수가 없었다. "떠날 테면 일찍 떠납시다. 이제 시간이 됐으니까요" 하고 파홈이 말했다.

8

파시킬 사람들은 떠날 준비를 한 다음, 어떤 사람은 말에 오르고 어떤 사람은 마차에 올랐다. 파홈은 머슴과 함께 자신의 마차에 올랐다. 물론 작은 삽을 갖고 가는 것은 잊지 않았다. 초원에 도착하자, 동쪽 하늘이 붉게 물들기 시작하였다. 파시킬 말로 시칸이라 불리는 작은 언덕으로 올라간 그들은 각기 마차나 말에서 내려, 한 곳에 모였다. 이장이 파홈에게로 다가가, 손으로 들판을 가리키며 말했다.

"보시는 바와 같이 끝없이 펼쳐진 이 들판이 모두 우리의 땅입니다. 어디든 원하시는 곳을 가지십시오."

파홈의 눈이 반짝였다. 땅은 온통 억새로 뒤덮여 있었는데, 손바닥처럼 평평하고 겨자씨처럼 검었으며, 조금 낮은 지대에는 여러 가지 풀들이 무성하게 자라고 있었다. 계곡에는 특히 풀의 키가 가슴을 덮을 정도로 무성했다.

이장은 여우 가죽으로 만든 모자를 벗어 땅 위에 내려놓으며 말했다.

"그럼 이걸 표지로 삼읍시다. 여기서 출발하여 이곳으로 돌아오면, 한 바퀴 돌아 온 만큼의 땅이 모두 당신의 것입니다."

파홈은 돈을 꺼내어 그 모자 속에 집어넣고는, 긴 윗옷을 벗고 방한용防寒用 속옷 차림으로 출발 준비를 하였다. 허리의 가죽 띠를 단단히 매고 상반신을 뒤로 젖히고는, 빵이 들어 있는 봉지를 주머니에 집어넣었다. 그리고 물통을 가죽 띠에 달고, 장화의 정강이 부분의 가죽을 펴고는 머슴에게서 작은 삽을 받아 들었다. 그는 어느 방향으로 가는 게 좋을까 하고 한참 생각했다. 어느 쪽이나 좋은 땅뿐이었기 때문에 어디든 마찬가지였다. 그는 해가 떠오르는 쪽을 향해 제자리걸음을 하면서 지평선 너머에서 해가 떠오르기를 기다리며 생각했다. '단 일분도 시간을 헛되이 하지 않으리라. 선선할 동안은 걷기도 편하니까.'

지평선 너머 해가 떠오르자마자 파홈은 작은 삽을 어깨에 둘러메고는 초원을 향해 걷기 시작했다.

파홈은 느리지도 않고 빠르지도 않은 속도로 걷기 시작하였다. 1킬로미터쯤 걷고는 멈춰 서서 구멍을 파고, 눈에 잘 띄도록 잔디를 그 속에 집어넣었다. 그리고 다시 앞으로 나아갔다. 근육이 풀리자 자연히 걸음이 빨라졌다. 그는 계속 나아가면서 구멍을 하나씩 하나씩 파 갔다.

파홈은 뒤를 돌아보았다. 언덕이 햇살을 받아 또렷이 보였다. 서 있는 사람의 모습이 보이고, 쇠로 만든 마차의 수레바퀴가 번쩍였다. 파홈은 이제 그럭저럭 5킬로미터쯤은 걸었으리라고 생각하였다. 몹시 더워졌기 때문에, 방한용 내의를 벗어 둘러메고 다시 앞으로 나아갔다. 갈수록 점점 더워졌다. 해를 올려다보니, 이미 아침 식사를 할 시간이었다.

'이제 한 구간은 걸은 셈이군. 그러나 보통 하루에 네 구간은 걸을 수 있으니까, 아직 방향을 돌리기에는 이를 거야. 하지만 신발만이라도 벗어 보자' 하고 생각하여 그는 앉아서 장화를 벗고, 그것을 가죽 띠에 끼우고는 다시 걷기 시작했다. 훨씬 걷기가 좋아졌다. 그래서 그는 생각했다.

'이대로 5킬로미터쯤 더 걷고 그 다음에 왼쪽으로 구부러져야지. 이곳은 정말 좋은 땅이라서 단념하기가 아쉬울 정도니까.'

앞으로 나아갈수록 땅은 점점 더 비옥해서 그는 계속 똑바로 걸어갔다. 뒤돌아보니 시칸 언덕이 멀리 흐릿하게 보이고, 그 위의 사람의 모습도 개미만한 검은 점으로 보였다. 그리고 무엇인지 번쩍이고 있는 게 보일 듯 말 듯했다. '자, 이쪽은 이만하면 충분하겠지. 이제 서서히 방향을 돌려야겠군. 이런, 온통 땀투성이가 되었군! 물을 마시고 싶은데.' 파홈은 이렇게 생각하며 멈춰 서서 아까보다 더 큰 구멍을 파고 잔디를 집어넣었다. 그리고 허리의 물통을 풀어 물을 실컷 마셨다. 그 다음 왼쪽으로 방향을 돌렸다. 그는 계속 걷고 걸었다. 그러자 풀이 점점 무성해지고, 점점 더워졌다.

파홈은 몹시 피로해졌다. 태양을 올려다보니 점심때가 되었음을 알 수 있었다. '그럼 조금 쉬어야겠군' 하고 생각하며 파홈은 걸음을 멈추고, 땅바닥에 주저앉았다. 하지만 빵을 먹고 물을 마셨을 뿐, 드러눕지는 않았다. '드러누웠다간 그대로 잠들어 버릴지도 모른다'고 생각한 때문이었다.

한참 앉아 있다가 그는 다시 출발했다. 처음에는 편하게 걸을 수 있었다. 식사를 한 후 기운을 되찾았기 때문이다.

해가 기울기 시작했음에도 불구하고 더위는 몹시 심했다. 하지만 '한 시간 견디는 일이 평생의 이득을 가져온다'고 스스로 다짐하며 계속 걸었다.

그는 이 방향에서도 상당히 먼 거리를 걸었다. 그쯤에서 방향을 왼쪽으로 돌리려 하고 있는데, 눈앞에 움푹 패고 습기 찬 땅이 보였다. 파홈은 그 땅을 버리고 가기가 아까운 생각이 들었다. 그는 '이곳이면 아마亞麻가 잘 자라리라'고 생각하여 계속 앞으로 나아갔다. 마침내 움푹 팬 땅을 자신의 영역에 포함시키고 그 땅 너머에 구멍을 파고, 거기서 두 번째로 방향을 돌렸다.

파홈은 시칸 언덕 쪽을 돌아보았다. 더운 기운에 싸여 주위가 흐릿해 보이고, 아지랑이가 피어오르고 있었다. 그 너머 언덕 위에서 사람의 모습이 희미하게 나타났다가 사라지곤 했다. '그러면 이쪽은 충분히 잡았으니, 이번에는 좀 짧게 잡아야겠다' 파홈은 그렇게 결정하고 세 번째로 방향을 돌려 걸음을 재촉하였다. 태양을 올려다보니, 이미 서쪽으로 많이 기울어져 있었다. 하지만 세 번째로 방향을 돌린 후에도 아직 겨우 2킬로미터밖에 걷지 못한 상태였다. 그리고 출발점까지는 아직 15킬로미터나 남아 있었다.

'안 되겠는걸. 땅 모양이 좀 일그러지더라도, 여기서부터는 곧바로 서둘러 가야겠다. 더 욕심을 부려선 안 돼. 땅은 이것으로 충분하니까' 파홈은 급히 구멍을 파고는, 거기서 방향을 돌려 곧바로 출발 지점인 시칸 언덕으로 향하였다.

9

파홈은 곧바로 시칸 언덕을 향해 걸어갔는데, 얼마 후에는 아무래도 괴로워 견딜 수 없게 되었다. 몸은 땀투성이가 되고, 맨발은 많은 상처를 입어 점점 더 걷기가 어려워졌다. 쉬면서 숨을 돌리고 싶었지만, 그러면 해가 지기 전에 도착하기 어려웠기 때문에 그럴 수가 없었다. 태양은 조금도 기다려 주지 않고 자꾸 기울어갈 뿐이었다.

'아아, 내가 잘못한 게 아닐까? 너무 욕심을 부린 게 아닐까? 제시간에 대지 못하면 어떡하지?' 하고 혼잣말을 하며 그는 앞쪽의 언덕을 바라보고, 또 태양을 올려다보았다. 출발점까지는 아직 멀지만, 태양은 지평선에 거의 기울고 있었다.

파홈은 계속 걸어갔다. 괴로워 견딜 수 없었지만, 그는 더욱 빨리 걸었다. 아무리 걸어도, 목적지는 여전히 멀었다. 그는 속도를 두 배로 빨리했다. 방한용 옷이나 장화, 물통 따위도 내던지고, 모자마저 벗어 던진 후, 작은 삽만을 가지고 걸음을 재촉했다. '아아, 나는 너무 욕심을 부렸어. 이제 모든 게 끝장이다. 해 지기 전까지 도달할 가망이 없어.' 이렇게 생각되자 그는 두려운 나머지 숨이 막힐 듯했다. 파홈은 그래도 계속 달렸지만, 속옷이 땀에 젖어 몸에 달라붙고, 갈증을 견딜 수가 없었다. 가슴은 대장간의 풀무처럼 부풀어 오르고 심장은 망치처럼 고동쳤으며, 발은 자신의 발이 아닌 것처럼 흐느적거려 당장이라도 그 자리에 쓰러질 것 같았다. 파홈은 너무 긴장하여 이대로 죽어 버릴지도 모른다고 생각하였다.

　죽기가 두려웠고 또한 발을 멈출 수도 없었다. '이토록 뛰어다니고 이제 멈춰 선다면, 바보라는 말을 들을 것임에 틀림없어' 하면서 그는 달리고 또 달렸다. 그리하여 가까스로 시칸 언덕 기슭에 가까워지자, 파시칼 사람들이 그를 향해 큰 소리로 외치거나 성원을 보내는 목소리가 들렸다. 하지만 그 목소리가 들려오자, 심장의 고동이 아까보다도 더욱 격렬해졌다. 파홈은 있는 힘을 다하여 계속 달렸다. 하지만 태양은 이미 지평선에 기울어 안개 속으로 모습을 감추고, 이제는 피처럼 빨갛고 커다란 구슬같이 보였다. 해는 금방이라도 기울 듯했고, 출발점은 손에 잡힐 듯이 가까워 보였다. 이제 파홈에게는 자신을 향해 손을 흔들며 재촉하고 있는 언덕 위의 사람들의 모습이 잘 보였다. 땅 위에 놓여 있

는 여우 가죽으로 만든 모자나, 그 속에 들어 있는 돈까지
도 분명히 보였다. 땅바닥에 앉아 두 손으로 커다란 배를
껴안고 있는 이장의 모습도 눈에 들어왔다. 그러자 파홈에
게는 새벽에 꾸었던 꿈이 떠올랐다. '많은 땅이 손에 들어
왔지만 하느님은 아마 내가 그 땅에서 살도록 허락해 주시
진 않을 모양이군. 아아, 나는 스스로 자신을 파멸시켜 버
렸다. 저기까지는 도저히 갈 수 없어.'

파홈은 태양을 흘끗 올려다보았다. 태양은 벌써 지평선
밑으로 마지막 부분까지 묻혀 버렸다. 파홈은 있는 힘을 다
하여 몸을 앞쪽으로 기울이며, 가까스로 양발을 번갈아 내
디디며 몸을 지탱하고 있었다. 파홈이 시칸 언덕 기슭에 막
도달한 순간, 갑자기 주위가 어두워졌다. 태양이 이미 지
평선 너머로 기울었음을 보자 파홈은 '이제 힘겨운 노고가
수포로 돌아갔다'며 신음했다. 그가 단념하고 멈춰 서려 하
는데, 그의 귀에 파시킬 사람들이 계속 재촉하는 목소리가
들려 왔다. 그 순간, 아래쪽에 있는 그에게는 해가 진 것처
럼 생각되었지만, 언덕 위에서 볼 때는 아직 완전히 지지
않았으리라는 것을 그는 알아챘다. 파홈은 마음을 가다듬
어, 단숨에 언덕 위로 뛰어 올라갔다. 언덕 위는 아직 밝았
다. 뛰어 올라간 파홈은 무엇보다도 먼저 모자를 내려다보
았다. 그런데 모자 앞에 이장이 앉아서 두 손으로 배를 움

켜쥐고 큰 소리로 웃고 있었다.

파홈은 꿈 생각이 나서 '악' 소리를 질렀다. 발에 힘이 빠져 앞으로 퍽하고 쓰러졌지만, 그의 두 손은 모자를 꽉 움켜잡았다.

이장이 외쳤다. "아, 훌륭해요! 이렇게 넓은 땅이 모두 당신의 것입니다!"

파홈의 머슴이 달려와 그를 안아 일으키려 했지만, 그의 입에서는 피가 흘러내렸다. 그는 이미 죽어 있었던 것이다.

파시킬 사람들은 혀를 차며 가엾다고 제각기 한 마디씩 하였다. 머슴은 작은 삽을 집어 들고, 파홈을 위해 머리에서 발까지 제대로 들어갈 수 있도록 2미터 길이의 무덤을 파고 파홈의 시체를 매장하였다. 1886년

촛불

"눈은 눈으로, 이는 이로"라고 하신 말씀을 너희는 들었다. 그러나 나는 이렇게 말한다. 앙갚음하지 말아라.

— 마태오복음 제 5장 38~39절

이것은 지주地主가 건재健在하던 시대의 일이다. 지주 가운데에도 여러 종류의 사람이 있었다. 죽을 때와 하느님 을 생각하여 농부들에게 자비롭게 대하는 사람들도 있고, 이렇게 말하기는 안됐지만, 짐승이나 다름없는 사람도 있었다. 그러나 농노農奴 처지에서 벼락출세하여 — 말하자면 시궁창에서 기어올라 왕자가 되어 — 갑자기 권세를 쥔 관리자들만큼 처치 곤란한 것은 없었다. 이러한 사나이들이 있는 곳에서는, 무엇보다도 농부들의 생활이 비참했다.

어느 지주의 영지領地에 그러한 관리인이 나타났다. 농부들은 소작료小作料 대신 일을 해주기로 되어 있었다. 땅은 얼마든지 있었고, 또 그것들은 물이나 목초지牧草地, 숲 따위가 갖추어진 기름진 땅이었다. 그만하면 지주에게나 농부에게나 충분한 몫이 돌아갈 땅이었다. 그런데 지주가 자신의 저택에서 일하는, 다른 영지 출신의 농노를 관리인으로 발탁하였던 것이다.

그 관리인은 권력을 쥐자 대뜸 농부들에게 군림하게 되었다. 이 사나이는 가족을 거느리고 있었고 ─ 아내와 이미 출가한 두 딸이 있었다 ─ 돈도 이미 좀 모아 두고 있었다. 따라서 죄를 짓지 않아도 편하게 살아갈 수 있었을 텐데, 원래 탐욕스런 사나이였기 때문에 죄의 늪에 빠져 버렸다. 우선 그는 농부들을 정해진 일수 이상으로 부역賦役에 몰아넣기로 했다. 그는 벽돌 장사를 시작하여, 모든 농부를 ─ 남녀의 구별 없이 ─ 녹초가 되도록 혹사한 대가로 벽돌을 팔 수 있게 되었다.

농부들은 모스크바에 살고 있는 지주를 찾아가 탄원했지만, 아무 소용이 없었다. 지주는 농부들을 빈손으로 돌려보냈을 뿐, 관리인의 횡포를 응징해 주지 않았다. 관리인은 농부들이 탄원하러 몰려갔었음을 알고는 앙심을 품고 농부들에게 보복을 가하기 시작했다. 농부들의 생활은 이전보다 더욱 고통스러워졌다. 게다가 농부들 중에도 배신자가 생겨났다. 그들은 관리인에게 동료의 일을 밀고하여 서로 헐뜯게 되었다. 이리하여 농부들은 모두 소동에 휘말리고, 관리인은 관리인대로 포악해져 갔다. 이러한 일이 되풀이되고 있는 동안에 마침내 농부들은 관리인을 마치 포악한 맹수를 대하듯 두려워하게 되었다. 그가 말을 타고 마을을 통과하면, 마치 이리라도 나타난 것처럼 농부들은 모두 그를 피하고, 그의 눈에 띄지 않도록 어디에든 모습을 감추어 버리는 것이었다. 관리인은 그걸 알아채자, 농부들이 모두 자신을 두려워하고 있다 하여 이전보다 더욱 화를 냈다. 그리고 채찍질을 하거나 혹사酷使시킴으로써 농부들을 몹시도 괴롭혔기 때문에, 이 사나이 손에 농부들은 매우 심한 고통을 당하게 되었다.

당시에는 이러한 악인을 몰래 처치해 버리는 일이 흔히 있었다. 그래서 농부들은 끼리끼리 모여 해결책을 모색하기 시작했다. 남의 눈에 띄지 않는 곳에 몇 사람이 모이면, 혈기 왕성한 사나이가 이렇게 말하는 것이었다. "언제까지나 그 따위 흉악한 놈에게 당하고만 있어야 해? 어차피 이대로 나가면 우린 파멸이야 — 그런 놈은 죽여 버려도 죄될 것 없다고."

부활절 전에 농부들이 숲에서 한 번 모인 적이 있었다. 관리인으로부터 주인네 숲의 나뭇가지를 치도록 지시를 받았던 것이다. 그들은 점심시간에 모여서 여러 가지 이야기를 나누었다.

"앞으로 우린 어떻게 살아가지? 이대로 나가면 그놈은 우리의 뼛속까지 빨아먹을 거야. 밤낮으로 녹초가 되도록 혹사당하고, 우리나 여자들이나 숨쉴 틈도 없잖나. 게다가 조금이라도 마음에 들지 않으면 이러쿵저러쿵 이유를 달아 매질을 하지 않나. 세미욘은 그놈한테 얻어맞아 죽어 버렸어. 아니심은 감방에 들어가 차꼬에 채워져 괴로움을 당하고 있잖은가. 더 이상 무슨 희망이 있겠나? 저녁때 여기 와서 또 부당한 짓을 하면, 상관없어, 그땐 그놈을 말에서 끌어내려 도끼로 쳐 죽여야 해. 그러면 만사는 끝나는 거야. 그리고 들개마냥 어딘가에 매장하여 증거를 없애 버리면 되는 거야. 중요한 건 합의合意야. 모두 하나로 마음을 합치고, 결코 배반하지 말아야 해!"

이렇게 말한 사람은 바실리 미나예프였다. 이 사람은 그 누구보다도 관리인을 제일 저주하고 있었던 것이다. 관리인은 매주每週 으레 그에게 매질을 하고, 또 그의 아내를 억지로 자기 집으로 데리고 가서 식모로 만들었던 것이다.

농부들이 이런 이야기들을 나누는 동안에 저녁이 되자, 관리인이 말을 타고 와서는 나뭇가지 베기를 잘못했다하여 트집을 잡기 시작하였다. 베어낸 나뭇가지 더미 속에서 보리수 가지를 발견한 것이다.

"난 보리수 가지를 베라고는 하지 않았어. 누가 이걸 베었나? 어서 말해, 말하지 않으면 너희들 모두에게 매질을 하겠다!"

그리고 누가 맡은 줄에 그 보리수가 있었는지 조사하기 시작하였다. 곧 시돌이 맡았던 줄임이 밝혀졌다. 관리인은 얼굴이 온통 피투성이가 되도록 시돌을 두들겨 팼다. 그리고 베어낸 나뭇가지의 양이 적다고 트집을 잡아 바실리 타타르까지 가죽 채찍으로 후려쳤다. 그리고 이내 돌아가 버렸다.

그날 저적 농부들은 다시 모였다. 그리고 바실리 미나예프가 입을 열었다.

"원, 하나같이 허약해 빠진 친구들! 참새 꼴밖에 안돼, '해치워라, 해치워라'고 입으로는 말하면서도 일이 벌어지면 모두들 차양 밑으로 달아나 버린단 말야. 마치 매를 치기 위해 참새들이 모여서 '배반하면 안 돼, 배반하지 말라구. 해치워, 모두들 해치워야 해!'하고 제각기 떠들어 대는 꼴이야. 그리고 매가 날아오면 모두들 쐐기풀 속에 숨어 버린단 말야. 그러면 매는 알맞은 놈을 홱 채 가는 거지. 그러면 참새들은 다시 모여 동료 한 마리가 모자란다며 소란을 떨거든! '누가 없어졌지? 바니카야, 할 수 없지. 그는 그러한 운명을 타고났던 거야. 그는 그렇게 될 수밖에 없었어' 하며 금세 체념해 버리지. 우리도 이와 다를 게 없잖아, 배반하면 안 된다고 말하면, 무슨 일이 있어도 배반해선 안 되는 거야! 그자가 시돌에게 손을 대었을 때에, 모두들 일제히 달려들어 처치해 버렸어야 했어! 그런데 이게 뭔가, '배반하면 안 돼, 배반하지 말라구, 해치워, 해치워야 해' 하고 말해 놓고서, 막상 매가 날아오면 ― 모두들 덤불 속으로 숨어 버린단 말야!"

이처럼 만나기만 하면 이런 이야기를 하게 되자, 마침내 농부들은 관리인을 죽이기로 확고히 마음먹게 되었다. 사순절四旬節의 다섯번째 주週에, 관리인은 부활절 주週의 부역賦役으로 귀리 씨를 뿌릴 수 있도록 밭을 갈아 두라고 농부들에게 일렀다. 농부들은 이건 해도 너무하다고 생각되었기 때문에, 부활절 전 금요일에 남의 눈에 띄지 않는 바실리 미나예프의 집 뒷마당에 모여 다시 이야기하기 시작했다.

"그자가 하느님의 말씀을 잊고 이처럼 부당한 짓을 하려고 한다면, 이번에는 정말 죽여 버려야 해. 이젠 어쩔 수 없지!"

표트르 미헤이예프도 그날 자리를 같이했다. 표트르 미헤이예프는 점잖은 농부로서 다른 농부들과는 생각이 달랐다. 미헤이예프는 여러 사람들의 말을 듣고 있더니, 이윽고 다음과 같이 말했다.

"자네들은 큰 죄를 지으려 하고 있군. 사람을 죽이다니 — 말도 안 돼. 남의 목숨을 빼앗기는 쉬운 일이지만, 그게 자신의 목숨이라면 어떻겠는가? 그 사나이가 나쁜 짓을 했다면, 언젠가는 그만한 악惡의 보상을 받을 걸세. 참아야 하네, 형제들."

이 말을 듣고 미나예프는 버럭 화를 냈다.

"사람을 죽이는 일은 죄가 된다고, 또 언제나처럼 설교를 되풀이할 셈인가? 죄가 된다는 것은 말하지 않아도 알고 있네. 그러나 상대가 어떤 놈인지 알고 있나? 물론 좋은 인간을 죽이면 죄가 되겠지만, 그런 짐승 같은 놈을 때려죽이는 건 하느님의 지시나 다름없지. 인간을 위해서는 미친개는 죽여야 해. 그 개를 죽이지 않으면 — 그 편이 더 큰 죄를 짓는 일이 될 거야. 그놈이 여러 사람들을 얼마나 괴롭히고 있는지 잘 생각해 보라구. 우리가 그놈을 죽이고 곤욕을 치르게 되어도, 그것은 여럿을 위한 일이야. 모든 사람들이 감사해 할 것임에 틀림없어. 지금 꾸물거리고 있으면, 그놈 때문에 모든 사람들이 괴로움을 당하리라는 건 명약관화한 일이야. 미헤이예프, 자네 말은 아무 쓸모도 없는 거야. 그럼 자네는 그리스도가 부활한 날에 모두들 일하러

나가야만 죄가 가벼워진다고 생각하나? 자네도 일하러 나가려 하지는 않을 테지만!"

그러자 미헤이예프가 말하였다.

"나가려 하지 않다니? 나가라면, 밭을 갈기 위해서든 그 밖의 무슨 일을 위해서든 나가겠네. 그게 좋아서 나가는 건 아니지만. 하느님은 누구의 죄인지 환히 알고 계시므로, 우리는 하느님의 일만 잊지 않으면 돼. 형제들, 나는 자신의 생각만으로 이런 말을 하고 있는 게 아닐세. 만일 악을 없애기 위해 악으로 대항해야 한다면, 하느님께서도 그러한 가르침을 우리에게 내려 주셨을 거야. 그런데 우리에게 그와는 다른 가르침을 주셨네. 자네가 악으로 대항하려 한다면, 그것은 틀림없이 자네에게 되돌아오네. 인간을 죽이는 건 옳은 일이 아니야. 그리고 그 피는 영혼에 달라붙어 떼어 낼 수 없게 될 것임에 틀림없어. 사람을 죽이면 자신의 영혼은 피투성이가 되어 버리지. 자네는 악인을 죽였다고, 악을 없앴다고 생각하겠지만, 당치도 않아. 자네는 그보다 더 큰 악을 자신의 마음속에 끌어들이게 되는 거야. 어려움은 꾹 참아야 하네. 그러면 어려움은 스스로 물러나게 마련이니까."

이리하여 농부들의 이야기는 결국 마무리 지어지지 않았다. 의견이 둘로 갈라진 것이다. 어떤 사람은 바실리와 같은 의견이었고, 어떤 사람은 표트르의 말에 동의하여 죄가 되는 일은 하지 말고 참아야겠다고 생각한 것이다.

농부들은 사순절 다섯째 주의 첫 일요일을 축하하였다. 그날 저녁때에 지주의 저택으로부터 마을의 주임主任이 서기書記를 데리고 나와, 내일은 귀리 씨를 뿌리기 위해 밭을 갈아야 하므로 농부들이 그 준비를 해두어야 한다는 미하일 세묘노비치, 즉 관리인의 명령을 전하였다. 주임은 서기와 함께 온 마을을 돌며, 내일은 밭에 나가 일부는 강 건너 쪽을 또 일부는 한길 쪽으로부터 밭을 갈라고 일일이 알려주었다. 농부들은 한숨을 내쉬었지만, 거역할 수는 없었다. 아침이 되자 농부들은 쟁기를 메고 들에 나가 밭을 갈기 시작하였다. 교회에서는 아침 미사 시작을 알리는 종소리가 울려퍼지고, 사람들이 어디서나 모두 부활절을 축하하고 있는데, 이곳의 농부들만은 밭을 갈고 있었다.

관리인인 미하일 세묘노비치는 늦게 잠을 깨자, 농장을 둘러보러 나갔다. 집안사람들 — 아내와 과부인 딸부활절이라 친정에 놀러 와 있었다 — 은 화장을 하고 모양을 내기 시작했다. 일꾼이 마차를 준비하여 두 사람은 아침 미사에 얼굴을 내밀고 돌아왔다. 식모가 사모바르를 준비하였다. 마침 그때 미하일 세묘노비치도 돌아와, 모두들 차를 마시기 시작하였다.

미하일 세묘노비치는 차를 실컷 마시고 파이프에 불을 붙이고는 마을의 주임을 불렀다.

"그래, 어떻게 됐나? 농부들이 밭을 갈러 나가도록 했나?"

"네, 미하일 세묘노비치" "모두들 나갔단 말이지?"

"모두들 나갔습니다. 내가 지시를 하여 알맞은 장소에 배치시켰습니다."

"배치시킨 건 좋은데, 제대로 밭을 갈고 있겠지? 잠깐 둘러보고 오라구. 그리고 내가 점심때가 지나 둘러보러 나갈테니, 그때까지 두 쟁기 당 1헥타르를 제대로 갈아 두라고 똑똑히 일러두게. 만일 갈지 않은 곳이 발견되면, 부활절이라 해서 용서하지는 않을 거라고 말야!"

"알겠습니다."

주임이 나간 후, 미하일 세묘노비치는 그를 다시 불렀다. 미하일 세묘노비치가 그를 다시 부른 것은 뭔가 할말이 있어서였는데, 막상 입을 열려고 하니 어떻게 말해야 할지 알수 없었다.

한참 망설인 끝에 그는 겨우 말을 꺼냈다.

"실은 말야, 자네가 그자들, 즉 농부들이 나에 관해 뭐라고들 말하고 있는지 듣고 와서 내게 알려 줬으면 좋겠어. 누가 어떤 욕을 하고 있는지 ― 그걸 내게 자세히 알려달

란말이야. 나는 그자들, 그 강도 같은 자들을 잘 알고 있네. 그자들은 일하기를 제일 싫어하며, 내가 매질하지 않으면 게으름이나 피우며 돌아다니거든. 그자들은 먹고 마시며 빈둥거리기를 좋아하며, 밭을 갈다가 게으름을 피우거나 일을 지연시키는 일 따위는 아무렇지도 않게 생각한단 말야. 그러니 누가 무슨 말을 하는지, 그자들이 말하고 있는 걸 자세히 듣고, 그걸 모두 내게 이야기해 달란 말이네. 나는 그것을 알아 둘 필요가 있거든. 그러니 나가서 주의해 듣고 남김없이 내게 이야기해 주게, 하나라도 감춰선 안 돼."

주임은 말에 올라, 농부들이 일하고 있는 밭으로 나갔다.

관리인의 아내는 남편과 주임의 이야기를 듣고 있다가, 남편에게 다가갔다. 관리인의 아내는 온화한 여자로, 부드러운 마음의 소유자였다. 그래서 기회 있을 때마다 언제나 남편을 달래며 어떻게든 농부들을 감싸려했다. 그녀는 남편에게 다가가 부탁하기 시작하였다.

"이봐요, 미셴카. 여느 때와는 다른 주님의 부활절이니까 제발 죄가 되는 일은 하지 말고, 농부들도 쉽게 해줘요!"

그러나 미하일 세묘노비치는 아내의 말에는 귀도 기울이지 않고 코웃음만 쳤다.

"한참 채찍 맛을 못 보더니, 너도 꽤 대담해졌구나. 자신과 관계없는 남의 일에 간섭하다니, 정말 어처구니가 없군!"

"여보, 미셴카. 나는 당신에 관한 나쁜 꿈을 꾸었어요. 그러니 내 말대로 제발 농부들을 쉬게 해줘요!"

"닥쳐! 응석을 좀 받아 주니까 이젠 매질을 당하지 않을 거라고 생각하고 있는 모양이지, 조심해!" 세묘노비치는 잔뜩 화를 내며 파이프의 담뱃불을 아내의 입에 들이대고 그녀를 방에서 몰아내고는, 곧 점심 식사를 차려오라고 일렀다.

미하일 세묘노비치는 생선을 조린 국물이며 고기만두, 돼지고기가 섞인 양배추 수프, 새끼 돼지 통구이, 우유에 삶은 실국수 따위를 먹고, 체리주를 마신 다음 달콤한 반찬을 조금 집어먹고는, 식모를 불러 자신의 옆자리에 앉아 노래를 부르게 하였다. 그리고 자신은 그 노래에 맞추어 기타를 치기 시작했다. 미하일 세묘노비치는 매우 기분이 좋아 연방 트림을 하고 기타를 치면서 식모를 마주 보며 웃고 있었다.

그때 주임이 들어와 인사를 하고는 밭에서 살펴보고 온 일을 보고하기 시작하였다.

"어때, 모두들 밭을 갈고 있던가? 정해진 할당량을 해낼 수 있을 것 같아?"

"이미 절반 이상이나 갈았습니다."

"빠뜨린 데는 없었나?"

"눈에 띄지 않았어요. 잘 갈고 있습니다. 당신을 두려워하고 있으니까요."

"그래, 어떻던가? 흙은 잘 풀어져 있겠지?"

"부드럽게 잘 풀어져 있어요. 마치 좁쌀 더미처럼 부드러워 보였어요."

관리인은 잠시 입을 다물고 있더니 다시 물었다.

"그래, 나에 대해서는 뭐라고 말하고들 있던가? 욕지거리를 하고 있었겠지?"

주임이 말하기를 망설이자, 미하일 세묘노비치는 사실대로 남김없이 말하라고 다그쳤다.

"모조리 이야기해. 자신의 생각을 말하지 말고 그자들이 말한 대로 이야기하는 거야. 사실대로 말하면 자네에게 상을 주겠지만, 그자들을 감싸며 숨기려 들면 매질을 할 테다. 이봐, 카트루샤. 용기를 내도록 이 친구에게 보드카를 한 잔 권하라구."

식모가 주임에게 보드카를 갖다 주었다. 주임은 잘 마시겠다고 말하고, 그것을 단숨에 들이켜고는, 입 가장자리를 닦았다. '그들이 이 사람에 대해 좋지 않게 말한 것은 내 탓이 아니니까, 어차피 마찬가지야. 말하라고 하니, 사실대로 털어 놓아야지' 그는 이렇게 생각하며 입을 열었다.

"불평을 하고 있어요, 미하일 세묘노비치. 모두들 불평을 하고 있다구요."

"대체 뭐라고 말하고들 있었지? 괜찮으니 어서 말해 보라구."

"모두들 똑같은 말을 하고 있었어요, 당신은 하느님을 믿고 있지 않다고……."

관리인은 소리 내어 웃었다.

"누가 그렇게 말하던가?"

"모두 그렇게 말하고 있었어요. 당신이 악마에게 빠졌다고들 말하고 있습니다."

관리인은 계속 웃었다.

"그건 좋은 일이야. 그러나 누가 그렇게 말했는지 바로 그걸 하나하나 얘기해 주지 않겠나? 바시카는 뭐라고 말하고 있었나?"

주임은 자신의 동료들에 대해서는 이야기하고 싶지 않았지만, 바실리와는 얼마 전부터 틀어져 있었다.

"바실리는 어느 누구보다도 욕지거리를 많이 하고 있었어요."

"그래, 뭐라고 말하고 있던가? 괜찮으니 어서 말해 보라구."

"입에 올리기에도 두려운 것이었어요. 당신이 비참하게 죽을 것이라고 말하고 있었습니다."

"아, 그놈 대단한 놈인데! 그러나 입으로만 큰소리치고, 왜 자기가 죽으려고는 하지 않지? 무서워서 어찌해 볼 도리가 없는 모양이지? 좋아, 바시카. 네놈에 대해서는 멀지 않아 매듭을 지어 줄 테니. 그런데 치시카는? 그 짐승 같은 녀석도 틀림없이 뭐라고 말하고 있었겠지?"

"모두들 나쁘게 말하고 있었어요."

"그래, 뭐라고 말하고 있던가?"

"예, 그들도 무서운 말을 했어요."

"어떻게? 겁먹지 말고 어서 말해 보라구."

"모두들 당신이 배가 터져 창자가 튀어나왔으면 좋겠다고들 말하고 있었습니다."

미하일 세묘노비치는 매우 즐거운 듯 소리를 높여 웃었다.

"두고 보라지, 어느 놈의 창자가 먼저 튀어나올지. 그런데 누가 그런 말을 했지? 치시카 녀석이야?"

"좋은 말을 한 놈은 하나도 없어요. 모두 욕지거리를 하며, 어디 두고 보자고들 말하고 있었어요."

"음, 그럼 페틀시카 미헤이예프는 어땠어? 그놈은 뭐라고 말하고 있었나? 그 자식도 틀림없이 욕지거리를 하고 있었을 거야."

"아뇨, 미하일 세묘노비치. 표트르는 욕지거리를 하지 않았어요."

"그건 또 어찌 된 일이야?"

"많은 농부들 중 아무 말도 하지 않은 사람은 그뿐이었어요. 그는 정말 이상한 사람이에요! 그 사나이가 하는 일을 보고 나도 깜짝 놀랐어요, 미하일 세묘노비치!"

"무슨 일인데?"

"그 사나이가 무슨 일을 했을 것 같아요? 농부들도 모두 깜짝 놀라고 있었습니다."

"대체 무슨 일을 했단 말야?"

"정말 이상한 일이에요. 나는 말을 타고 그 사나이 옆으로 다가갔어요. 그는 마침 투르킨 언덕의 경사진 땅을 갈고 있었으니까요. 내가 말을 타고 그 사나이 옆으로 다가가자, 그가 노래를 부르는 소리가 들리지 않겠어요? 그는 무엇인가를 아주 조심스럽게 운반하고 있었는데, 그것은 쟁기의 손잡이 사이에서 환하게 빛나고 있었어요."

"그래서?"

"그것은 마치 작은 불꽃처럼 빛나고 있었는데, 가까이 다가가 자세히 보니 — 5코페이카짜리의 작은 초가 불이 켜진 채로 가로대 위에 고정되어 있었어요. 그런데 바람이 불어도 통 꺼지질 않았어요. 그 사나이는 깨끗한 셔츠를 입고, 땅을 갈면서 부활절 찬송을 하고 있지 않겠어요 글쎄. 방향을 바꿀 때마다 쟁기를 흔들어 흙을 떨구는데도 촛불은 꺼지지 않는 거예요. 그 사나이는 내가 보고 있는 앞에서 흙을 떨구고 쟁기의 흙 뒤집는 부분을 움직여 다시 흙을 일으키기 시작했지만, 촛불은 계속 피어오르며, 꺼질 기미가 전혀 보이지 않았어요!" "그래, 뭐라고 말하고 있었나?"

"아무 말도 하지 않았어요. 다만 나를 바라보고는 부활절 인사를 하고, 곧 다시 노래를 불렀어요."

"그래, 자네는 그 사나이와 무슨 이야기를 했지?"

"아무 말도 하지 않았어요. 마침 그때 농부들이 몰려와서 그 사나이를 놀려 대기 시작한 때문이죠. '미헤이예프도 이제 영원히 죄를 용서받지 못할 게다, 부활절 주週에 땅을 갈았으니'라고들 말하면서요."

"그래, 그 사나이는 뭐라고 대답했어?"

"그런데 그 사나이는 '땅에는 평화, 사람에게는 행복!'이라고만 말할 뿐, 다시 쟁기를 잡고 말을 재촉하면서 낮은 목소리로 노래했어요. 촛불은 여전히 피어오르고 꺼질 기미를 보이지 않았구요."

관리인은 웃음을 멈추고 기타를 옆에 내려놓고는, 고개를 떨구고 가만히 생각에 잠겼다.

그는 언제까지나 그대로 꿈쩍도 않고 앉아 있었다. 이윽고 식모와 주임을 내보내고, 커튼을 젖히고 침실로 들어가 침대에 드러누웠다. 그리고 한숨을 쉬며 신음하기 시작했다. 마치 곡식 더미를 산더미만큼 실은 짐수레라도 끄는 사람처럼 괴로워했다. 그때 아내가 들어와 그에게 말을 걸었다. 하지만 그는 한 마디도 대답하지 않다가 다음과 같이 짤막하게 말했다.

"그는 나를 패배시켰어! 드디어 이제 내가 당할 차례야!"

아내는 그를 설득하기 시작하였다.

"빨리 가서 그 사람들을 돌려보내세요. 아무 일도 없어요! 지금까지는 무슨 일을 하든 두려워한 적이 없는데, 이제 와서 왜 그토록 겁을 먹고 있죠?"

"난 이제 끝장이야. 그가 나를 패배시켰어" 하고 그는 되풀이 말했다.

아내가 그에게 큰 소리로 외쳤다.

"빨리 나가서 농부들을 돌려보내세요. 그러면 모든 게 잘 풀려 나갈 테니. 자, 빨리! 지금 말에 안장을 얹도록 이르고 올 테니까요."

말을 끌고 온 관리인의 아내는, 밭으로 나가 농부들을 돌려보내도록 남편을 설득하였다.

미하일 세묘노비치는 말에 올라 들로 나갔다. 마을 입구의 말뚝 앞에 이르자 한 농부의 아내가 문을 열어주어 그는 마을 안으로 들어갔다. 마을 사람들은 관리인의 모습을 발견하기가 무섭게 집안이나 그늘진 곳 또는 뒤쪽의 밭으로 앞을 다투어 모두들 모습을 감추어버렸다.

관리인은 마을을 가로질러 반대편 출구 쪽으로 나갔다. 그 문은 닫혀 있었는데, 말에 오른 채로는 문을 열 수 없었다. 관리인은 문을 열라고 몇 번이고 외쳤지만 아무도 대답하는 사람이 없었다. 할 수 없이 말에서 내려 문을 열고는, 문 밖에서 다시 말에 오르려 했다. 발을 등자鐙子에 걸치고 안장에 오르려 하는 순간, 말이 뛰쳐나온 돼지를 보고 놀라 뛰어오르는 바람에 관리인은 말뚝에 심하게 부딪혔다. 몸이 비대하여 무거웠기 때문에 안장에 제대로 오르지 못하고, 엎드린 자세로 안장 너머 말뚝 위로 내던져졌던 것이다. 그 말뚝들 중의 하나는 위가 뾰족하고 또 다른 것들보다 높이 솟아올라 있었다. 그런데 그는 곧바로 이 말뚝 위로 엎드러진 자세로 떨어진 것이다. 그는 배가 찢겨진 채 땅바닥에 굴러 떨어졌다.

마침 농부들이 밭에서 돌아오다 말이 멈칫거리며 좀체 문 안으로 들어서려 하지 않자 뭔가 이상하다는 생각이 들어 자세히 보니 — 미하일 세묘노비치가 벌렁 자빠져 있지 않는가. 두 팔을 뻗고 눈알은 튀어 나온 채, 내장이 온통 땅

위로 비어져 나와 있었다. 피가 연못처럼 흥건히 괴어 있어 땅도 이를 받아들일 수 없을 정도였다.

  농부들은 깜짝 놀라, 모두들 말 머리를 돌려 달아나버렸다. 표트르 미헤이예프만은 말에서 내려 관리인 옆으로 다가갔다. 그리고 그가 이미 죽어 있음을 확인하고는 눈을 감겨 주고, 짐수레를 준비하여 아들과 함께 시체를 관에 넣어 지주의 저택으로 보내 주었다. 그때까지의 경위를 알게 된 지주는 일이 잘못된 것을 깨닫고 농부들에게 부역을 면제하고 소작료를 감해 주었다. 그리고 농부들은, 하느님의 힘은 죄罪에 있는 게 아니라 선善에 있음을 깨달았다. 1885년

사람은
무엇으로 사는가

1

우리는 우리의 형제들을 사랑하기 때문에 이미 죽음을 벗어나서 생명의 나라에 들어와 있는 것이 분명합니다. 사랑하지 않는 사람은 죽음 속에 그대로 머물러 있는 것입니다.

— 요한 1서 제 3장 14절

누구든지 세상의 재물을 가지고 있으면서 자기의 형제가 궁핍한 것을 보고도 마음의 문을 닫고 그를 동정하지 않는다면 어떻게 그에게 하느님을 사랑하는 마음이 있다고 하겠습니까? 사랑하는 자녀들이여, 우리는 말로나 혀끝으로만 사랑하지 말고 행동으로 진실하게 사랑합시다.

— 제 3장 17~18절

사랑은 하느님께로부터 오는 것입니다. 사랑하는 사람은 누구나 하느님께로부터 났으며 하느님을 압니다. 사랑하지 않는 사람은 하느님을 알지 못합니다. 하느님은 사랑이시기 때문입니다.

— 제 4장 7~8절

아직까지 하느님을 본 사람은 없습니다. 그러나 우리가 서로 사랑한다면 하느님께서는 우리 안에 계시고 또 하느님의 사랑이 우리 안에서 이미 완성되어 있는 것입니다.

— 제 4장 12절

하느님은 사랑이십니다. 사랑 안에 있는 사람은 하느님 안에 있는 것이며 하느님께서는 그 사람 안에 계십니다.

— 제 4장 16절

하느님을 사랑한다고 하면서 자기의 형제를 미워하는 사람은 거짓말쟁이입니다. 눈에 보이는 형제를 사랑하지 않는 자가 어떻게 보이지 않는 하느님을 사랑할 수 있겠습니까?

— 제 4장 20절

한 구두 수선공이 아내와 아이들과 함께 어느 농부의 집에 세 들어 살고 있었다. 이 사나이에게는 자기의 집이나 땅이 없었으므로, 구두 수선으로 가족을 부양하고 있었다. 빵 값은 비쌌지만 노임勞賃은 쌌다. 그래서 벌어들인 돈은 모두 먹는 데 사용되고 말았다. 구두수선공은 아내와 함께 사용하는 한 벌의 모피 외투를 갖고 있었지만, 그것도 이미 너덜너덜하게 해져 거의 입을 수가 없게 되어 있었다. 그래서 구두 수선공은 이미 2년 전부터 양 가죽을 사들여 새 외투를 만들려고 벼르고 있었다.

초가을로 접어들자 구두 수선공에게 약간의 돈이 모아졌다. 아내의 손지갑 속에는 3루블의 지폐가 소중히 보관되어 있고, 그 밖에 마을의 농부들에게 빌려 준 돈 ― 5루블 20코페이카였다 ― 이 있었다.

그래서 어느 날, 구두 수선공은 아침부터 마을로 가 외투를 만들 모피를 사려고 마음먹었다. 그는 솜을 넣은, 무명으로 만든 짧은 아내의 코트를 셔츠 위에 입고, 그 위에 모직의 카프탄 농부들이 입는 소매가 긴 윗옷을 걸치고, 3루블의 지폐를 주머니에 집어넣고는 조반을 마치자마자 나뭇가지를 지팡이 삼아 출발하기로 했다. '농부들로부터 5루블을 받으면 이 3루블을 보태어, 새 외투를 만들 양 가죽을 사기로 하자'고 그는 생각한 것이다.

구두 수선공은 마을에 도착하자 어느 농부의 집에 들렀다. ― 그런데 공교롭게도 주인은 외출 중이었다. 집에 있던 부인이 금주 중에 돈을 마련해 주겠다고 약속했을 뿐이었다. 다른 농부에게 갔지만, 그 농부도 하늘에 맹세코 지금은 돈이 없다며, 장화 수선비로 겨우 20코페이카를 건네주었을 뿐이었다. 그래서 구두 수선공은 양 가죽을 에누리해서 사려고 했지만, 모피 가게 주인은 곤란하다며 고개를 저었다.

"우선 돈을 가져와요. 그리고 좋은 것을 고르세요. 빌려 준 돈은 손쉽게 받아 내기 어렵다는 것을 잘 알고 있으니까요" 하고 그는 말했다.

이리하여 구두 수선공은 수선비 20코페이카를 받고, 어느 농부로부터 낡은 방한화 수선 거리를 하나 맡았을 뿐, 볼일은 하나도 해내지 못하였다. 구두 수선공은 약간 기분이 언짢아, 그 20코페이카만큼 보드카를 마시고는 양 가죽은 포기하고 집으로 돌아가기로 하였다. 아침부터 구두 수선공에게는 날씨가 몹시 춥다고 생각되었지만, 온몸에 술기운이 돌자 모피외투가 없어도 따뜻했다. 구두 수선공은 한쪽 손에 쥐어진 지팡이로 꽁꽁 얼어붙은 땅을 두드리고 다른 손으론 펠트로 만들어진 낡은 방한화를 흔들며 걸어가면서 연방 혼자 뭐라고 중얼거렸다.

"나는 외투 따위는 없어도 따뜻해. 겨우 한 잔 들이켰을 뿐인데, 그 술이 온몸의 혈관 속을 흐르고 있단 말야. 그러니 모피 외투고 뭐고 필요 없어. 추운 것도 잊고 이렇게 걸어갈 수 있으니까. 화살이든 총알이든 좋단 말이야! 뭐 어려울 것 없잖아? 외투 따위는 없어도 살아갈 수 있다구. 그따위는 어디까지나 필요 없어. 다만 견딜 수 없는 건 — 여편네가 바가지 긁는 일이야. 그런데 나는 그놈을 위해 일해 주었는데, 그놈은 콧방귀만 뀌고 있으니 울화가 치민단 말이야. 두고 보라고, 만일 이번에도 돈을 갖고 오지 않으면, 네놈이 쓰고 있는 모자를 억지로 벗겨 버릴 테니. 암, 틀림없이 벗겨 줄 테다. 도대체 이 따위 엉터리가 어디 있어? 20코페이카짜리 은화 한 닢만 내밀고 딴전을 피우다니! 20코페이카를 가지고 대체 무엇을 할 수 있단 말인가? 한잔 들이켜면 — 그걸로 끝나는 액수잖아. 그리고 곤란하다고 변명을 늘어놓고 있으니, 참 어이가 없어서. 네놈은 그렇게 곤란하고 나는 곤란하지 않단 말인가? 네게는 집도 있고 가축도 있고, 모든 게 갖추어져 있지만, 내게는 이밖에 아무것도 손에 쥘 게 없단 말이야. 네게는 먹을 빵이 있지만, 나는 빵을 사 와야 하고 — 가령 어디서 돈을 마련한다 해도, 빵을 사는 데만 일주일에 3루블은 써야 한단 말야. 이제 집으로 돌아가 — 빵이라도 떨어졌으면, 또 1루블 반은 써야 하거든. 그러니 자네도 내게 돈 갚을 생각을 하란 말야."

이윽고 구두 수선공은 한길 모퉁이의 작은 교회가 있는 곳까지 왔다. 그리고 교회 뒤쪽에서 무언가 하얀 것을 발견했다. 주위는 이미 어두컴컴해지고 있었다. 구두 수선공은 가만히 지켜보았지만, 그게 무엇인지 아무래도 알 수가 없었다. '이곳에는 분명히 저런 돌이 없었을 텐데. 그러면 가축 따위일까? 하지만 가축 같지도 않은데…… 머리를 보니 아무래도 사람 같은데, 사람이라기엔 너무 새하얗단 말야. 그리고 사람이라면 무엇하러 이런 데 있을까?'

그렇게 생각하고는 바싹 다가가 보니, 이번에는 잘 보였다. 그런데 정말 이상한 일이었다. 분명히 사람임에는 틀림없는데, 살아 있는지 죽어 있는지, 이 추운 날에 벌거벗고 교회 벽에 기대 앉아 꿈쩍도 하지 않고 있는 것이었다. 구두 수선공은 갑자기 두려운 생각이 들었다. '누가 이 사나이를 죽인 다음 입고 있던 옷을 몽땅 벗기고는 시체를 이곳에 버리고 간 것임에 틀림없어, 잘못 접근했다간 나중에 큰 곤욕을 치르게 될지도 모르지.'

그래서 구두 수선공은 모른 체하고 그 옆을 지나가기로 했다. 교회 모퉁이를 돌아서자 그 사나이의 모습이 더 이상 보이지 않게 되었다. 교회 앞을 지나면서 잠깐 돌아다보니 그 사나이가 교회 벽에서 몸을 일으켜 약간 움직이면서 이쪽을 바라보고 있는 것처럼 보였다. 구두 수선공은 더욱 겁을 먹고 생각했다. '가볼까, 아니면 모른 체하고 이대로 지나쳐 버릴까? 그러나 그에게 접근하면 큰 곤욕을 치를지도 몰라. 아무튼 어디 사는 누구인지도 모르니까. 그리고 좋은 일을 하고 이런 데 있을 턱이 없지. 괜히 가까이 다가갔다가 그놈이 갑자기 달려들어 목이라도 조르면 옴짝달싹도 못 할 거야. 설사 목을 조르지 않는다 해도, 저런 사나이와는 관련되고 싶지 않아. 하지만 도대체 저 사나이를 어떻게 해야 한담? 아무튼 상대는 벌거벗고 있으니까 말야. 가진 것도 없으면서 자신이 입고 있는 것을 벗어 줄 수도 없잖아. 제발 하느님, 어떻게든 무사히 이곳을 지나가게 하여 주소서!' 그리고 구두 수선공은 걸음을 재촉했다. 하지만 교회 앞을 통과한 지 얼마 안 되어 갑자기 양심의 가책을 받기 시작했다.

그래서 구두 수선공은 길 한복판에 멈춰 서서 마음속으로 중얼거렸다.

'대체 너, 세미욘은 무슨 짓을 하고 있는 거지? 사람이 재난을 만나 죽어 가고 있는데, 너는 겁을 먹고 그대로 지나가 버리려 하고 있잖아. 너도 상당한 부자가 된 거 아냐? 자신이 갖고 있는 걸 빼앗길까봐 두려워하고 있다니! 이봐, 세미욘, 그건 옳지 않은 짓이야!' 세미욘은 뒤로 돌아서서 그 사나이 쪽으로 걸어가기 시작했다.

2

세미욘이 그 사나이 옆으로 다가가 자세히 살펴보았더니
— 그는 몸이 튼튼해 보이는 젊은 사나이로, 몸에는 구타
당한 듯한 흔적은 보이지 않았지만 추위 때문에 얼어 몹시
겁을 먹고 있는 듯했다. 그는 벽에 기대 앉은 채 세미욘을
쳐다보려고도 하지 않았다. 아무래도 기운이 빠져 눈을 뜰
수도 없는 모양이었다. 하지만 세미욘이 옆으로 바싹 다가
서자, 그 사나이는 그제야 알아차린 듯이 고개를 돌리며 눈
을 뜨고 세미욘을 쳐다보았다. 그러자 그 눈을 보기만 해도
세미욘은 그 사나이가 완전히 마음에 들어 버렸다. 그는 방
한화를 땅바닥에 던져 놓고 허리띠를 풀어 방한화 위에 내
려놓은 다음 급히 카프탄을 벗고는 말했다.

"자, 아무 말 하지 않아도 돼! 잠자코 이거라도 입어 보라
구! 자, 빨리!"

세미욘이 그 사나이의 팔꿈치를 잡고 일으켜 세우려했다.
사나이는 일어섰다. 세미욘의 눈에 비친 것은 홀쭉하고 깨
끗한 몸과, 상처 하나 입지 않은 손과 발, 그리고 온화해 보
이는 사나이의 얼굴이었다. 세미욘은 그 사나이의 어깨에

긴 웃옷을 걸쳐 주었지만 그 사나이는 소매에 팔을 잘 끼우질 못했다. 그래서 세미욘은 소매에 팔을 끼워 주고 옷자락을 당겨 앞을 맞춘 다음에 띠를 매어 주었다.

세미욘은 너덜너덜한 모자를 벗어 벌거숭이 사나이에게 씌워 주려 하다가, 갑자기 자신의 머리가 차가웠기 때문에 생각을 바꾸었다.

'내 머리는 이렇게 번들번들하게 벗겨져 있지만, 이 사나이의 머리에는 긴 머리칼이 더부룩하게 자라고 있잖아.' 그는 다시 모자를 썼다. '그보다는 신발을 신겨 주기로 하자.'

그래서 세미욘은 그 사나이를 바닥에 앉히고 펠트로 만들어진 방한화를 신겨 주었다.

옷을 입히고 신을 신긴 뒤 구두 수선공은 말했다.

"이만하면 됐겠지. 자, 조금 걸으면서 몸이 따스해지도록 해요. 뭐, 새삼스레 우물쭈물할 건 없어. 그런데 걸을 수 있겠나?"

사나이는 온화한 눈으로 세미욘을 바라보고만 있을 뿐 한마디도 말을 하지 않았다.

"왜 잠자코 있나? 이런 데서 겨울을 날 수는 없잖아, 아무튼 사람이 살고 있는 데로 가야지. 자, 가자구, 내 지팡이를 잡아요. 기운이 없으면 이 지팡이에 의지해서 걸어가면 돼, 자, 기운을 내요!"

사나이는 걷기 시작했다. 가벼운 걸음걸이로, 뒤떨어지는 일 없이 걸었다. 두 사람은 이렇게 계속 걸어갔다. 세미욘이 말했다.

"그런데 자네는 어디에 살고 있나?"

"나는 이 고장 사람이 아닙니다."

"이 고장 사람이 아니라는 건 알고 있어. 내가 묻고 있는 건 왜 이런 데 와 있느냐는 걸세, 저 교회 같은 데에 말야."

"그건 말할 수 없습니다."

"틀림없이 누군가에게 큰 곤욕을 당했을 거야."

"아무에게서도 큰 곤욕을 당하지는 않았습니다. 나는 하느님으로부터 벌을 받은 겁니다."

"그런 거야 알고 있지, 모든 게 하느님의 뜻이니까. 그건 그렇고, 아무튼 어디에 몸을 의지해야 할 텐데, 대체 어디로 가면 좋지?"

"어디든 좋습니다."

세미욘은 깜짝 놀랐다. 난폭자로 보이지도 않고 말씨도 상냥한데, 자신에 관한 일은 아무것도 말하려 들지 않는 것이다. 그래서 세미욘은 생각했다.

'세상에는 별난 일들이 많으니까.'

그리고 그 사나이에게 말했다.

"그럼 우선 우리 집으로 가보자구. 잠시 몸을 쉴 수는 있을 테니까."

　세미욘이 걷기 시작하자, 낯선 사나이도 어깨를 나란히 하여 뒤떨어지지 않게 따라왔다. 바람이 일어 셔츠 속까지 파고드는 바람에, 세미욘은 완전히 술이 깨어 갑자기 오싹오싹 추워졌다. 세미욘은 걸으면서 훌쩍이고, 아내의 무명 코트 앞자락을 여미며 마음속으로 이렇게 생각했다.

　'원, 엉뚱한 외투가 되어 버렸군. 외투를 사러 갔다가 카프탄까지 벗어 주고, 게다가 벌거숭이 사나이까지 데리고 오다니. 마트료나가 투덜대겠지!' 마트료나를 생각하니 세미욘은 몹시 우울해졌다. 그러나 낯선 사나이의 얼굴을 보고 또 그 사나이가 교회에서 자신을 바라보았을 때의 그 눈빛을 생각해 내자 절로 가슴이 뛰었다.

3

　세미욘의 아내는 재빨리 일을 끝냈다. 장작을 패고, 물을 긷고, 아이들에게 식사를 시키고, 자신도 간단히 식사를 마치고는, 빵 만들 밀가루는 언제 반죽할까, 오늘 할까 내일로 미룰까 하고 연신 고개를 갸웃거리며 생각했다. 빵은 아직 커다란 조각이 남아 있었다.

'만일 세미욘이 밖에서 점심을 먹고 돌아와 저녁을 얼마 먹지 않는다면, 내일의 빵은 이것으로 족하겠지만……'하고 그녀는 생각했다.

마트료나는 몇 번이고 빵 조각을 뒤집어 보고는, 이렇게 생각했다. '밀가루 반죽은 내일로 미루자. 더욱이 밀가루가 1회분밖에 남아 있지 않으니까. 그러면 이걸로 금요일까지 견딜 수 있겠지.'

그래서 마트료나는 방을 치우고, 남편의 셔츠를 기우려고 테이블 옆의 의자에 걸터앉았다. 마트료나는 바느질을 하며 남편의 일을 생각하고, 또 외투를 만들 양가죽을 잘 사올 수 있을까 하며 이것저것 생각하고 있었다. '모피 가게 주인에게 속지 말아야 할 텐데. 아무튼 우리 그이는 너무 호인이야. 실수로도 남을 속이지 못하는 사람이지만, 어린 아이에게도 맥없이 속아 넘어가거든. 8루블이라면 적은 돈이 아니지. 그만한 돈을 내면 좋은 모피 외투를 마련할 수 있을 거야. 무두질한 가죽은 아니더라도, 어쨌든 모피 외투는 틀림없이 살 수 있겠지. 지난 겨울은 모피 외투가 없어서 정말 견디기 어려웠어! 냇물을 길러 가질 못했을 뿐 아니라, 그야말로 아무 데도 나다닐 수가 없었으니까. 오늘만 해도 시내에 나가느라 옷들을 모조리 껴입고 나갔기 때문에, 나는 이처럼 하나도 입을 게 없잖아. 그런데 이이가 너무 늦는데? 벌써 돌아올 시간이 넘었는데. 어쩌면 이이가 또 술집에 들른 건 아닐까?'

마트료나가 마침 그러한 생각을 하고 있을 때, 입구의 층계가 삐걱거리는 소리가 들리며 누군가 들어왔다. 마트료나는 바늘을 바늘통에 꽂고 입구의 복도 쪽으로 나갔다. 두 사나이가 들어서고 있었는데, 하나는 세미욘이고 또 한 사람은 모자는 쓰지 않고 방한화를 신은 농부였다. 마트료나는 곧 남편이 술 냄새를 풍기고 있는 것을 알아챘다. '그럼 그렇지, 역시 생각한 대로군' 하고 그녀는 생각했다. 그리고 카프탄을 누구에게 주었는지 여자용 코트 하나만 걸치고 빈손으로 들어온 남편이 입을 다물고 움츠리고 있는 걸 보니, 마트료나는 가슴이 찢어질 듯한 느낌이 들었다.

'돈을 몽땅 술로 마셔 버린 거야, 이이는. 어느 머저리 같은 놈과 한잔 들이켜고, 뻔뻔스럽게도 그놈을 집에까지 끌고 왔을 것임에 틀림없어' 그녀는 이렇게 생각했다. 마트료나는 어쨌든 두 사람을 방으로 들여보내고 자신도 들어갔다. 자세히 보니 ─ 그 낯선 사람은 젊고 야윈 사나이인데, 입고 있는 카프탄은 자신들의 것이 아닌가. 기다란 윗옷 속엔 셔츠를 입고 있는 것 같지도 않고, 모자도 쓰고 있지 않았다. 남의 집에 들어왔는데도 서 있기만 하고, 움직이거나 눈을 바라보려고도 하지 않았다. 마트료나는 생각했다.

'이는 결코 인간이 아냐. 부들부들 떨고 있는 걸 보면 알 수가 있어.'

마트료나는 이마를 찌푸리며 난로 쪽으로 물러나, 두 사람을 가만히 살펴보았다. 세미욘은 모자를 벗고, 마치 나쁜 짓 따위는 하지 않은 사람처럼 나무 의자에 걸터앉았다.

"이봐, 왜 그러지, 마트료나? 우물쭈물하지 말고 저녁 준비라도 해요!" 하고 그가 말했다.

마트료나는 입속으로 뭔가 투덜거리고 있었다. 그리고 난로 옆에서 움직이려고도 하지 않고, 두 사람의 얼굴을 번갈아 바라보면서 연신 고개를 젓고 있었다. 세미욘은 아내가 일부러 어기대며 심술궂게 나오고 있음을 알았지만, 어쩔 도리가 없었다. 그래서 그러한 것은 모른 체하고, 낯선 사나이의 손을 잡으며 말했다.

"자, 여기 걸터앉아요. 저녁 식사나 하자구."

낯선 사나이는 의자에 앉았다.

"왜 그래, 아무것도 만들어 두지 않았나?"

마트료나는 갑자기 화가 났다. "만들었어요. 하지만 당신 몫은 없어요. 당신은 아무래도 지혜마저 마셔 버린 모양이군요. 외투 만들 가죽을 사러 나갔다가 카프탄마저 잃어버리고, 게다가 어디서 굴러먹던 자인지도 모를 부랑자 따위를 끌고 오다니. 우리 집에는 당신네 같은 주정뱅이에게 먹일 식사는 없어요."

"그만 좀 떠들어, 마트료나. 언제까지 알 수 없는 소리를 지껄이고 있을 거야? 그 전에 이 사람에 관한 얘기를 들어 보면 어때?"

"당신이야말로 말해 보면 어때요? 대체 돈은 어떻게 했어요?"

세미욘은 카프탄의 주머니를 뒤지더니, 지폐를 꺼내어 펼쳐 보였다.

"돈은 — 여기 있어. 하지만 트리포노프는 주지 않더군. 내일 주겠다고 약속해 주었지만……."

마트료나는 더욱 화가 났다. 외투는 사 오지 않고, 하나밖에 없는 카프탄은 어디서 굴러먹던 자인지도 모를 사나이에게 입혀 주고, 더구나 그 사나이를 자기 집에까지 끌고 온 것이다.

테이블 위의 지폐를 움켜 쥔 마트료나는 그것을 넣어두러 가면서도 계속 중얼거렸다.

"우리 집에는 저녁 식사가 없어요. 주정뱅이들을 일일이 먹이고 있다간 한이 없으니까요."

"이봐, 마트료나, 말을 좀 삼가라구. 그보다 우선 내 말을 들어 봐……."

"얼간이 같은 주정뱅이의 말은 들어 뭘해요? 난 당신 같은 주정뱅이에게 시집오는 게 내키지 않았는데, 역시 예감이 맞았어. 어머니가 준 아마포亞麻布도 당신이 술로 마셔 버렸고, 외투를 사러 간다더니 그것도 마시고 오지 않나."

세미욘은 아내에게, 자신은 20코페이카어치밖에는 마시지 않았음을 설명하고 또 어디서 이 사나이를 만났는지 얘기해 주려 했지만, 마트료나는 전혀 말할 틈을 주지 않았다. 대체 어디서 튀어나오는지, 한꺼번에 두 마디씩 튀어나오고 게다가 10년 전의 일까지 모두 들추는 것이었다.

마트료나는 실컷 떠들어 대더니, 갑자기 세미욘에게 달려들어 소매를 거머쥐었다.

"자, 내 코트를 돌려줘. 그것밖에 남아 있지 않은데, 그것마저 내게서 빼앗아 입었지. 이리 내라니까, 이 얼뜨기 수캐야. 너 따위는 중풍이라도 걸려 일어나지 못했으면 좋겠다!"

세미욘이 여자용 짧은 코트를 막 벗으려는데 아내가 소매를 잡아당기는 바람에 코트의 이음매가 터져 버렸다. 마트료나는 코트를 움켜쥐고 머리에서부터 뒤집어쓰고 밖으로 나가려 했다. 그러다가 문득 걸음을 멈췄다. 실컷 화풀이를 해보고도 싶고, 그 사나이가 어떤 인간인지 얘기를 들어 보고도 싶은, 종잡을 수 없는 기분이 되었던 것이다.

4

마트료나는 멈춰 서서 입을 열었다.

"만일 좋은 인간이라면 맨발로 있을 리가 없죠. 이 사람은 셔츠도 입고 있지 않잖아요. 그리고 만일 좋은 일을 했다면, 어디서 이런 멋진 사나이를 데리고 왔는지, 당신이라도 그 이야기를 해줄 법한데."

"그래 내가 아까부터 그 이야기를 하려고 하지 않았나. 내가 집으로 돌아오고 있는데, 교회 옆에서 이 사람이 벌거벗은 채로 바닥에 앉아 추위에 떨고 있었어. 여름도 아닌데 벌거벗은 채로 말이야. 하느님이 나를 이 사람이 있는 데로 데려가 주셔서 다행이었지, 그렇지 않았으면 얼어 죽어 버렸을 것임에 틀림없어. 그래 어쩌겠나? 세상에는 뜻밖의 일들도 많이 있다고 나는 생각했지. 그래서 안아 일으켜 이것을 입혀 가지고 이리로 데리고 온 거야. 우선 기분을 진정시키라고. 죄를 짓게 돼, 마트료나. 우리는 모두 언젠가는 죽어야 할 몸이지 않소."

마트료나는 실컷 소리를 질러 줄까 하고 생각했지만, 낯선 사나이 쪽을 바라보고는 그대로 입을 다물어 버렸다. 낯선 사나이는 의자 끝에 앉은 채, 지금까지 전혀 움직이려고 하지 않았다. 두 손을 무릎 위에 포개고 머리를 깊숙이 가슴 위에 드리우고 눈을 감은 채 마치 숨이 막히는 것처럼 고통스레 이마를 찌푸리고 있었다. 그 모습을 본 마트료나는 입을 다물어 버렸다. 그래서 세미욘이 말을 계속했다.

"마트료나, 아니 당신의 가슴 속에는 하느님이 계시지 않은가?" 그 말을 듣고 마트료나는 다시 낯선 사나이를 흘끗 바라보았다. 그러자 그 순간, 노여움이 사라져 버렸다. 그녀는 구석의 난로 옆으로 가서 저녁 식사 준비를 하기 시작했다. 그릇을 테이블 위에 올려놓고 그 속에 크바스 ^{엿기름} ^{과 보리·쌀보리 등으로 만든 러시아맥주} 를 따른 다음, 나머지 빵 조각을 내놓았다. 그리고 나이프와 스푼을 가지고 왔다.

"자, 사양치 말고 드세요" 하고 그녀는 말했다.

세미욘은 낯선 사나이의 몸을 살며시 밀며 말했다.

"더 앞으로 나와요, 더 앞으로."

세미욘이 빵을 잘게 썬 다음, 두 사람은 식사를 하기 시작했다. 마트료나는 같은 테이블 끝 쪽에 걸터앉아 손으로 턱을 괴고 낯선 사나이의 얼굴을 바라보고 있었다.

마트료나는 그 낯선 사나이가 어쩐지 가엾게 여겨지고, 동시에 그 사나이에게 호감을 느꼈다. 그러자 갑자기 그 낯선 사나이는 쾌활해지면서, 찌푸린 얼굴을 펴고 눈을 들어 얼굴을 마트료나를 바라보며 빙긋 웃었다. 두 사람의 식사는 끝났다. 마트료나는 테이블 위의 그릇들을 치우고는, 낯선 사나이에게 여러 가지를 묻기 시작했다.

"그런데 당신은 어디서 왔어요?"

"나는 이 고장 사람이 아닙니다."

"그런데 왜 그렇게 길바닥에 쓰러져 있었죠?"

"그건 말할 수 없습니다."

"당신이 입고 있는 옷을 대체 누가 벗겨 갔죠?"

"하느님이 벌을 내리신 겁니다."

"그럼 벌거벗은 채로 쓰러져 있었단 말이죠?"

"벌거벗은 채로 쓰러져, 얼어 죽을 뻔했죠. 그런데 세미욘이 발견하고 가엾게 여겨, 자신이 입고 있던 카프탄을 벗어 내게 입혀 주고 여기까지 데리고 온 겁니다. 그리고 여기에 오니 이번에는 당신이 자비롭게도 먹을 것과 마실 것을 주셨습니다. 하느님은 틀림없이 두 분을 구원해 주실 겁니다!"

마트료나는 일어나, 창가에 놓여 있는 ― 조금 전에 기워 두었던 ― 세미욘의 낡은 셔츠를 가져와서 낯선 사나이에게 건네주었다. 또 바지 속에 입는 내의도 어디선가 가지고 와서 건네주었다.

"이걸 입어요. 당신은 셔츠도 없는 모양이니까. 이걸 입고 침대나 난로 가에서 쉬도록 해요."

낯선 사나이는 카프탄을 벗고, 셔츠와 파자마 모양의 아래 내의를 입고는 침대 위에 드러누웠다.

마트료나는 불을 끄고는 카프탄을 갖고 남편과 함께 잠자리에 들었다. 마트료나는 카프탄 자락을 덮고 드러누웠지만 좀처럼 잠을 이룰 수 없었다. 낯선 사나이의 일이 언제까지나 머리에서 떠나지 않았던 것이다. 그 사나이가 마지막 빵 조각을 먹어 버려 내일 몫이 없어져 버린 것과, 셔츠며 아래 내의를 건네 준 걸 생각하니, 그녀는 아무래도 기분이 우울해지는 것이었다. 그러나 그 사나이가 빙긋 웃은 일을 생각하니 가슴이 뛰는 듯한 느낌이 들었다.

마트료나는 오랫동안 잠을 이루지 못했다. 귀기울이니 세미욘도 잠이 오지 않는지 연신 카프탄을 자신 쪽으로 끌어당기고 있었다.

"세미욘!"

"어!"

"나머지 빵을 모두 먹어 버렸는데, 아직 밀가루 반죽도 하지 않았어요. 내일은 어떻게 해야 할지 모르겠군요. 마라냐 아주머니한테 가서 빌려 올까요?"

살아 있는 동안은 입에 풀칠이야 하겠지.

아내는 드러누운 채 잠시 입을 다물고 있었다.

"그 사람은 보기에 좋은 사람 같은데, 왜 자신에 관한 애기를 하려 들지 않을까요?”

“틀림없이 말할 수 없는 까닭이 있겠지.”

“세미욘!”

“왜?”

“우리는 뭐든지 남에게 주는데, 왜 어느 누구도 우리에게는 아무것도 주지 않을까요?” 세미욘은 뭐라고 말해야 할지 몰랐다. 그래서 “이제 그만 지껄여요” 하고 말하고는 몸을 뒤치며 그대로 잠들어 버렸다.

5

아침 햇살에 세미욘은 잠을 깨었다. 아이들은 아직 잠들어 있고, 아내는 이웃집에 빵을 빌리러 가고 없었다. 어제 데리고 온 낯선 사나이만이 혼자 낡은 셔츠와 아래 내의를 입고 의자에 걸터앉아 가만히 천장을 바라보고 있었다. 그의 표정은 어제보다 훨씬 명랑해 보였다.

그래서 세미욘이 말했다.

“그런데, 젊은이 — 허기진 배는 빵을 원하고, 헐벗은 몸은 입을 것을 원하지. 사람은 일을 해서 먹고 살아가야 하네, 자네는 무슨 일을 할 수 있나?”

"나는 아무 일도 할 줄 모릅니다."

세미욘은 깜짝 놀라 말을 계속했다.

"하려고만 하면 방법이야 있지. 어떤 일이든 하려고만 하면 익힐 수 있어."

"모두들 일을 하고 있으니 나도 해볼 작정입니다."

"그런데 자네 이름은?"

"미하일입니다."

"그럼 미하일, 자네는 자신에 관한 이야기를 하기 싫은 모양인데 — 그건 자네 자유이고, 아무튼 사람은 일을 해서 먹고 살아가야 하네. 내가 말하는 대로 일해 준다면, 우리 집에 있도록 해주겠네."

"고맙습니다. 일을 익히도록 하겠어요. 무슨 일을 해야 할지 가르쳐 주세요."

세미욘은 실타래를 집어 들고는, 실을 손가락에 감아 둥근 실 꾸러미를 만들기 시작하였다.

"별로 어려운 건 아냐, 자세히 보라구……."

미하일은 한참 그것을 바라보고 있더니 이윽고 똑같이 실을 감고는 지금 보았던 대로 이내 둥근 실 꾸러미를 만들어 냈다. 세미욘은 그에게 가죽을 잇대는 일을 가르쳤다. 미하일은 이 역시 금방 익혔다. 그 다음 주인은 실 속에 단단한 실을 끼워 넣는 일과 가죽 깁는 방법을 가르쳤다. 미하일은 이것도 이내 익혔다.

세미욘이 어떤 일을 가르치든 그는 곧 모든 걸 금방 익혀서, 사흘째 되는 날부터는 지금까지 죽 신발 짓는 일을 해온 것처럼 부지런히 일하기 시작했다. 그는 몸을 아끼지 않고 일하고 또 조금밖에 먹지 않았다. 일거리가 떨어지면 그는 잠자코 천장만을 응시하였다. 집 밖에 나가는 일도 없고, 쓸데없는 말이나 농담도 하지 않고 심지어 웃지도 않았다.

집안사람들은 지금까지 단 한 번, 이 집에 들어오던 날 밤에 마트료나가 저녁 대접을 했을 때에 그가 빙긋 웃는 걸보았을 뿐이었다.

6

날이 가고 달이 가고, 어느 틈엔지 일 년이라는 세월이 흘렀다. 미하일은 여전히 세미욘의 집에서 기거하며 일을 하고 있었다. 그리고 세미욘네의 미하일이라는 직공職工만큼 모양 있고 튼튼한 신발을 만드는 사람은 없다는 평판이 돌자, 사방에서 일부러 세미욘네 가게로 신발을 주문하러 오게 되었다. 덕분에 세미욘의 수입은 점차 불어나게 되었다.

어느 겨울날 세미욘이 미하일과 함께 가게에 앉아 일을 하고 있는데, 썰매 형태의 삼두마차가 방울 소리도 요란하게 세미욘의 집으로 다가왔다. 두 사람이 창 밖을 내다보니 마차는 집 앞에 멎더니, 건장한 젊은이가 마부馬夫 자리에서 뛰어내려 상자 모양의 마차 문을 열었다. 마차 속에서 내려선 이는 모피 외투를 걸친 훌륭한 손님이었다. 손님은 세미욘의 집을 향해 걸어왔다. 이어 입구의 계단으로 들어섰다. 마트료나가 뛰어나가 입구의 문을 활짝 열어 젖혔다. 손님은 허리를 구부리고 집안에 들어오자, 구부리고 있던 허리를 죽 폈다. 그러자 머리가 거의 천장에 닿을 것처럼 보이고 방이 갑자기 좁아졌다.

세미욘은 일어나 인사를 했는데, 그 손님의 모습을 보고는 깜짝 놀랐다. 지금까지 이렇게 큰 인간은 한 번도 본 적이 없었기 때문이다. 세미욘은 몸이 홀쭉하고 미하일은 야윈 편이며 마트료나는 가늘기가 마른 나뭇가지나 다름없는데, 이 손님은 마치 다른 세계에서 온 인간 같았다. 얼굴은 붉고, 잔뜩 살이 찐 목은 황소 모가지 같았으며, 온몸이 무쇠로 만들어진 것처럼 튼튼해 보였다.

손님은 크게 숨을 내쉬고는 모피 외투를 벗고 의자에 걸터앉으며 말했다.

"이 신발 가게 주인은 누군가?"

세미욘이 나서며 말했다.

"접니다, 손님"

손님은 자신의 하인에게 큰 소리로 외쳤다.

"이봐, 페치카, 물건을 이리로 가져와."

하인이 보따리를 들고 종종걸음으로 뛰어왔다. 보따리를 받아 든 손님은 그것을 테이블 위에 올려놓았다.

"풀어"

손님이 말하자 하인이 보따리를 풀었다. 손님은 신발 재료를 가리키며 세미욘에게 말했다.

"이봐, 잘 들으라구, 구두 수선공. 이 물건들이 보이겠지?"

"보입니다, 손님"

세미욘이 말하자 그 손님이 물었다.

"하지만 알 수 있겠나? 이게 대체 어떤 물건인지?"

세미욘은 물건을 잠깐 만져 보고 나서 말했다.

"좋은 물건이군요"

"좋은 물건이라구? 이 얼간아, 너는 이렇게 좋은 물건은 아직 본 적도 없을 거야. 이것은 독일제製로, 20루블이나 준 거지."

세미욘은 겁먹은 표정으로 말했다.

"저희들이 볼 수 있는 물건은 아니군요"

"암, 그렇고 말고. 그런데 이 재료로 내 발에 딱 들어맞는 장화를 만들 수 있겠나?"

"그럼요, 손님"

손님은 큰 소리로 세미욘에게 호령을 했다.

"대체 누구를 위해 만드는지, 어떤 재료로 만드는지 잘 기억해 두라구. 일 년을 신어도 모양도 일그러지지 않고 상하지도 않는 그런 장화를 만드는 거야. 만들 수 있다고 생각되면 일을 맡아 재료를 재단하고, 만들 자신이 없으면 일도 맡지 말고 재료에도 칼을 대선 안 된단 말야. 미리 말해두지만, 일 년도 채 되기 전에 장화의 모양이 일그러지거나 파손되면, 너를 감옥에 처넣을 테다. 그 대신 일 년이 지나도 모양도 일그러지지 않고 파손되지도 않으면, 일한 공임으로 네게 10루블을 지불하겠네."

세미욘은 잔뜩 겁을 먹고 뭐라고 말해야 할지 알 수 없었다. 그는 미하일을 흘끗 돌아보았다. 그리고 팔꿈치로 가볍게 쿡쿡 찌르며 작은 소리로 속삭였다.

"맡아야 하나? 어떡하지?"

미하일은 '좋아요, 일을 맡으세요'라고 말하듯이 고개를 끄덕여 보였다.

세미욘은 미하일의 뜻대로, 일 년간은 모양도 일그러지지 않고 상하지도 않는 그러한 장화를 만드는 일을 맡기로 하였다.

　손님은 하인을 불러 왼발의 장화를 벗기도록 이르고는 발을 뻗었다.

　"치수를 재라고!"

　세미욘은 50센티미터 정도 길이의 종이 조각을 대고 주름을 편 다음, 무릎을 꿇고 손님의 신발을 더럽히지 않도록 꼼꼼히 작업용 앞치마로 손을 닦은 후에 치수를 재기 시작했다. 세미욘은 먼저 발바닥을 재고, 이어 발등을 재었다. 그리고 장딴지를 재려 했지만, 그 종이로는 아무래도 모자랐다. 장딴지 언저리가 마치 통나무처럼 굵었기 때문이다.

　"주의해서 장딴지께가 꼭 끼지 않도록 해."

　세미욘은 종이 조각에 다시 종이 조각을 이어 대기로 하였다. 손님은 의자에 걸터앉은 채 양말 속의 발가락을 꼼지락거리면서 집안사람들을 둘러보기 시작했다. 그리고 미하일을 가리키며 말했다.

　"그런데 저 사나이는 누구지? 당신 가게 직공職工인가?"

　"저 사람은 솜씨가 몹시 빼어난 직인입니다. 나리의 신발도 저 사람이 지을 겁니다."

　"그럼 너도 주의해서, 틀림없이 일 년 동안은 탈이 나지 않는 신발을 만들어야 한다"하고 손님이 미하일에게 말했다.

　세미욘은 미하일을 흘끗 바라보았다. 그런데 미하일은 손님을 바라보지 않고, 마치 누군가를 응시하고 있는 것처럼 손님 뒤의 방구석 쪽에 물끄러미 시선을 보내고 있지 않은가. 미하일은 한참이나 그곳을 응시하고 있더니, 갑자기 빙긋 웃으면서 얼굴이 환하게 밝아지는 것이었다.

"이봐, 뭘 싱글거리고 있는 거야, 이 얼간아! 그보다는 주의해서 기일 내에 신발을 잘 만들어야 한단 말이야."

그러자 미하일이 말했다.

"필요하신 기일까지 꼭 만들어 드리겠습니다"

"그걸 잊지 말라고."

손님은 장화를 신고, 모피 외투를 걸치고 앞을 여미고는 출구 쪽으로 걸어갔다. 하지만 허리를 구부려야한다는 걸 잊었기 때문에, 문 위에 가로 댄 나무에 세게 머리를 부딪쳤다.

손님은 상스러운 욕설을 하며 머리를 문지르고는, 상자 모양의 마차를 타고 떠나 버렸다.

손님이 떠나는 걸 보고, 세미욘이 말했다.

"어때, 굉장히 건강한 사람이군. 저 정도면 때려죽이려 해도 죽을 것 같지 않은데. 하마터면 문 위에 가로 댄 나무를 머리로 날려버릴 뻔했어, 본인은 대단치 않았던 것 같지만."

그러자 마트료나가 그에 이어 말했다. "저렇게 살아가고 있는 사람은 야위고 싶어도 야윌 수 없겠어요. 그처럼 건강한 사람에게는 사신死神도 접근하지 않거든요."

7

세미욘은 미하일에게 말했다.

"일을 맡은 건 좋지만, 실수하지 않도록 주의하지 않으면 큰일 나네. 재료는 값이 비싸고, 또 손님은 화를 잘 내는 사람이니까. 어떻게든 실수하지 않도록 마무리해야 해. 그러니 자네가 눈도 밝고 솜씨도 지금은 나보다 훨씬 나으니까, 여기 치수가 있네, 이걸로 재료를 재단해 보게. 나는 표면의 가죽을 기울 테니까."

미하일은 시키는 대로, 주인이 가져온 재료를 집어 들어 재단대臺 위에 펼친 다음 그것을 둘로 접어 칼을 쥐고 재단하기 시작했다.

마트료나는 옆으로 다가가 미하일이 가죽을 재단하고 있는 걸 살펴보았지만 미하일이 대체 무슨 일을 하고 있는지 알 수가 없었다. 마트료나는 이전부터 신발 짓는 일을 죽 보아 왔기 때문에, 미하일이 장화를 만들기 위한 재단을 하지 않고, 둥근 모양으로 재단하고 있음을 알아챈 것이다.

마트료나는 참다못해 한마디 해줄까 했지만, 속으로 생각하였다. '이것은 아마 손님의 장화를 마르는 법을 내가 모르기 때문일 거야. 미하일이 나보다 더 잘 알고 있을 테니 쓸데없이 참견하지 말기로 하자.'

미하일은 한 켤레분의 가죽을 재단하고는, 그 가장자리를 잡고 장화처럼 양끝에서 꿰매는 게 아니라, 슬리퍼라도 만드는 것처럼 한쪽 끝만을 꿰매 나가기 시작하였다.

이를 보고 마트료나는 놀랐지만, 그래도 참견하려 하지 않았다. 미하일은 계속 꿰매 나갔다. 이윽고 점심때가 되었으므로, 세미욘이 자리에서 일어났다. 미하일쪽을 바라보니 ― 그의 앞에는 그 손님의 재료로 한 켤레의 슬리퍼가 완성되어 있지 않은가.

세미욘은 자기도 모르게 '앗'소리를 질렀다. '이게 대체 어찌 된 일이야? 미하일은 지금까지 일 년 동안이나 일해 오면서, 그 동안 한 번도 실수를 하지 않았는데, 이제 와서 이렇게 엄청난 실수를 하다니. 그 손님은 통가죽 겉면에다 장식 무늬를 넣은 장화를 주문하셨는데, 이놈은 바닥 가죽을 대지 않은 부드러운 슬리퍼를 만들어 재료를 몽땅 망쳐 버렸군, 손님에게 뭐라고 변명을 하지? 이런 재료는 손쉽게 구할 수도 없는데 야단났는걸.'

그래서 세미욘은 미하일에게 말했다.

"미하일, 대체 어찌 된 거야? 너는 날 죽일 작정인가? 손님은 장화를 주문하셨는데, 네가 만든 이것은 대체 뭐지?"

그가 미하일에게 잔소리를 늘어놓기 시작한 바로 그 순간 문의 손잡이가 털컥거리며 누군가 문을 노크하였다. 두 사람이 창 밖을 내다보니, 누가 말을 타고 와서 마침 말을 매어 두고 있는 참이었다. 문을 열어 주니 들어선 사람은 아까 그 손님의 젊은 하인이었다.

"안녕 하시오!"

"아, 어서 와요. 무슨 일로?"

"실은 그 장화에 관한 일로 마님의 지시를 받고 왔는데요."

"장화에 관한 일이라고?"

"그 장화 말예요! 이제 주인에게는 그 장화가 필요 없게 되었지요. 주인이 죽어 버려서요."

"뭐라구?"

"이곳을 떠나 아직 집에 도착하기 전에 마차 속에서 죽어 버렸어요. 마차가 집에 도착하여, 모두들 나와서 내려드리려 하는데, 주인의 몸이 찰가마니처럼 털썩 굴러 떨어지지 뭡니까. 그래서 보니 주인은 이미 몸이 굳어진 채 죽어 있었어요. 그래서 가까스로 마차에서 끌어내렸지요. 그래서 나는 마님의 심부름으로 왔는데, 마님은 '신발 짓는 이에게 가서 이렇게 말하고 오게. 주인이 장화를 주문하면서 재료를 맡기셨는데, 이제 장화는 필요 없게 되었으니, 그 대신 그 재료로 죽은 이에게 신길 슬리퍼를 급히 만들어 달라고 부탁하게. 그리고 완성될 때까지 기다리고 있다가 그 슬리퍼를 갖고 오게'라고 말씀하셨어요. 그래서 이렇게 달려온 겁니다." 미하일은 마름대 위에 놓인 가죽 조각들을 챙기고, 완성되어 있는 슬리퍼를 집어 들고 두 짝을 맞추어 작업용 앞치마로 잘 닦은 다음에 하인에게 건네주었다. 하인은 슬리퍼를 받아 들고 인사했다. "그럼 잘 있어요!"

8

다시 해를 거듭하여, 미하일이 세미욘의 집에 온 지도 어느덧 6년이 되었다. 그의 생활은 이전과 조금도 달라진 게 없었다. 어디에 나가지도 않고, 쓸데없는 말도 하지 않고, 그 동안 단 두 번 빙긋 웃었을 뿐이었다. 한 번은 세미욘의 아내가 그에게 저녁 식사를 대접해 주었을 때였고, 또 한 번은 장화를 주문하러 온 손님의 얼굴을 보았을 때였다. 세미욘은 자신이 데리고 있는 직공의 일을 생각하면, 기쁘기 한량없었다. 그래서 이제는 어디서 왔는가고 물으려고도 하지 않았다. 다만 미하일이 일을 그만두고 나가 버리지 않을까 걱정될 뿐이었다.

어느 날 집안사람들이 모두 한자리에 모여 있었다. 부인은 화덕에 냄비를 얹고, 아이들은 의자 사이를 뛰어다니거나 창 밖을 내다보곤 했다. 세미욘은 창문 앞에서 가죽을 꿰매고, 미하일은 다른 창문 앞에서 신발 뒤축을 달고 있었다.

사내아이가 의자 위에서 미하일에게로 다가가, 미하일의 어깨에 기대며 창 밖을 내다보았다.

"미하일 아저씨, 저것 좀 봐요. 가겟집 아주머니가 두 여자아이를 데리고 우리 집으로 오고 있어요. 한 아이는 절름발이에요."

사내아이가 이렇게 말하기가 무섭게 미하일은 잡자기 하던 일을 멈추고, 창문 쪽으로 돌아 앉아 한길을 가만히 응시했다.

세미욘은 이상한 일도 다 있다고 생각했다. 미하일은 지금까지 한 번도 한길을 내다본 적이 없는데, 오늘 따라 창문에 달라붙기라도 할 것처럼 무언가를 물끄러미 바라보고 있었기 때문이다. 그래서 세미욘도 창 밖을 내다보았다. 한 부인이 자신의 집을 향해 걸어오고 있었다. 산뜻한 옷차림을 한 부인은, 모피 외투를 입고 두꺼운 목도리를 두른 두 여자아이의 손을 잡고 있었다. 두 여자아이는 분간할 수 없을 만큼 닮았다. 다만 한 여자아이는 왼발이 부자유한 듯 — 걸을 때에 약간 절룩거렸다.

부인은 입구의 계단을 올라 어두운 복도에 발을 들여놓고는, 손으로 더듬어 손잡이를 잡고 문을 열었다. 그리고 두 여자아이를 앞세우고 방 안으로 들어왔다.

"여러분, 안녕하세요!"

"어서 오세요. 무슨 일로 오셨죠?"

부인은 테이블 앞의 의자에 걸터앉았다. 두 여자아이는 그녀의 무릎에 매달리며 낯을 가렸다.

"실은 봄이 되어 이 아이들에게 신길 가죽 구두를 만들어 주셨으면 하구요."

"네, 알았습니다. 이렇게 어린 아기들이 신을 신발은 아직 만들어 본 적이 없지만, 어떤 것이든 만들어 드리죠. 가장자리에 무의를 넣은 것이든, 천을 받친 것이든 뭐든 만들어 드리겠어요. 우리 집에는 미하일이라는, 솜씨가 뛰어난 직원이 있으니까요"

그렇게 말하며 세미욘은 미하일을 흘끗 바라보았다. 미하일은 일을 멈추고, 앉은 채로 가만히 두 여자아이의 얼굴을 바라보고 있었다. 세미욘은 그러한 미하일의 태도를 보고 깜짝 놀랐다. '음, 무리한 일도 아니지. 둘 다 정말 예쁜 아이들이니까.' 실제로 둘 다 눈이 검고 포동포동한 장밋빛 볼을 가진 귀여운 여자아이들이었으며, 모피 외투나 목도리도 고급품이었다. 그러나 세미욘에게는 마치 낯익은 사람을 대하듯이 미하일이 두 아이의 얼굴을 가만히 바라보고 있는 게 아무래도 이상하게 생각되었다.

세미욘은 좀 이상하다고 생각했지만, 아무튼 그 부인과 상담을 시작하였다. 그리고 결정이 되어 치수를 재기로 하였다. 부인은 한쪽 다리가 부자유한 여자아이를 무릎 위로 안아 올리며 말했다.

"이 아이의 발로 두 사람분의 치수를 재어 주세요. 신발은 구부러진 쪽의 발의 치수로 한 짝, 구부러지지 않은 쪽의 발의 치수로 세 짝을 만들면 돼요. 둘 다 발 크기는 똑같으니까요. 이 아이들은 쌍둥이거든요."

세미욘은 치수를 재고 나서, 발이 부자유한 여자아이를 바라보며 말했다. "어쩌다가 발이 이렇게 되었죠? 이처럼 귀여운 아가씨의 발이. 태어나면서부터 이랬던가요?"

"아뇨, 애들 엄마가 잘못 눌러 뭉갠 때문이에요."

이때 마트료나가 끼어들었다. 이 부인이 어디 사는 누구이며, 이 아이들과는 어떤 관계인지 물어 보고 싶었던 것이다.

"그러면 부인은 이 아이들의 친어머니가 아니란 말인가

요?"

"나는 어머니도 아무것도 아녜요, 아주머니. 전혀 남이지만 지금은 이 두 아이를 기르고 있지요."

"친자식도 아닌데, 어쩌면 그토록 귀여워하시죠?"

"귀여워하지 않을 수 없죠, 둘 다 제 젖을 먹여 키웠으니까요. 내게도 어린애가 하나 있었지만, 하느님이 데려가셨어요. 하지만 이 아이들만큼은 그 아이를 귀여워하지 않았죠"

"그러면 이 아이들은 어느 집 딸인가요?"

9

부인은 점차 이야기에 열중하여 다음과 같은 이야기를 들려주었다.

"약 6년 전의 일인데, 이 두 아이는 일주일 동안에 고아가 되어 버린 거예요. 아버지의 장례식을 치른 게 화요일인데, 금요일에는 어머니가 세상을 떠나고 말았거든요. 이 가엾은 아이들은 아버지가 사망한 지 3일 만에 태어났으며, 어머니와는 단 하루도 함께 살지 못했어요. 마침 그 무렵 남편과 나는 그 이웃에서 농사를 지으며 살아가고 있었습니다. 이 아이들의 아버지는 친척 하나 없는 농부로서, 숲에서 일을 하고 있었죠. 그런데 어느 날, 어찌 된 셈인지 베어낸 나무들이 쓰러지는 바람에, 그는 밑에 깔려 내장이 온통비어져 나왔어요. 겨우 집으로 옮겨져 온 후, 하느님이 그의 영혼을 거두어 가셨습니다. 그런데 그의 부인이 며칠 후에 쌍둥이를, 즉 이 두 여자아이를 낳은 겁니다. 몹시 가난하고 친척도 없는 부인이 혼자서요. 조산원도 없고 돌보아주는 사람도 없었지요. 그래서 부인은 누구의 손도 빌리지 않고 아기들을 낳고는 혼자 죽어 간 겁니다."

잠시 쉬었다가 이윽고 부인은 말을 계속했다.

"나는 이튿날 아침에 이웃에 문안을 갔었어요. 집안에 들어가 보니, 가엾게도 부인의 몸은 이미 차가워져 있었습니다. 그런데 숨을 거둘 때에 한 여자아이 위로 쓰러졌던가 봐요. 그 때문에 이 아이를 깔아뭉개어서 이 한쪽 다리를 절름발이로 만들어 버린 거예요. 마을사람들이 모여 부인의 몸을 깨끗이 닦고 관을 만들어, 장례를 지내 주었습니다. 모두 친절한 사람들이었으니까요. 두 갓난아기만 뒤에 남겨졌지요. 이 두 아이를 어떻게 해야 했을까요? 갓난아기가 있는 집의 여자들 중에서 나뿐이었어요. 태어난 지 8주일 되는 첫아들에게 나는 젖을 먹이고 있었습니다. 그래서 내가 그 두 아이를 잠시 동안만 맡게 되었죠. 마을 농부들이 모여 두 아이를 어떻게 해야 할지 곰곰히 생각한 끝에, '아무튼 마리아 아주머니께서 우선 이 두 아이를 맡아주세요. 모두들 차차 대책을 세우도록 할 테니까요'라고 말하는 거예요. 난 발이 구부러지지 않은 아이에게만 젖을 주고 발이 부자유한 이 아이에게는 주지 않으려고 생각한 적도 있었어요. 이 아이는 잘 자라지 못할 것 같은 느낌이 들었기 때문이에요. 하지만 '이 천사와 같은 영혼을 가진 갓난아기를 이대로 죽여서야 되겠는가'하고 마음속으로 생각했지요. 그러자 그 아이도 어쩐지 불쌍하게 여겨지더군요. 그래서 함께 젖을 주기로 했죠. 그래서 자신의 아들과 이 둘 — 즉 이 갓난아기에게 젖을 주며 기르게 된 겁니다! 그때 난 젊고, 체력도 좋고, 음식도 잘 먹었으니까요. 덕분에 하느님이 젖을 듬뿍 내려 주셔서, 때로는 두 젖가슴에 젖이 넘쳐흐를 정도였어요. 두 아기에게 함께 젖을 주면, 그 동안 다른 한 명은 기다리고 있는 거예요. 한 명이 실컷마시고 손을 놓으면, 또 한 명을 안아 올리곤 했습니다. 이리하여 하느님의 은혜로 두 아이는 이만큼 길렀지만, 내가낳은 아들은 두 살 때 하느님이 데려가셨습니다. 그리고 하느님이 그 후로는 아이를 내려 주시지 않았습니다. 하지만재산은 점차 불어났어요. 그래서 지금은 이 고장에서 상인

商人이 갖고 있는 물방앗간을 맡아 생활해 가고 있습니다. 수입이 아주 좋아서 살아가는 데는 아무 걱정이 없어요. 다만 자식이 없을 뿐입니다. 만일 이 두 여자아이가 없다면, 나는 혼자서 어떻게 살아가겠어요! 그런 걸 생각하면 귀여워하지 않을 수 없답니다. 내가 촛불이라면 이 두 아이는 납蠟과 같은 존재거든요!"

이렇게 말하고 그 부인은 한 손으로 발이 부자유한 여자아이를 가슴에 껴안고, 다른 손으로 볼의 눈물을 닦기 시작했다.

마트료나도 한숨을 내쉬며 말했다.

"속담에, '어버이 없이도 자식은 자라지만, 하느님이 없으면 어버이도, 자식도 살아갈 수 없다'는 말이 있는데, 정말 옳은 말이에요" 이렇게 얼마 동안 서로 이야기를 나누다가, 이윽고 부인은 가 봐야겠다며 일어섰다. 주인 부부는 부인을 대문까지 바래다주고, 대문께에서 문득 미하일을 돌아보았다. 미하일은 무릎 위에 두 손을 포개고 앉은 채 가만히 천장을 바라보며 빙긋 웃고 있었다.

10

세미욘이 옆으로 다가가, "왜 그러나, 미하일!" 하고 말을 걸었다.

미하일은 의자에서 일어서자 도구들을 한쪽에 치우고는 작업용 앞치마를 벗고 주인 부부에게 절을 하며 말하였다. "두 분 다 제발 나를 용서해 주세요. 하느님은 나를 용서해 주셨습니다. 그러니까 두 분도 제발 나를 용서해 주세요."

그때 주인 부부는 미하일의 몸에서 후광後光이 비치고 있는 걸 보았다. 그래서 세미욘도 일어나 미하일에게 절을 하며 말하였다.

"나도 미하일, 자네가 보통 인간이 아니라는 것, 자네를 붙들어 둘 수는 없다는 것, 또 자네에게는 아무것도 물어서는 안 된다는 것을 알고 있네. 하지만 한 가지만 내게 가르쳐 주지 않겠나? 내가 자네를 발견하여 이 집에 데려왔을 때에 자네는 몹시 어두운 얼굴을 하고 있었는데, 아내가 자네에게 저녁을 대접하자 자네는 아내에게 빙긋 웃고, 그때부터 죽 밝은 표정을 짓게 되었는데, 대체 그 까닭이 무엇인가? 그리고 어떤 분이 장화를 주문하러 왔을 때에도 자네는 빙긋 웃고, 그때부터는 이전보다 더욱 밝은 표정을 짓게 되지 않았나? 그리고 지금 그 부인이 두 여자아이를 데리고 왔을 때에도 자네는 또 세 번째로 빙긋 웃었는데, 이번에는 온몸이 빛나고 있어. 미하일, 왜 자네의 몸이 빛나게 되었는지, 또 왜 자네는 세 번 웃었는지 제발 그 까닭을 들려주지 않겠나?"

"왜 나의 몸이 빛나고 있는가 하면, 지금까진 벌을 받고 있었지만 하느님이 이제 나를 용서해 주셨기 때문입니다. 또 내가 세 번 빙긋 웃은 것은, 내가 하느님의 세 가지 말씀을 이해하지 않으면 안 되었기 때문입니다. 그리고 이제 겨우 하느님 말씀의 의미를 알게 되었어요. 한 가지 말씀의 의미를 알게 된 것은 당신의 부인이 나를 동정해 주셨을 때이며, 내가 처음으로 웃은 것은 그 때문이었습니다. 다음 말씀은 부유한 손님이 장화를 주문하였을 때에 알게 되었죠. 그래서 나는 또 빙긋 웃었습니다. 그리고 지금 그 두 여자아이의 얼굴을 보았을 때에 나는 마지막 세 번째 말씀의 의미를 알게 되었지요. 그래서 나는 세 번째로 또 웃은 겁니다."

세미욘이 다시 물었다.

"그런데 미하일, 하느님은 무슨 이유로 자네를 처벌하셨는지 가르쳐 주지 않겠나? 그리고 하느님의 그 말씀이라는 것도 꼭 알고 싶은데." 그러자 미하일이 말했다.

"하느님이 나를 처벌하신 것은, 내가 하느님의 명령에 따르지 않았기 때문입니다. 나는 천상天上의 천사였는데, 하느님의 분부를 지키지 않았던 겁니다. 내가 천상의 천사였을 때, 하느님은 한 여자로부터 영혼을 거두어 오라고 나를 파견하셨지요. 나는 지상地上으로 날아왔어요. 두 쌍둥이 여자아기를 갓낳은 한 부인이 몸져누워 있었습니다. 두 여자아기는 어머니 옆에서 조금씩 움직이고 있었습니다. 그러나 어머니는 두 아이를 가슴에 끌어당길 수도 없었습니다. 나를 보자 부인은 하느님이 영혼을 거두어 가시기 위해 나를 파견하셨음을 알아채고, 눈물을 흘리며 이렇게 말했습니다 ─ '천사님! 남편은 죽어서 이제 금방 매장되었습니다. 숲에서 나무들이 쓰러지는 바람에 그 밑에 깔려 죽어 버린 겁니다. 내게는 언니나 여동생도 없고, 아주머니나 할머니도 없어, 이 고아를 길러 줄 사람이 하나도 없습니다. 그러니 제발 나의 영혼을 거두어 가지 말아 주세요, 이 아이들에게 젖을 먹이고 음식을 마련해 주고, 사람 구실을 하도록 길러 낼 때까지는 제발 나를 살아있게 해주세요. 아버지도 없고 어머니도 없으면 아이들은 도저히 살아갈 수 없습니다!'

그래서 나는 어머니의 말을 듣고 한 여자아이에게는 젖을 물리고, 또 한 아이는 어머니에게 안겨 주고는 하느님에게로 날아갔습니다. 하느님에게로 날아가서 나는 이렇게 말씀드렸습니다 — '저는 아이들을 갓 낳은 여자로부터 영혼을 거두어 올 순 없었습니다. 아버지는 나무가 쓰러지는 바람에 그 밑에 깔려 죽고 어머니는 쌍둥이를 갓 낳은 처지이니 제발 영혼을 거두어 가지 말아 달라고 기도하듯이 부탁한 이 여자를, 아이들에게 젖을 먹이고 음식을 마련해 주고, 사람 구실을 하도록 길러 낼 때까지는 제발 살아 있게 해주십시오. 그 여자는 아버지도 없고 어머니도 없으면 아이들은 도저히 살아갈 수 없다고도 애원했습니다. 그래서 저는 아이를 갓 낳은 여자로부터 영혼을 거두어 올 수가 없었습니다.' 그러자 하느님은 이렇게 말씀하셨습니다. '가서 아이들을 갓 낳은 여자의 영혼을 거두어 오너라, 그러면 세 가지 말의 의미를 알게 될 것이다. 인간 속에 있는 것이 무엇인가, 그리고 인간에게 주어져 있지 않은 것은 무엇인가, 또 인간은 무엇에 의해 살아가고 있는가를 알게 될 것이다. 그것을 알게 되면 다시 천상으로 돌아오너라' 그래서 나는 다시 지상으로 내려와 아이들을 갓 낳은 여자로부터 영혼을 거두어들인 겁니다. 두 갓난아기는 어머니의 가슴으로부터 굴러 떨어졌습니다. 어머니의 사체死體가 침대 위에 털썩 쓰러지면서 한 여자아기를 눌러서 그 발을 구부러뜨렸습니다. 나는 마을 위로 날아올라, 거두어 낸 영혼을 하느님에게 가져가려 했지만, 갑자기 바람이 일어 나의 날개는 말을 듣지 않게 되었어요. 그래서 영혼만이 하느님에게로 올라가고, 나는 도중에서 지상에 떨어져 버린 겁니다."

11

세미욘과 마트료나는 자신들이 옷을 입혀 주고 먹여주고 자신들과 함께 지내 온 상대가 누구인가를 깨닫고는, 두렵고 기쁜 나머지 울어 버렸다.

그러자 천사가 다시 말을 이었다.

"나는 혼자서 들판 한복판에 벌거숭이인 채로 남겨졌습니다. 나는 그때까지 인간 생활의 괴로움도 모르고, 추위나 굶주림 따위도 알지 못했습니다. 그런데 갑자기 인간이 된 겁니다. 점점 배가 고파 오고 몸이 얼어붙을 것 같았지만, 어찌해야 할지 알 수 없었지요. 문득 돌아보니, 하느님을 위한 예배당이 들판에 세워져 있었어요. 그래서 하느님의 예배당으로 가서, 그 안에 은신하려 했습니다. 그런데 교회 문이 잠겨져 있어 안으로 들어갈 수가 없었지요. 그래서 나는 바람을 피하려고 교회 뒤쪽에 앉아 있었습니다. 이윽고 밤이 되었어요. 나는 배가 고프고 몸이 얼어붙을 것같아 견딜 수 없었어요, 그때 갑자기 누군가 길을 걸어오는 발소리가 들렸습니다. 방한화를 둘러메고, 연신 뭐라고 혼잣말을 지껄이고 있었어요. 나는 인간이 된 후로 처음으로 언젠간 죽어야 할 인간의 얼굴을 보았기 때문에, 그 얼굴을 보기가 두려워져 무의식중에 고개를 돌렸습니다. 듣고 있으려니까, 그 사나이는 무엇을 몸에 걸치고 이 추운 겨울을 날 것인가, 처자를 어떻게 부양해야 할 것인가 하는 따위의 말을 연신 혼자 지껄이고 있는 거예요. 그래서 나는 생각했습니다. '나는 지금 추위와 굶주림 때문에 죽어가고 있다. 그런데 저 사람은 자신이나 아내가 입을 모피 외투며 가족에게 먹일 빵만을 생각하면서 걸어가고 있다. 이 사나이는 도저히 나를 도울 수 없을 것이다.' 그 사나이는 나의 모습을 보고는, 이마를 찌푸리고 더욱 무서운 표정을 지으며 그대로 지나가버렸습니다. 그래서 나도 단념하고 있었는데, 문득 귀를 기울이니 그 사나이가 되돌아오고 있지 않겠어요? 나는 돌아보았지만, 아까 그 사나이와 같은 인간으로는 생각되지 않았어요. 그 사나이는 아깐 죽을상을 하고 있었는데, 지금은 뜻밖에 밝은 모습이 아니겠어요? 나는 그 얼굴에 하느님이 깃들여 있음을 알았습니다.

그 사나이는 내 옆으로 다가와 내게 걸칠 것을 주고, 나를 자신의 집으로 데려가 주었습니다. 내가 그 집에 도착하자, 한 여자가 나와 우리를 맞으며 뭐라고 말하기 시작했어요. 그 여자는 그 사나이보다 훨씬 무서운 얼굴을 하고 있었습니다. 그녀의 입으로부터 죽음의 숨결이 새어 나와, 나는 죽음의 악취 때문에 숨을 쉴 수도 없을 정도였어요. 그녀는 나를 추운 집 밖으로 몰아 내려 했습니다. 그러나 만일 나를 몰아내면 그녀는 죽으리라는 것을 나는 알고 있었죠. 그런데 그때 문득 그녀의 남편이 그녀에게 하느님을 생각해 내도록 했습니다. 그러자 그녀의 태도가 갑자기 변하지 않겠어요? 그녀가 두 사람에게 저녁 식사를 마련해 준 다음 나를 가만히 바라보고 또 내가 그녀의 얼굴을 흘끗 바라보았을 때에는, 그녀에게선 이미 죽음의 그림자를 찾아볼 수 없었고, 부드러운 여자가 되어 있었습니다. 그리고 나는 그 여자 속에도 하느님이 깃들어 있음을 알았습니다. 그때 나는 '인간 속에 있는 것이 무엇인지를 알게 되리라'는 하느님의 첫번째 말씀을 생각해 냈어요. 그리고 인간 속에 있는 것은 사랑임을 깨달은 겁니다. 하느님이 약속한 일을 벌써 내게 보여주시기 시작했기 때문에, 나는 더할 나위 없이 기뻤습니다. 그래서 나는 처음으로 빙긋 웃었습니다. 하지만 나는 아직 세 가지 전부를 알 수는 없었습니다. 인간에게 주어져 있지 않은 것은 무엇인가, 또 인간은 무엇에 의해서 살아가고 있는가를 깨달을 수는 없었던 것입니다.

　그때부터 나는 당신네 집에서 지내게 되었고, 어언 일 년이 지났습니다. 그런데 어느 날 한 사나이가 찾아와서, 일 년을 신어도 상하거나 모양이 일그러지지 않을 그러한 장화를 만들어 달라고 주문하였습니다. 나는 그 사나이의 얼굴을 흘끗 바라보았지요. 그런데 뜻밖에도 나는 그 사나이의 등 뒤에 나의 동료인 죽음의 천사가 서 있는 걸 알아챘습니다. 나밖에는 아무도 이 천사의 모습을 본 사람이 없었지만, 나는 그 천사를 알고 있었으므로, 오늘 해가 지기 전에 이 부자富者의 영혼을 하느님이 거두어 가시리라는 것을 알았습니다. 그래서 나는 생각했습니다. '사나이는 일 년 후의 일까지 준비하고 있지만, 자신이 오늘 저녁때까지밖에 살 수 없다는 것은 알지 못하는구나.' 그래서 나는 '인간에게 주어져 있지 않은 것이 무엇인지 알게 되리라'는 하느님의 또 다른 하나의 말씀을 생각해 냈습니다. 인간 속에 있는 것이 무엇인지를 나는 이미 알고 있었습니다. 그리고 나는 또 인간에게 주어져 있지 않은 것이 무엇인지를 알았습니다. 자신의 몸을 위해서 필요한 것이 무엇인지를 알 힘이 인간에게는 주어져 있지 않은 겁니다. 그래서 나는 두 번째로 또 빙긋 웃었습니다. 동료인 천사의 모습을 보게 되고, 또 하느님이 두 번째 말씀의 의미를 알게 해주셨기 때문에, 나는 더할 나위 없이 기뻤던 겁니다.

　하지만 나는 아직 전부를 깨달을 수는 없었습니다. 인간은 무엇에 의해 살아가고 있는지를 나는 아직 깨달을 수 없었어요. 그래서 나는 계속 이 댁의 신세를 지면서 하느님이 마지막 말씀의 의미를 알도록 해주시기를 죽 기다리고 있었습니다. 그 후 6년이 지난 오늘, 한 여자가 쌍둥이 여자아이들을 데리고 왔어요. 나는 그 여자아이들이 누구인지를 금방 알았습니다. 그리고 이 두 여자아이가 무사히 살아가고 있음을 알게 된 겁니다. 그걸 알게 되어 나는 생각했어요. '아이들을 위해 그 어머니가 눈물지으며 부탁했을 때, 나는 그 어머니의 말을 믿고 — 아버지도 없고 어머니도 없으면 아이들은 도저히 살아갈 수 없으리라고 생각했었다. 그런데 인척도 아닌 타인이 젖을 주어 이처럼 두 아이를 훌륭히 키워 주지 않았는가.' 그리고 그 여자가 제 핏줄이 아닌 아이들을 위해 동정하며 감격의 눈물을 흘렸을 때, 나는 그 여자 속에 살아 계시는 하느님을 보고, 인간이 무엇에 의해 살아가고 있는지를 깨달은 겁니다. 그리고 하느님이 마지막 말씀의 의미를 알도록 하여 나를 용서해 주셨음을 알았지요. 그래서 세 번째로 나는 빙긋 웃은 겁니다."

12

이윽고 천사의 몸이 드러나면서 그 모습이 완전히 빛에 싸였으므로, 눈을 돌려 똑바로 그 모습을 바라볼 수 없을 정도였다. 천사는 아까보다 더 큰 목소리로 이야기하기 시작했는데, 그 목소리는 그의 목소리가 아니라 천상으로부터 울려오는 것 같았다.

천사는 말했다.

"인간은 누구나 자신의 걱정거리뿐만 아니라, 사랑에 의해 살아가고 있음을 나는 알게 되었습니다. 그 어머니에게는 그 아이들이 살아가는 데 무엇이 필요한지를 아는 힘이 주어져 있지 않았습니다. 또 그 부유한 사나이에게는 그 자신에게 필요한 것이 무엇인지를 아는 힘이 주어져 있지 않았던 거예요. 그리고 누구에게나, 자신에게 필요한 것이 살아 있을 때에 신을 장화인지 아니면 해가 지기 전에 죽은 몸이 되어 자신의 발에 신겨질 슬리퍼인지를 아는 힘이 주어져 있지 않은 겁니다.

내가 인간이었을 때에 무사히 살아올 수 있었던 것은, 내가 스스로 자신의 일을 잘 생각한 때문이 아니라 길을 가던 한 인간과 그의 아내에게 사랑의 마음이 있어, 두 사람이 나를 불쌍히 여기고 나를 사랑해 준 때문이었습니다. 또 그 두 고아가 무사히 살아갈 수 있었던 것은, 많은 사람들이 두 아이의 일을 생각해 준 때문이 아니라 제 핏줄이 아닌 한 여인의 마음에 사랑이 깃들어, 그 여인이 두 아이를 동정하고 두 아이에게 사랑을 기울인 때문입니다. 그리고 모든 사람들이 살아가고 있는 것은, 스스로 자신의 일에 머리를 쓰고 있기 때문이 아니라 인간 속에 사랑의 마음이 있기 때문입니다.

이전부터 나는 하느님이 인간에게 생명을 부여하시고 인간이 살아가기를 원하고 계심을 알고 있었습니다. 하지만 지금은 그와는 또 다른 한 가지를 알게 되었어요. 하느님은 인간이 제각기 흩어져 살아가기를 원치 않으셨기 때문에, 일부러 개개의 인간에게 무엇이 필요한지를 알도록 해주시지 않았습니다. 그러나 인간들이 마음을 합쳐 살아가기를 원하셨기 때문에, 자신이나 모든 사람들에게 필요한 것이 무엇인지를 인간에게 알도록 해주셨음을 나는 깨달은 겁니다. 인간에게는 다만 자신들이 자기 자신의 일만을 허덕지덕 생각하면서 살아가고 있는 것처럼 여겨질 뿐이지만, 실제로는 인간은 오직 사랑의 힘에 의해 살아가고 있음을 이제야 겨우 깨달은 거예요. 사랑의 마음으로 가득 차 있는 사람은 하느님의 세계에 살고 있는 셈이며, 하느님은 그 사람 속에 계십니다. 왜냐하면 하느님은 사랑이시기 때문입니다."

그리고 천사는 하느님을 찬양하는 노래를 부르기 시작하였다. 그러자 그 목소리가 울려 퍼지며 온 집이 흔들렸다. 그리고 천장이 둘로 갈라지면서, 땅으로부터 불기둥이 솟아 하늘에 닿았다. 세미욘은 아내와 아이들과 함께 자신도 모르게 땅에 엎드렸다. 그러자 천사의 어깨에 순식간에 날개가 돋아나더니 천사는 이내 하늘로 올라갔다.

세미욘이 정신을 차렸을 때는, 집은 원래의 상태로 돌아가 있었으며 집안에는 가족 이외에는 이미 누구의 모습도 보이지 않았다. 1881년

두 노인

여자가 가로되 주여 내가 보니 선지자로소이다.

— 요한복음 제4장 제19절

우리 조상들은 이 산에서 예배하였는데 당신들의 예배할 곳이 예루살렘에 있다 하더이다.

— 제 20절

예수께서 가라사대 여자여 내 말을 믿으라. 이 산에서도 말고 예루살렘에서도 말고 너희가 아버지께 예배할 때가 이르리라.

— 제 21절

너희는 알지 못하는 것을 예배하고 우리는 아는 것을 예배하노니 이는 구원이 유대인에게서 남이니라.

— 제22절

아버지께 참으로 예배하는 자들은 신령과 진정으로 예배할 때가 오나니 곧 이때라, 아버지께서는 이렇게 자기에게 예배하는 자들을 찾으시느니라.

— 제23절

1

두 노인이 오래 된 도성都城인 예루살렘으로 성지순례를 떠났다. 한 사람은 예핌 타라스이치 세베료프라는 부유한 농부이고, 또 한 사람은 별로 돈이 없는 에리세이 보토로프라는 사람이었다.

예핌은 착실한 농부로서 보드카도 마시지 않고 담배도 피우지 않고, 코담배 콧구멍에 발라서 냄새를 맡는 가루담배 도 즐기지 않는다. 태어난 이후로 지금까지 누구에게 욕을 한 적이 없고, 매사에 엄격하며, 견실한 성품의 소유자였다. 예핌은 두 번이나 마을 이장을 지냈지만, 두 번 다 1코페이카 러시아의 화폐 단위 루블의 100분의 1 의 착오도 없이 그 임기를 마쳤다. 그의 집안은 대가족으로, 두 아들 내외와 결혼을 한 한 명의 손자까지 모두 함께 살고 있었다. 얼핏 보기에도 그는 아주 튼튼해 보이는 남자였는데, 더부룩한 턱수염을 기르고, 허리도 구부러지지 않고 꼿꼿했으며, 겨우 일흔이 되어서부터 수염에 흰 것이 섞이기 시작했다. 에리세이 노인은 부자도 아니고 가난뱅이도 아니며, 원래는 목수 일을 하며 돌아다니고 있었는데, 나이를 먹으면서는 집에 정착하여 꿀벌을 치기 시작했다. 장남은 벌이를 하러 객지로 나가 있었고, 차남은 집에서 일을 하고 있었다. 에리세이는 쾌활한 남자로, 보드카도 마시고 담배도 피우며 노래 부르기를 좋아했지만, 얌전한 성품이어서 집안사람들이나 이웃 사람들과도 사이좋게 지내고 있었다. 에리세이는 키가 크지 않고, 거무스름한 안색을 한 빈약한 농부로, 더부룩한 턱수염을 기르고, 자신과 같은 이름인 옛 예언자 에리세이와 마찬가지로, 머리가 훌렁 벗어져 있었다.

두 노인은 이전부터 함께 여행을 할 약속을 하고 있었는데, 예핌은 언제나 분주하고 일이 끝나지 않는 것이다. 한 가지 일이 끝났는가 하면, 곧 다음 일이 생겨난다. 손자를 결혼시키고 나니, 막내가 군에서 제대하고 돌아온다. 그런가 하면 이번에는 새로이 집을 짓는 공사를 시작해야 하는 상황이 벌어진 것이다.

마을 축제가 벌어진 어느 날, 두 노인은 우연히 만나, 길가의 통나무 위에 걸터앉았다.

"어때?" 하고 에리세이가 말했다. "성지聖地를 참배參拜하러 언제 떠날 건가?"

예핌은 이마를 찌푸리며,

"좀더 기다려 줘야겠어. 올해는 묘하게 일이 잘 진척이 안 되는구먼. 그 공사를 시작했을 때에는 1백 루블 정도면 되리라고 생각했는데, 이미 3백 루블 가까이 투입했는데도 완성이 되지 않는구먼. 아무래도 여름까지는 걸릴 것 같아, 주님의 뜻이라면, 이번 여름에는 떠날 수 있게 될 걸세."

"내가 보기에는" 하고 에리세이가 말했다.

"그렇게 출발을 연기하고만 있는 건 좋지 않아. 곧 떠나야 해, 지금 봄철이라 날씨도 썩 좋으니까."

"날씨는 좋아도, 일단 시작한 일을 어떻게 내팽개치고 떠날 수 있겠나?"

"대체 자네 집에는 일을 맡길 만한 사람이 없나? 아들이 제대로 해줄 거야."

"제대로 해준다고? 장남 녀석은 통 믿을 만한 녀석이 못 돼. 이상한 짓을 할 것임에 틀림없어."

"아냐, 우리는 어차피 머지않아 죽을 테지만, 우리가 없어도 자식들은 잘해 나갈 걸세, 자네 아들도 스스로 일을 익혀 나가야 할 거야."

"그건 그렇지만, 뭐니 뭐니 해도 내 눈으로 완성되는 걸 보고 싶으니까."

"어허 참! 모든 걸 다 완성시킬 수는 없는 거야. 지난번에도 우리 집 여자들이 축제날이 다가온다고 해서 밀린 빨래를 하거나 정돈을 하고 있었는데, 이것도 해야 한다, 저것도 해야 한다며 분주히 일하지만, 도저히 다 해낼 수가 없었다네. 그래서 우리 큰 며느리가 꽤 영리한 아이여서, 이렇게 말하더군. '축제가 우리를 기다려주지 않고 자꾸 다가오니까 도움이 돼요. 그렇지 않다면 아무리 일을 해도 다 해낼 수가 없어요'하고 말야."

예핌은 생각에 잠겼다.

"하지만 나는 그 공사에 많은 돈을 투입했거든. 맨손으로 여행을 떠날 수는 없잖은가. 약간의 돈으로는 될 일이 아니지, 1백 루블은 갖고 가야 할 거야."

에리세이는 웃기 시작했다.

"자네가 그런 말하면 벌 받네. 나보다 열 배쯤은 더 많은 재산을 가진 사람이 이러쿵저러쿵 돈타령을 하다니. 그런 이야기는 하지 말고, 언제 떠나겠는지 말해줘. 나는 가진 돈이 없지만, 그래도 어떻게든 마련할 테니까."

예핌도 빙긋 웃었다.

"아니, 대단한 부자구먼. 대체 어디서 무슨 수로 마련할 작정인가?"

"집안을 뒤져 보면 약간의 돈은 나올 거고, 모자라는 건

밖에 놓아둔 꿀벌통 10여 개를 이웃집에 팔아서 마련하지. 이전부터 부탁받고 있었으니까."

"팔아버린 꿀벌통에서 소출이 좋으면, 나중에 아쉬워 맥이 빠질 걸세."

"아쉬워서 맥이 빠진다고? 자네, 그런 소리는 하지 말게. 이 세상에 죄짓는 일 말고 우리가 실망하여 맥이 빠질 일은 없어. 영혼만큼 소중한 것은 없으니까."

"그야 그렇지만, 집안일이 잘 정돈되어 있지 않으면, 역시 마음이 편치 않거든."

"그보다 영혼이 잘 정돈돼 있지 않으면 더 마음이 편치 않을 걸세. 어쨌든 약속한 일이니까 떠나자구! 정말로 출발하자구!"

2

에리세이는 이렇게 친구를 설득했다. 예핌은 골똘히 생각한 끝에, 이튿날 아침 에리세이를 찾아와서 말했다. "그럼 떠나세. 자네의 말처럼 사람이 죽고 사는 것은 주님의 뜻에 달렸으니까. 아직 건강하게 살아 있을 동안에 떠나야겠지."

그로부터 일주일이 지났을 때, 두 노인은 모든 준비를 끝내었다.

예핌의 집에는 돈이 있었으므로, 1백 루블은 여비로 쓰기로 하고, 2백 루블은 나이 많은 아내에게 맡겨 두었다.

에리세이도 준비를 끝냈다. 집 밖에 놓아둔 꿀벌통들 가운데 열 개를 이웃집 사람에게 팔고, 거기서 태어난 새끼 꿀벌도 함께 건네주기로 약속했다. 그래서 모두 70루블의 돈이 마련되었다. 부족한 30루블은 집안을 구석구석까지 뒤지고 가족들이 조금씩 보태주어 마련되었다. 그의 늙은 아내도 자기가 죽었을 때 장례비용으로 쓰도록 비축해 두었던 돈을 모조리 건네주고, 며느리도 따로 갖고 있던 자신의 돈을 내놓았다.

예핌 타라스이치는 자신이 없는 동안에 해야 할 일을 모조리 아들에게 맡겼다. 건초는 어디서 얼마만큼 베어야 하고, 거름은 어떻게 운반하며, 공사는 어떻게 마무리 짓고, 지붕은 어떤 식으로 해야 한다는 등, 모든 일을 생각해 내어 자세히 일러주었다. 그런데 에리세이는 아내에게, 팔아버린 꿀벌통에서 태어날 새끼 꿀벌을 따로 모아서 속임수를 쓰지 말고 제대로 이웃집에 넘겨주라고 당부했을 뿐, 집안일에 대해서는 통 말하지 않았다. 무엇을 어떻게 하면 좋은가 하는 것은, 그 일에 직면하면 저절로 알게 된다. 너희가 주인이니까, 자신들에게 유익해지도록 하면 된다는 생각에서였다.

두 노인은 준비를 끝냈다. 가족들은 여행 중에 먹을 과자를 굽고 배낭을 만들고, 각반脚絆을 새로 만들고 농부용 신발을 새로 만들었다. 노인들은 도중에 갈아 신을, 나무껍질로 만들어진 신발도 준비하여 드디어 길을 떠났다. 가족들이 동구 밖까지 나와 두 노인을 배웅했다.

에리세이는 마음이 들떠 여행이 시작되고, 마을이 멀어지자, 집안일은 깡그리 잊어버렸다. 마음속으로 생각하고 있는 것은, 어떻게든 도중에 친구의 마음에 들도록 하고 싶다, 누구에게도 난폭한 말을 하지 않도록 하자, 무사히 따스한 마음으로 그곳에 도착하고, 그리고 집으로 돌아오고 싶다는 소망뿐이었다. 에리세이는 길을 걸어가면서도 입 속으로 기도문을 중얼거리고, 자신이 알고 있는 성자聖者의 전기傳記를 마음속으로 되새기고 있었다. 도중에 누구와 동행하게 되었을 때나, 숙소에 도착했을 때에는, 어떻게든 되도록 사람들에게 온화하게 대하자, 주님이 가르쳐 주신 말씀을 입에 올리자 하고 스스로 다짐하는 것이었다. 여행을 하면서도 더할 나위 없이 기뻤지만, 다만 한 가지 에리세이에게 아쉬운 점이 있었다. 즐기는 코담배를 끊어볼 셈으로 담배쌈지를 집에 두고 왔는데, 점점 허전해져왔다. 도중에 어떤 사람이 약간의 코담배를 주었으나, 친구에게 폐를 끼치지 않기 위해, 이따금 일부러 뒤처져서 코담배를 즐기는 것이었다.

예핌 타라스이치도 기분이 좋은 듯이 힘차게 걸었다. 나쁜 일은 무엇 하나 하지 않고, 쓸데없는 말은 한마디도 하지 않았지만, 마음속은 편치 않았다. 집안일에 대한 걱정이 잠시도 머리를 떠나지 않는 것이었다. 언제나, 집에서는 무엇을 하고 있을까 하고 집안일만을 생각했다. 뭔가 아들에게 일러줄 것을 빠뜨리지는 않았을까, 아들은 시킨 대로 하고 있을까? 도중에 들에서 사람들이 감자를 심거나 거름을 운반하고 있는 것을 보면, 집에서도 역시 아들이 시킨 대로 하고 있을까 하고 생각하는 것이었다. 금방이라도 되돌아가 모든 일을 스스로 해 보여주고 싶어지는 것이다.

3

두 노인은 5주 동안 계속 걸었기 때문에, 집에서 갖고 온 나무껍질로 만든 신발도 닳아버려 새 신발을 사지 않으면 안 되게 되었을 무렵에, 소小러시아로 접어들었다. 집을 떠나니, 숙박을 하거나 식사를 할 때면 모두 돈을 냈지만, 소러시아에 도착하자 모두들 다투어 두 사람을 자신의 집으로 불러들이는 것이었다. 재워주고 먹여주고 돈도 받지 않을 뿐만 아니라, 가다가 먹으라며 빵이나 과자 따위를 배낭에 넣어주는 것이었다. 이리하여 두 노인은 편안한 마음으로 7백리 길을 걸어, 다시 하나의 현縣을 통과하여, 어느 흉년이 든 고장에 이르렀다. 재워주고 숙박료는 받지 않지만, 아무것도 먹여주지 않게 되었다. 빵은 어디에 가도 주지 않을 뿐만 아니라, 돈을 내도 손에 넣을 수 없는 경우가 많았다. 사람들 이야기를 들어보니, 작년에는 무엇 하나 곡식이 여물지 않아 농사를 망쳤다고 한다. 부자들도 가진 돈이 바닥이 나, 모든 걸 팔아버리고, 중류층 사람들은 빈털터리가 되고, 가난한 사람들은 다른 지방으로 가버리거나 구걸을 하거나, 아니면 마을에서 근근히 나날을 보내고 있다고 한다. 겨울 동안에는 밀기울과 명아주를 먹고 있었다고 한다.

어느 날 두 노인은 작은 마을에 들러, 15근斤 정도의 빵을 사고, 하룻밤을 묵고는, 이튿날 동이 트기 전에 출발했다. 더워지기 전에 조금이라도 더 걸어가기 위해서이다.

십 리쯤 걸어가자, 어느 작은 개울 옆에 이르렀다. 두 노인은 개울가에 앉아, 컵으로 개울물을 떠서 빵을 축여가며 배불리 먹고, 나무껍질로 만든 신발도 새것으로 갈아 신었다. 이렇게 앉아서 잠시 쉬고 있는 동안에, 에리세이가 담배쌈지를 꺼내었다. 예핌은 그것을 보고 고개를 가로 저었다.

"왜 그런 역겨운 걸 끊어버리지 못하나?"

에리세이는 어쩔 수 없다는 듯이 손을 내저었다.

"나는 죄인罪人이 된 셈이야, 어쩔 도리가 없네."

두 사람은 일어나 다시 걷기 시작했다. 이윽고 다시 십 리쯤 걸어서, 커다란 마을에 접어들었다. 그 마을을 완전히 벗어났을 때, 찌는 듯한 무더위가 엄습해 왔다. 에리세이는 기진맥진해져서, 잠시 쉬면서 물이 마시고 싶어졌는데, 예핌은 걸음을 멈추려고 하지 않는다. 예핌의 걸음걸이가 너무도 빨라, 에리세이는 따라가기가 힘겨웠다.

"물이 마시고 싶은데."

"마시라구, 난 마시고 싶지 않네."

에리세이는 멈춰 섰다.

"그럼 기다리지 말아줘. 나는 잠깐 저 농가農家에 들러 물을 마시고, 이내 자네를 따라잡을 테니까."

"알았어"하고 말하며 예핌은 혼자 길을 걸어가고, 에리세이는 농가 쪽으로 모퉁이를 돌아갔다.

에리세이가 농가 옆에 다가가 보니, 석회 칠을 한 작은 집이었다. 아래쪽은 거무스름해지고 위쪽에만 흰빛이 남아 있는데, 이미 오랫동안 다시 칠을 하지 않은 모양이어서 여기저기 칠이 벗겨지고, 지붕은 한쪽이 벗겨져 있었다. 집의 출입구가 뒤쪽에 있어. 에리세이는 그 출입구로 들어갔는데, 문득 바라보니 토담 옆에 한 남자가 누워 있다. 몸이 여위고, 턱수염도 기르지 않았고 루바슈카 러시아인이 입는 앞이 터지지 않은 윗옷 자락은 소러시아 풍으로 바지 허리춤 안에 집어넣어져 있다. 얼핏 보기에, 이 남자는 서늘한 그늘에 누워 있었던 모양인데, 지금은 햇볕이 그의 몸에 내리쬐고 있다. 그래도 남자는 가만히 누워 있었는데, 잠들어 있는 것도 아니다. 에리세이가 물을 얻어 마실 수 있겠느냐고 말을 걸어도, 남자는 대답도 하지 않는다.

'병들어 있거나, 아니면 무뚝뚝한 남자겠지' 하고 생각하고, 에리세이는 문 쪽으로 다가갔다. 그러자 집 안에서 어린애 우는 소리가 들렸다. 에리세이는 문고리를 덜컹 소리가 나게 흔들면서 "실례합니다!" 하고 말했지만 대답이 없다. "안녕하세요!" 하고 말해도 아무 소리도 들리지 않는다. "여보세요!" 하고 말해도 아무런 대답이 없다. 에리세이가 밖으로 나가려는데, 문 안에서 누군가가 신음하고 있는 듯한 소리가 들렸다. '뭔가 이상한 일이 생긴 게 아닐까! 한 번 살펴보아야겠군!' 하고 생각하고, 에리세이는 집 안으로 들어가 보기로 마음먹었다.

4

  에리세이가 손잡이를 돌려보니, 문은 잠겨 있지 않았다. 문을 열고 복도로 들어가 보니, 방으로 들어가는 문은 열려 있었다. 방 오른쪽에 난로가 있고, 약간 높아 보이는 정면 한쪽 구석에 성상聖像과 테이블이 놓여 있고, 테이블 너머에 의자가 있었다. 머리에 수건도 두르지 않은 속옷 차림의 할머니가 의자에 걸터앉아, 테이블에 머리를 괴고 있었다. 그 옆에는 몹시 야위고 배만 불룩한 창백한 얼굴의 사내아이가 앉아 있는데, 할머니의 옷소매를 잡아당기면서, 뭐라고 졸라대며 칭얼거리고 있다. 에리세이가 방 안으로 들어갔는데, 방 안에선 아주 역겨운 냄새가 풍기고 있다. 바라보니, 난로 뒤의 마룻바닥에 여자 한 명이 쓰러져 있지 않은가. 여자는 바닥에 엎드린 채 이쪽을 바라보려고도 하지 않고, 목구멍에서 가래 끓는 소리를 내며, 한쪽 다리를 구부렸다 폈다 하고 있을 뿐이었다. 괴로운 듯이 뒤척이고 있는 그 몸에서 심한 악취가 풍겨 나오고 있는 것이었다. 여자는 대소변도 가리지 못하고, 아무도 그 시중을 드는 사람이 없는 모양이다. 할머니가 문득 고개를 들자, 알지 못하는 사람의 모습을 보고,

"뭐요, 무슨 일이오? 무엇이 필요해요? 당신이 무엇이 필요하든, 우리 집에는 아무것도 없어요" 하고 말했다.

에리세이는 그 말뜻을 알아듣고, 곁으로 다가갔다.

"할머니, 나는 물을 얻어 마셨으면 하고 들렀어요."

"아무도 없다니까요. 아무도 물을 실어 올 사람이 없어요. 스스로 직접 가서 떠 마셔요."

에리세이가 물었다.

"어찌 된 일이오. 대체 할머니의 집에는 건강한 사람은 하나도 없나요? 저 아주머니에게 시중들어 줄 사람도 없습니까?"

"아무도 없어요. 출입문 옆에서는 사람 하나가 죽어가고 있지만, 우리는 여기서 이렇게……"

사내아이는 낯선 사람을 보고 잠시 입을 다물고 있었는데, 할머니가 말하는 것을 보고, 다시 할머니의 옷소매를 잡고, "빵을 줘요, 할머니, 빵을!" 하고 말하며 또 울기 시작했다.

에리세이가 할머니에게 말을 걸려고 했을 때, 밖에 있던 남자가 안으로 비틀거리며 들어왔다. 벽에 의지해 걸어와 의자에 걸터앉으려 했지만, 의자 앞에 도달하기 전에 문지방 옆의 한쪽 구석에 쓰러져버려, 일어나려고도 하지 않고 이야기하기 시작했다. 한 마디 하고는 말을 끊고, 또 한마디하고는 숨을 돌리고, 또 다음 말을 한 마디 하는 것이다.

"전염병을 앓고, 게다가…… 흉년이 들어…… 저놈도 굶어 죽어 가고 있어요" 하고 농부는 턱으로 사내아이를 가리키며 울기 시작했다.

에리세이는 올러메고 있던 배낭을 추켜올려 멜빵에서 양팔을 빼내어, 배낭을 바닥에 내려놓았다. 그리고 다시 의자 위에 올려놓고, 배낭을 열기 시작했다. 안에서 빵과 나이프를 꺼내어 농부에게 빵 한 조각을 잘라 주었다. 농부는 그것을 받지 않고, 사내아이와 여자 쪽을 가리켰다. 그들에게 주라는 의미이다. 에리세이는 사내아이에게 주었다. 사내아이는 빵 냄새를 맡고, 몸을 앞으로 기울이며 양 손으로 그 조각을 움켜쥐고 코와 얼굴을 들이대고 먹기 시작했다. 난로 뒤에서 여자아이가 기어나와 가만히 빵을 바라보는 것이다. 에리세이는 그 아이에게도 한 조각 주었다. 그리고 또 한 조각을 잘라 할머니에게도 주었다. 할머니는 그것을 받아 우물우물 씹기 시작했다.

"물을 좀 길어다 주었으면 좋겠는데요. 모두 목이 칼칼하니까요. 어제였는지 오늘이었는지 기억도 안 나지만, 물을 길으러 갔다가, 우물까지 가기도 전에 쓰러져 버렸어요. 물통은 거기에 있을 거예요. 만일 아무도 가져가지 않았다면."

에리세이는 우물이 어디 있는지 물어보았다. 할머니가 자세히 가르쳐 주어, 가보니 물통이 있었다. 물을 길어다가 그들에게 먹였다. 아이들은 물을 마셔가며 빵을 먹고, 할머니도 먹었지만, 주인인 남자는 통 먹으려고 하지 않는다. "위가 탈이 나서 먹지를 못한다"고 밀했다. 그의 아내는 일어나려고도 하지 않고, 제정신이 아닌 양 몸부림치고 있을 뿐이다. 에리세이는 마을의 가게에 나가, 수수와 소금, 밀가루, 버터 등을 사 가지고 왔다. 그리고 도끼를 찾아내어 장작을 쪼개어 난로에 불을 지폈다. 여자아이가 거들어 주었다. 이리하여 에리세이는 수프와 보리죽을 끓여 그들에게 먹여 주었다.

5

주인인 남자도 조금 먹고, 할머니도 먹었다. 사내아이와 여자아이는 그릇 밑바닥까지 핥아 먹어 치우고는 서로 껴안은 채 깊이 잠들어 버렸다. 농부와 할머니는 왜 이렇게 되었는지를 이야기해 들려주었다. "우리는 지금까지도 별로 넉넉한 살림이 아니었는데, 작년에는 흉년이 들어 가을걷이도 하지 못했기 때문에, 가을부터는 조금 남아 있던 곡식을 먹으며 지내게 되었습니다. 이윽고 모든 걸 다 먹어버리고, 이웃 사람과 친절한 사람에게 염치없이 의지하여 살아가게 되었어요. 처음에는 곡식을 꾸어 주었지만, 나중에는 거절당하게 되었습니다. 개중에는 꾸어 주고 싶은 생각은 간절하지만, 꾸어 줄 게 하나도 없다고 말하는 사람도 있었어요. 게다가 우리도 부탁하기가 민망하게 느껴지게 되었어요. 여러 사람들에게 돈이나 밀가루, 빵 따위를 잔뜩 꾸어 왔기 때문입니다"하고 농부는 말하는 것이었다. "나는 일거리를 찾아 돌아다녀 보았지만, 할일이 없었어요. 모두들 입에 풀칠이라도 하기 위해 일을 찾아다니고 있기 때문에, 하루 일하고는 이틀 동안은 일거리를 찾으러 돌아다니지 않으면 안 되는 그런 형편이에요. 그래서 이 할머니와 딸아이가 멀리 떨어져있는 마을로 구걸을 하러 가게 되었는데, 누구나 먹을 빵이 없기 때문에 별로 도움이 되지 않았습니다. 그래도 근근히 입에 풀칠은 할 수 있었는데, 햇보리가 날 때까지 그럭저럭 버티어 나갈 수 있으리라고 생각하고 있었죠, 그런데 금년 봄부터는 모두들 어려워져 빵 부스러기조차 얻을 수 없게 된 데다, 전염병까지 엄습해 왔어요, 하루 먹으면 이틀은 굶게 되고, 나중에는 풀까지 뜯어먹게 되었는데, 그 풀 때문인지, 아니면 어떤 다른 이유 때문인지, 아무튼 아내가 병들어 버렸어요. 아내는 몸져누위 있고, 내게는 힘이 없어서 병은 고칠 방도가 없습니다"
하고 농부는 말했다.

"내가 혼자 정신없이 돌아다녀 보았지만" 하고 할머니가
말하기 시작했다. "아무튼 먹을 게 없어서 기진맥진하여
수저앉고 말았어요. 손녀딸도 몸이 아주 약해진데다 겁을
먹어, 가까운 곳에 심부름을 보내려 해도 가려고 하지 않아
요. 방 한쪽 구석에 틀어박혀 있기만 해요. 그저께는 이웃
집 부인이 우리 집에 들어왔다가, 가족들이 모두 굶주리고
병들어 있는 것을 보고는 획 돌아서서 나가 버렸습니다. 그
집도 남편이 도망을 쳐버리고, 어린 아이들에게 먹일 게 없
으니까요. 모두 이런 형편이어서, 여기 누워서 하느님의 부
르심만을 기다리고 있었습니다."

두 사람의 이야기를 들은 에리세이는, 그날 바로 친구를
뒤쫓아 가려고 했던 생각을 버리고, 그 집에 머물러 있기로
했다. 이튿날 아침, 잠에서 깨어나자, 에리세이는 마치 자
신이 이 집의 주인이기라도 한 것처럼, 집안일을 하기 시작
했다. 할머니와 함께 밀가루 반죽을 하고, 난로에 불을 지
폈으며, 여자아이와 둘이서 필요한 것을 손에 넣으려고 근
처를 돌아다녀 보았다. 저건 어떨까, 이건 어떨까 하고 생
각하며 찾아보아도, 쓸만한 건 하나도 없었다. 모든 걸 먹
을 것과 바꿔버린 것이다. 농사짓는 데 필요한 도구도 없었

고, 옷가지 하나 눈에 띄지 않았다. 에리세이는 필요한 물건을 마련하기 시작했다. 자신이 직접 만들거나, 밖에서 사오기도 했다. 이리하여 에리세이는 하루를 보내고, 이틀을 보내고 사흘을 보냈다. 사내아이는 건강해져서 가게에 심부름도 가게 되고, 에리세이를 따르게 되었다. 여자아이는 아주 즐거운 듯한 표정으로, 무슨 일이든 거들어주었다. 늘 "아저씨! 아저씨!" 하며 에리세이를 뒤따라 다니는 것이다. 할머니도 일어나 이웃집에도 가게 되었다. 주인인 남자도 벽에 의지하여 걸을 수 있게 되고, 아내만이 드러누워 있었는데, 그녀도 사흘째 되던 날에는 정신을 차리고, 뭣좀 먹게 해 달라고 말하기 시작했다.

'아니, 이렇게 오래 머물 생각은 아니었는데, 이제 떠나자' 하고 에리세이는 생각했다.

6

나흘째 되는 날은 정진精進 기간 육식을 금하고 채식하는 기간 이 끝나고 평상시의 식사로 돌아가는 축제祝祭의 전날이었다. 그래서 에리세이는 '주인 식구들과 함께 축제를 지내고, 축

제의 선물을 약간 사준 다음, 저녁때에는 출발하기로 하자'
하고 생각했다. 에리세이는 다시 마을로 가서 우유와 흰 밀
가루, 기름 등을 사다가, 할머니와 둘이서 여러 가지를 삶
거나 굽거나 했다. 이튿날 아침에는 교회의 예배에 참석했
나가 집으로 돌아와 가족들과 함께 축제의 음식을 먹나.
이 날은 농부의 아내도 일어나 집안을 어슬렁어슬렁 걸어
다니기 시작했다. 주인인 남자는 면도를 하고, 말쑥한 루바
슈카를 입고 할머니가 세탁해 준 것이다, 마을의 부잣집에 도움을
청하러 갔다. 이 부잣집 주인에게 밭과 목초지도 저당 잡혀
져 있었기 때문에, 햇보리가 날 때까지 그 밭과 목초지를
사용할 수 있게 해 달라고 부탁하러 간 것이다. 저녁때에
남자는 풀이 죽어 돌아와 울기 시작했다. 부잣집 주인이 인
정사정없이 "돈을 가져오라"고 말한 것이다.

　그래서 에리세이는 다시 생각에 잠겼다.

　'저 사람들은 앞으로 어떻게 살아갈 것인가? 다른 사람들
은 풀을 베러 가는데, 저 사람들은 멍하니 앉아 있어야 한
다. 목초지가 저당 잡혀져 있으니까, 보리가 익으면 남들
은 거둬들이기 시작하는데 또 보리농사가 정말 잘 됐더군 저 사람들
에게는 아무런 즐거움도 없다. 밭을 부잣집 주인에게 팔아
버린 셈이니까. 내가 가버리면 저 사람들은 또 이전처럼 거
리를 헤매는 수밖에 없다' 에리세이는 생각이 여러 갈래로

갈라져 버려, 그날 저녁때에도 출발하지 않고, 이튿날 아침까지 미루어 버렸다. 마당에 나가 자기로 하고, 기도를 올리고 드러누웠지만 좀처럼 잠이 오지 않았다. 돈을 많이 쓰고, 시일도 상당히 지체되어 버려 이젠 출발해야 하는데, 그러나 이집 사람들이 불쌍해서 망설여졌다.

'모든 걸 도와준다는 건 불가능한 일이다. 처음에는 물을 길어다 주고 빵을 한 조각씩 나눠 먹일 작정이었는데, 일이 이렇게 되어 버렸다. 이제 목초지와 밭을 되찾아주지 않으면 안 되게 되었다. 밭을 되찾아 주면, 그 다음에는 아이들에게 우유를 먹일 수 있도록 젖소도 사줘야 하고, 주인인 남자에게는 보릿단을 운반할 수 있도록 말도 사줘야 한다. 이봐, 에리세이 쿠지미치, 너는 완전히 말려들어 버린 것 같다. 여기에 닻을 내려버려, 뭐가 뭔지 알 수 없게 되지 않았는가!'

에리세이는 일어나서, 베개 삼아 베고 있던 외투를 펴서 담배쌈지를 꺼낸 다음, 코담배를 약간 코에 집어넣고 냄새를 맡아 머리가 개운해지게 하려고 했지만 통 효과가 없다. 아무리 골똘히 생각해 보아도, 뾰족한 수가 생각나지 않았다. 출발해야 하지만, 한편으로 이집 사람들이 불쌍해서 어떻게 하면 좋을지 알 수 없었다. 다시 외투를 말아서 베개로 삼고 자리에 드러누웠다. 가만히 언제까지나 누워 있는 동안에 새벽 첫닭이 울고, 이어 깊이 잠들어 버렸다. 그러자 갑자기 누가 자신을 부르고 있는 듯한 느낌이 들었다. 주위를 살펴보니, 출발 준비를 마친 자신이 등에 배낭을 짊어지고 손에는 지팡이를 들고 문을 나서려 하고 있는 참이다. 문이 열려 있기 때문에, 그저 걸어 나가기만 하면 되었다. 문을 빠져나가려고 하자, 배낭이 한쪽 울타리에 걸렸다. 배낭을 당겨 울타리에서 떼어 내려고 하자, 다른 쪽 울타리에 각반이 걸려 스르륵 풀어져버렸다. 각반을 당겨 울타리에서 떼어 내려고 살펴보니, 뜻밖에도 울타리에 걸린 게 아니라, 여자아이가 붙잡고 "아저씨, 아저씨, 빵 좀 줘요!" 하고 외치고 있는 것이었다. 발을 내려다보니 사내아이도 각반을 움켜쥐고 있고, 창가에서는 할머니와 주인 남자가 이쪽을 바라보고 있다. 에리세이는 잠에서 깨어나, 혼자 소리 내어 중얼거렸다.

"내일은 밭과 목초지를 되찾아 주자, 그리고 말도 사고, 햇보리가 날 때까지 먹을 밀가루도, 아이들에게 우유를 먹일 수 있도록 젖소도 사주자. 그렇게 하지 않으면, 모처럼 바다를 건너 그리스도를 찾아가도, 자신의 내부에 계시는 그리스도를 잃어버리게 된다. 사람을 살려주어야 한다!"

그리고 에리세이는 아침까지 깊이 잠들어 버렸다. 아침 일찍 잠에서 깨어나자, 재빨리 부잣집을 찾아가, 보리밭과 목초지의 대금을 지불하고 그것들을 되찾았다. 그리고 풀을 베는 낫을 사서 그것마저 팔아 버렸던 것이다, 집으로 갖고 돌아왔다. 주인 남자에게 풀을 베러 가라고 이르고, 술집 주인이 마차가 딸린 말을 팔려고 한다는 이야기를 듣고, 값을 흥정하여 그것을 사고, 밀가루도 한 부대 사서 마차에 싣고, 이번에는 젖소를 사러 갔다. 걸어가는 동안에, 두 명의 소小러시아 여자들의 뒤를 따라 걷게 되었다. 이 여자들은 걸어가면서 서로 이야기를 하고 있었다. 소러시아어語로 이야기하고 있었지만, 에리세이는 그 말을 알아들을 수 있었다. 들어보니 에리세이에 관한 이야기를 하고 있는 것이었다. "아무튼 처음에는 그가 어떤 사람인지 통 몰랐다는 겁니다. 여느 순례자인 줄 알았다는 거예요. 물을 좀 얻어 마시려고 들렀다가, 그대로 거기에 눌러앉아 버렸대요. 오늘도 나는 내 눈으로 직접 보았는데, 술집에서 마차와 말을 샀어요. 어쩌면 그런 사람이 다 이 세상에 있을까요? 한번 구경하러 가보지 않겠어요?"

에리세이는 이 말을 듣고, 자신을 칭찬하고 있음을 알았기 때문에, 젖소를 사러 가는 일을 그만두고, 술집으로 되돌아가 말 馬 값을 치르고, 말에 마차를 연결하고는 밀가루를 싣고 농부의 집으로 돌아갔다. 문 앞에 이르자, 말을 세우고 마차에서 내렸다. 농부의집 식구들은 말을 보고 깜짝 놀랐다. 아무래도 자신들을 위해 말을 산 것 같다고 생각했지만, 그런 말을 입에 올려 물어볼 수는 없었다. 주인 남자가 문을 열고 나와,

"아저씨, 대체 웬 말입니까?" 하고 물었다.

"샀어, 우연히 싼 값에 나온 것이 있기에. 오늘밤에 먹을 수 있도록, 풀을 베어 구유에 담아둬요. 그리고 이 부대를 좀 끌어내려 줘."

주인 남자는 말을 마차에서 풀고, 밀가루 부대를 끌어내려 헛간으로 옮기고, 풀을 한아름 베어다 구유에 넣어 주었다. 이윽고 이들은 잠자리에 들었다. 에리세이는 집 밖에서 자기로 했다. 이미 저녁때부터 그곳에 배낭을 내놓았던 것이다. 모두 잠들어 버리자, 에리세이는 나무껍질로 만든 신발을 신고, 외투를 입고, 배낭을 짊어지고는 예핌을 뒤쫓아 길을 떠났다.

7

에리세이가 오 리쯤 걸어갔을 때, 날이 밝았다. 에리세이는 길가의 나무 밑에 앉아 배낭을 열고 돈을 헤아려보기 시작했다. 계산해 보니, 17루블 20코페이카가 남아 있었다.

"아니" 하고 생각했다. '이 돈 가지고는 바다를 건너 여행을 할 수는 없지! 그리스도를 위해 여행한다면서 염치없이 구걸을 하다가 자칫 죄를 짓는 일이 있어서는 안 되지. 예핌 영감이 혼자 도착하여, 나대신 촛불을 밝혀주겠지. 나는 아무래도 죽을 때까지 이 성지순례를 할 수 없을 것 같군. 고맙게도 하느님은 너그러우시니까 나를 용서해 주시겠지.'

에리세이는 일어서서 배낭을 울러메고 오던 길로 되돌아갔다. 다만 며칠 머물렀던 그 마을만은, 사람들의 눈에 띄면 안 되겠다고 생각하여, 멀리 우회하여 갔다. 이리하여 에리세이는 얼마 후에 자기 집으로 돌아왔다. 성지를 향해 떠났을 때에는 걸어가기가 힘들어, 예핌을 간신히 뒤따라갔는데, 집으로 돌아올 때는, 마치 하느님이 도와주시는 것처럼, 아무리 걸어도 피로해지지 않았다. 장난스레 지팡이를 휘두르며 걸어도, 하루에 70리를 걸을 수 있었다.

에리세이가 자기 집에 도착해 보니, 가족들은 들일을 끝내고 돌아와 있었다. 모두들 노인이 돌아온 것을 기뻐하며, 어떠했는지, 왜 예핌과 헤어지게 되었는지, 왜 성지까지 가지 않고 돌아왔는지를 묻기 시작했다. 에리세이는 별로 자세한 이야기를 하지 않았다.

"아니, 하느님이 이끌어 주시지 않은 거야. 도중에 돈을 잃어버리고, 예핌 영감도 놓쳐버렸지. 그래서 성지에까지 가지 못한 거야. 제발 이해해 다오!" 하고 말하며, 아내에게 남은 돈을 건네주었다. 에리세이가 집안일을 여러 가지 물어보니, 만사가 잘 돌아가고 있고, 농사일도 잘 되어가고 있고, 무엇 하나 잘못한 게 없고, 가족들도 의좋게 지내고 있었다.

예핌의 가족들도 그 날, 에리세이가 돌아왔다는 말을 듣고, 자신들 집의 노인 이야기를 들으러 왔다. 그들에게도 에리세이는 같은 말을 했다.

"그 친구도 건강하게 잘 걸어갔어. 우리는 베드로 축제일 사흘 전에 헤어져 버렸네. 나는 뒤쫓아 가려고 했지만, 그때 이상하게 돈을 잃어버려, 여비가 없기 때문에 되돌아온 걸세."

모두들 깜짝 놀랐다. '그토록 현명한 사람이, 여행을 떠나 목적지에 도착하지 못하고, 돈을 잃어버렸다니, 어째서 그런 어리석은 짓을 했을까?' 하고 어이없어 했지만, 이내 잊어버렸다. 에리세이 자신도 그 일을 잊어버리고, 집안일을 하기 시작했다. 아들과 둘이서 겨울에 사용할 땔감을 마련하고, 여자들과 함께 밀을 빻고, 헛간의 지붕을 만들고, 꿀벌들이 겨울을 잘 날 수 있도록 꿀벌 통을 점검하고, 10개의 꿀벌 통을 새로 태어난 새끼 벌과 함께 이웃집에 건네주었다. 아내는 이웃집에 팔기로 한 꿀벌 통에서 새끼가 몇 무더기 태어났는지를 숨기려고 했지만, 에리세이는 어느 꿀 벌통에서 새끼가 태어나지 않고 어느 꿀벌 통에서 새끼가 태어났는지를 잘 알고 있었기 때문에, 열 무더기가 아니라 열일곱 무더기를 이웃집에 건네준 것이다. 모든 일이 정리되자, 에리세이는 아들을 타관으로 벌이를 하도록 내보내고, 자신은 겨울 내내 집에 들어앉아 나무껍질로 신발을 만들거나 꿀벌 통으로 사용할 통나무를 파내고 있었다.

8

에리세이가 환자들이 있는 농부의 집에 머물러 있던 날, 예핌은 하루 종일 친구를 기다렸다. 별로 멀리 가지 않고 길가에 앉아 한참 기다린 끝에, 잠시 잠을 자고 깨어나 다시 얼마 동안 앉아 있었지만, 친구는 오지 않았다. 눈을 크게 뜨고 주위를 둘러보았지만, 이미 날이 저물어 가는데 에리세이는 모습을 나타내지 않는다.

"어쩌면 내가 잠들어 있는 동안에 지나가버린 게 아닐까? 누군가의 마차를 얻어 타고 이곳을 통과할 때 알아채지 못한 게 아닐까? 그러나 보이지 않을 턱이 없다. 들판이어서 멀리까지 시야에 들어오니까. 되돌아가면, 그 친구가 나를 앞질러 가서, 더 심하게 어긋나 버릴지도 몰라, 계속 앞으로 전진하는 편이 좋겠군. 숙소에서 만나게 될지도 모르지.”

다음 마을에 도착하자, 예핌은 만일 이러이러한 영감이 이 곳에 오거든 자신이 묵고 있는 농부의 집으로 데려와 달라고 마을의 반장에게 부탁해 두었다. 하지만 에리세이는 그 숙소에도 나타나지 않았다. 예핌은 다시 전진해 가며, 도중에 마주치는 사람들에게 이러이러한 대머리 영감을 보지 못했느냐고 물어보았지만, 보았다는 사람은 하나도 없었다. 예핌은 어이가 없어하며 계속 길을 걸어갔다.

‘오데사 근처나, 아니면 배 안에서 만나게 되겠지’하고 생각하며, 더 이상 생각하지 않기로 했다.

도중에 한 순례자를 만나 함께 가게 되었다. 그 순례자는 여느 승복僧服을 입고 고깔을 쓰고 머리를 길게 기르고 있었다. 아토스에도 가본 적이 있고, 이번이 두 번째로 예루살렘에 가는 길이었다. 어느 숙소에서 만나 여러 가지 이야기를 나눈 끝에 길동무가 된 것이다.

오데사에 도착할 때까지는 무사했다. 두 사람은 삼주야三晝夜 동안 기선汽船을 기다렸다. 많은 순례자들이 기다리고 있었는데, 모두 세계의 여러 지역에서 모여든 것이다. 여기서도 예핌은 사람들에게 에리세이에 대해 물어보았지만,

누구 한 사람 만나본 사람이 없다. 예핌은 5루블을 주고 외국 여행 허가증을 받았다. 그리고 배삯으로 40루블을 내고, 도중에 배 안에서 먹을 빵과 청어를 샀다. 이윽고 배에 짐을 싣는 일이 끝나자, 순례자들은 본선本船으로 옮겨졌다 예핌과 그 순례자도 배에 올랐다. 닻이 올려지고, 배는 기슭을 떠나 앞바다로 나갔다. 그 날은 무사히 항해했지만, 저녁때가 되어 바람이 일고 비가 내리기 시작하면서, 파도가 갑판을 덮쳤다. 모두들 소란스러워졌고, 여자들은 큰 소리로 울기 시작하고, 남자도 무기력한 사람은 안전한 곳을 찾아 배 안을 우왕좌왕하는 것이었다. 예핌도 겁이 났지만, 태연한 체하고 있었다. 배에 오르자 이내 탐보프에서 온 농부들과 함께 바닥에 앉았는데, 그날 밤과 이튿날 종일을 그렇게 앉은 자세로 보냈다. 단지 자신의 배낭만을 껴안고, 아무 말도 하지 않았다. 사흘째 되는 날에 겨우 바다가 조용해지고, 닷새째 되는 날에 배가 콘스탄티노플에 도착했다. 순례자들 가운데에는 상륙하여, 지금 터키인에게 점령되어 있는 성聖 소피아 사원寺院을 구경하러 간 사람도 있지만, 예핌은 상륙하려 하지 않고 배 안에 남아 있었다. 단지 흰빵을 샀을 뿐이다. 일주야一晝夜를 정박한 다음에, 배는 다시 앞바다로 나갔다. 스미르나 항港에 기항하고 이어 알렉산드리아 항에 들렀다가, 배는 마침내 야파 항에 도착했다.

야파에서는 순례자들이 모두 상륙했다. 예루살렘에 가려면 거기서 70 리를 걸어가야 한다. 상륙할 때 순례자들은 다시 두려운 경험을 해야 했다. 상륙하려면 기선의 높은 갑판에서 밑에 있는 거룻배로 뛰어내려야 하는데, 거룻배가 흔들리고 있기 때문에, 사칫하면 물 속으로 떨어질 위험이 있다. 두 사람만 물에 빠져 흠뻑 젖어버렸지만, 아무튼 무사히 상륙했다. 상륙하자, 모두들 길을 떠났다. 예핌은 사흘째 되던 날 정오 무렵에 예루살렘에 도착하여, 도시의 변두리에 있는 러시아인의 숙소에 들러, 여행 허가증의 뒷면에 사인을 받고, 식사를 한 다음, 순례자와 둘이서 성지를 향해 출발했다. 가장 중요한 그리스도의 관棺을 아직 구경하지 못했기 때문에, 그는 대주교大主敎 수도원修道院을 참배하기로 했다. 참배객들이 안으로 안내를 받았는데, 남자와 여자의 좌석이 따로따로 있었다. 모두들 신을 벗고 빙 둘러 앉아 있는데, 한 승려가 타월을 갖고나와 사람들의 발을 닦기 시작했다. 닦고 나서 발에 입을 맞추었다. 예핌의 발에도 입을 맞추었다. 예핌은 밤 기도와 아침 기도를 올리고, 돌아가신 부모를 위해 촛불을 바쳤다. 그때 식사가 나오고 포도주도 나왔다. 이튿날 환하게 날이 밝은 다음, 이집트의 마리아가 틀어박혀 있었다는 암자로 가서, 촛불을 밝히고 기도를 올렸다. 거기서 아브라함 수도원으로 옮겨, 아브라함이 하느님을 위해 아들을 찔러 죽이려고 했던 사베크 동산을 구경했다. 그리고 그리스도가 막달라 마리아에게 모습을 나타냈다는 장소로 가서, 주님의 형묘 야곱의 교회를 참관했다. 길동무였던 순례자는 예핌에게 장소를 하나하나 안내하고, 여기서는 얼마, 저기서는 얼마 하고 헌금해야 할 돈의 액수를 가르쳐 주는 것이었다. 정오 무렵에 예핌은 숙소로 돌아와 식사를 했다. 겨우 잠자리에 들 준비를 하기 시작했을 때, 그 순례자가 '앗!' 하고 소리치며 자신의 옷을 여기저기 살펴보기 시작했다. "지갑을 도둑맞았어요. 23루블이 있었는데, 10루블짜리 두 장하고 잔돈 3루블이에요."

순례자는 몹시 투덜거렸지만, 어찌할 도리가 없었다. 그들은 잠자리에 들었다.

9

예핌은 잠자리에 들었지만, 문득 의심스러운 생각이 들었다. '저 순례자는 돈을 도둑맞은 게 아냐. 처음부터 돈이 없었던 거야. 어디에서도 헌금을 하지 않았으니까. 나보고만 헌금을 하라고 하고 자신은 돈을 내지 않았어. 게다가 내게서 1루블을 빌려가지 않았는가' 하고 생각했다.

예핌은 그렇게 생각하면서, 스스로 자신을 나무라는 것이었다.

'왜 나는 사람을 의심하는가, 이건 죄악이야. 더 이상 이런 생각은 하지 말자.' 겨우 잊어버렸는가 하면, 다시금 그 순례자가 돈에만 눈독을 들이고 있는 점과 지갑을 도둑맞았다고 하던 때의 시치미를 떼는 듯한 모습 따위만이 생각나는 것이다. '아니, 돈을 갖고 있지 않았던 게 틀림없어. 단지 사람들의 눈을 기만하기 위한 속임수야.'

저녁때에 모두들 일어나 부활 대사원大寺院에서 일찍 거행되는 예배를 보러갔다. 그곳은 그리스도의 관이 있는 곳이다. 순례자는 예핌의 곁을 떠나지 않고, 함께 나란히 걸어갔다.

사원에 도착했다. 러시아, 그리스, 아르메니아, 터키, 시리아 등 세계 여러 나라에서 온 순례자들이 많이 모여 있었다. 예핌도 다른 사람들과 함께 문 안으로 들어갔다. 한 승려가 안내역을 맡고 있었다. 파수를 보고 있는 터키인의 곁을 지나, 그리스도의 시신을 십자가에서 내려 기름을 바른 곳이라는, 아홉 개의 큰 촛대에 불이 켜져 있는 곳으로 안내되었다. 승려는 일일이 보여주며 설명했다. 예핌은 거기서 촛불 하나를 바쳤다. 그리고 승려는 오른쪽 계단을 올라가, 그리스도가 못 박혔던 십자가가 세워졌었다는 골고다로 예핌을 안내했으므로, 예핌은 거기서 잠시 기도를 올렸다. 그리고 예핌은 대지大地가 지옥까지 갈라져 있다는 균열과, 그리스도의 손과 발에 못이 박혔던 장소, 그리고 그리스도의 피가 아담의 뼈에 뿌려졌다는, 아담의 관棺을 둘러보았다. 그리고 그리스도가 가시의 관冠을 쓸 때에 걸터앉았다는 돌과, 그리스도가 채찍질을 당할 때에 묶여져 있었다는 기둥에도 안내되었다. 그리고 예핌은 그리스도의 발에 채워졌었다는 두 개의 구멍이 뚫린 돌도 구경했다. 승려는 그 밖의 다른 것들도 보여주려고 했지만, 모두들 서두는 바람에 그리스도의 관棺이 놓여 있는 동굴로 안내했다. 거기서는 다른 종파宗派의 의식이 끝나고, 러시아 정교正敎의 예배가 시작되고 있는 참이었다. 예핌은 일행과 함께 동굴 쪽으로 갔다.

예핌은 되도록 길동무였던 순례자와 떨어져 있으려고 했지만 — 마음속으로 그에 대한 죄스러운 의심이 일고 있던 것이다 — 순례자는 잠시도 곁을 떠나려 하지 않고, 그리스도의 관 앞에서 기도를 올릴 때에도 함께 있었던 것이다. 두 사람은 되도록이면 관 가까이로 가보고 싶었지만, 그럴 수가 없었다. 사람들이 잔뜩 모여들어, 앞으로 나갈 수도 뒤로 물러설 수도 없다. 예핌은 가만히 서서 앞을 바라보며 기도를 올리고 있었는데, 이따금 지갑이 무사한지 어떤지 더듬어 보곤 했다. 예핌의 마음은 두 갈래로 나뉘어져 있었다. 한편으로는 그 순례자가 자신을 속이고 있다고 생각하고, 다른 한편으로는, 만일 거짓말이 아니고 정말로 지갑을 도둑맞았다면, 제발 자신에게는 그런 불행한 일이 일어나지 말았으면 하고 생각하는 것이었다.

10

예핌은 이렇게 서서 기도를 올리면서, 주님의 관이 놓여 있는 방의 앞쪽, 서른여섯 개의 등불이 타오르고 있는 곳을 바라보고 있었다. 예핌이 가만히 서서, 사람들의 머리 너머로 바라보고 있으려니까, 도대체 어찌된 일인가, 타오르고 있는 등불의 바로 아래쪽의 맨 앞에, 농부들이 입는 허술한 외투를 걸친 몸집이 작은 노인이 보이는 게 아닌가. 머리가 벗겨져 있고, 에리세이 보도로프와 똑같은 모습이다.

'에리세이 같아 보이는군. 그러나 에리세이일 턱이 없지! 그가 나보다 먼저 와 있을 리가 없어. 먼저 떠난 기선은 일주일 전에 떠났으니까 그가 나를 앞지를 리가 없어. 게다가 우리가 탔던 배에도 없었어. 내가 순례자들을 모조리 살펴

보았는걸.'

예핌이 그렇게 생각하고 있는데, 몸집이 작은 노인은 기도하기 시작했고, 세 번 고개를 숙였다. 한 번은 정면의 신을 향해, 그리고 좌우에 있는 러시아 정교의 사람들을 향해 절을 한 것이다. 몸집이 작은 노인이 오른쪽으로 고개를 돌렸을 때, 예핌은 그의 얼굴을 분명히 보았다. 역시 그렇다. 에리세이임에 틀림없었다. 곱슬곱슬하고 검은 턱수염, 볼의 희끗희끗 센 수염, 그리고 눈썹이며 눈이며, 코며 어디를 보나 그 친구의 모습이다. 에리세이 보도로프임에 틀림없다.

동료가 발견되었기 때문에 예핌은 굉장히 기뻤지만, 어떻게 에리세이가 자신보다 먼저 도착했는지 궁금해서 견딜 수가 없었다.

'이봐, 보도로프, 대체 어떻게 앞자리로 나갈 수 있었나! 틀림없이 누군가 재간이 있는 사람과 알게 되어 도움을 받았을 거야. 출구에서 승려 모습을 하고 있는 그 순례자를 따돌리고, 이제 저 영감하고 같이 걸어가야겠군. 어쩌면 앞쪽으로 나를 이끌어 줄지도 몰라' 하고 생각했다.

그래서 에리세이를 놓쳐선 안 되겠다고 생각하여, 예핌은 그쪽만 바라보고 있었다. 이윽고 예배도 끝나고 사람들이 웅성거리면서 십자가에 대한 입맞춤이 시작되고, 밀고 당기고 하는 가운데 예핌은 한쪽 옆으로 밀려나 버렸다. 다시금 예핌은 지갑을 도둑맞지 않을까 갑자기 걱정이 되었다. 예핌은 한쪽 손으로 열심히 지갑이 있는 호주머니를 누르고, 조금이라도 덜 복잡한 곳으로 나가려고 사람들 사이를 헤치며 걸어가기 시작했다. 겨우 복잡한 곳을 빠져 나오자, 그는 이내 그 사원寺院 안을 부지런히 돌아다니며 에리세이를 찾았다. 그 사원에 있는 여러 암자에서도 많은 사람들을 만났다. 바로 그 자리에서 도시락을 먹거나, 무엇을 마시거나, 졸거나, 책을 읽고 있다. 하지만 에리세이는 어디에도 없었다. 예핌은 숙소로 돌아가 보았지만, 친구의 모습은 보이지 않았다. 그날 밤, 길동무였던 순례자는 돌아오지 않았다. 빌려간 1루블도 갚지 않고, 어디론가 사라진 것이다. 예핌은 외톨이가 되었다.

이튿날 예핌은 다시 그리스도의 관을 참배하려고, 탐보프에서 온 노인과 함께 사원으로 갔다. 배 안에서 알게 된 노인이었다. 앞쪽으로 나가려고 했지만, 이번에도 어제처럼 밀려나, 기둥 옆에 서서 기도를 올리기 시작했다. 문득 앞쪽을 바라보니, 또한 맨 앞의 등불 아래, 그리스도의 관 옆에 에리세이가 서 있는 게 아닌가. 제단 옆에서 승려처럼 양 팔을 벌리고 있는데, 벗겨진 머리가 불빛을 받아 번쩍이고 있다.

'음' 하고 예핌은 생각했다. '이번에는 놓치지 말아야지'

사람들 사이를 헤치고 앞쪽으로 나갔다. 겨우 앞으로 나오자, 에리세이의 모습이 보이지 않는다. 아무래도 돌아가 버린 모양이다. 사흘째 되는 날, 다시 그리스도의 관 옆을 바라보니, 가장 눈에 잘 띄는 제일 상좌上座에 에리세이가 서서, 양 팔을 편 채 머리 위에 무언가 보이기라도 하는 것처럼 위쪽을 바라보고 있다. 이번에도 벗겨진 머리가 불빛을 받아 번쩍이고 있다.

'음' 하고 예핌은 생각했다. '이번에는 놓치지 말아야지. 출구로 나가 서 있어야지. 거기에 서 있으면 절대로 놓치지 않을 거야.'

예핌은 출구로 나가 언제까지나 가만히 서 있었다. 반나절을 계속 서 있어도, 군중은 다 나가버렸지만 에리세이의 모습은 보이지 않는다.

예핌은 예루살렘에 6주일 동안 머물러 있으면서, 베들레헴, 베다니아, 요단강 등의 여러 곳에 가보았다. 그리고 그리스도의 관 옆에서는 새 루바슈카에 도장을 찍어 받고 죽으면 그 옷을 수의로 입게 된다, 요단강의 물을 작은 병에 담고, 예루살렘의 흙을 봉지에 담고, 불이 켜져 있던 양초도 얻고, 8개소의 영세 공양永世供養에 이름을 써 넣기도 하는 등 돈을 거의 다 써버리고, 겨우 집으로 돌아갈 여비만 남았다. 그래서 예핌은 귀로歸路에 올랐다. 야파에 도착하자 기선을 타고 오데사까지 간 다음, 이번에는 자기 집을 향해 걸었다.

11

예핌은 갔던 길을 혼자서 집을 향해 걸어갔다. 집이 가까워짐에 따라, 자신이 집을 비운 사이에 가족들은 어떻게 지내고 있을까 하고 문득 걱정이 되었다.

'1년이나 집을 비우고 있었으니 많이 변했겠지. 한집안의 재산을 이룩하는 데는 평생이 걸리지만, 재산을 날리는 건 손쉬운 일이지. 내가 집을 떠나 있는 동안에 아들은 집안일을 어떻게 했을까? 봄농사는 어떻게 시작했을까? 소나 말은 어떻게 겨울을 났을까? 새로운 집을 짓는 공사는 내가 시킨 대로 완성되었을까?' 하고 생각하는 것이었다.

이윽고 예핌은 작년에 에리세이와 헤어진 마을 근처에 도달했다. 그곳 사람들은 몰라볼 만큼 달라져 있었다. 작년에 그토록 곤궁하게 지내고 있던 사람들이, 지금은 모두 편안하게 잘 지내고 있었다. 들의 곡식도 잘되어 있었다. 사람들은 모두 완전히 기운을 만회하여, 이전의 괴로웠던 일들은 잊고 있는 것 같았다. 저녁 무렵에, 작년에 에리세이가 자신과 헤어져 물을 얻어 마시러 들어갔던 마을로 접어들었다. 마을로 들어가자마자 흰 루바슈카를 입은 소녀가 어떤 집에서 뛰어나왔다.

"아저씨! 아저씨! 우리 집에 들렀다 가세요."

예핌은 그냥 지나려고 했지만, 소녀는 그의 옷자락을 잡고 자신의 집 쪽으로 끌고 가면서 웃고 있다.

입구의 계단에서 한 여자가 사내아이를 데리고 나와, 역시 손짓을 하며 부르고 있다.

"아저씨, 들러서 저녁이라도 드세요. 그리고 주무시고 가세요."

그래서 예핌은 안으로 들어갔다.

'들어온 김에 에리세이에 관해 물어보자. 그때 그 친구가 물을 마시려고 들른 집이, 아무래도 이 집인 것 같군.'

예핌이 방으로 들어가자, 여자는 그가 울러메고 있는 배낭을 내려주고, 씻을 물을 떠다 주고, 테이블 앞으로 안내했다. 우유와 보리떡을 내오고, 수프를 테이블 위에 갖다 놓았다. 예핌은 고맙다고 인사를 하고, 순례자를 이렇게 잘 대접해주니 기특하다며 그 가족을 칭찬했다. 그러자 여자는 고개를 저으며 말했다.

"우리는 순례자들을 대접하지 않을 수 없어요. 우리는 어느 순례자 한 분으로부터 세상사는 법을 배웠거든요. 우리는 하느님의 뜻을 잊고 생활하고 있었기 때문에, 하느님께서 벌을 내리셔서, 모두 죽을 때만을 기다리고 있었지요. 그런데 작년 여름에는 모두 전염병에 걸리고, 먹을 것도 없어져 버렸어요. 우리는 다 죽을 지경에 이르렀는데, 하느님이 아저씨 같은 순례자 한 분을 우리에게 보내 주셨습니다. 그분은 정오 무렵에 물을 마시려고 우리 집에 들르셨다가 우리의 처지를 보시고 불쌍히 여겨 그대로 우리 집에 머물렀어요. 그리고 우리에게 마실 것과 먹을 것을 주시고 마침내 병들어 누운 우리가 자리에서 일어나게 해주신 다음, 밭을 사고, 마차와 말을 사주시고는 어디론가 훌쩍 가 버리셨어요."

할머니가 방 안으로 들어와서 여자의 말을 가로막았다.

"우리는 스스로도 그분이 인간이었는지 천사였는지 알 수 없을 정도예요. 우리 가족을 모두 그토록 죽음에서 구해 주고, 우리 모두를 가엾게 여기다가, 아무 말도 없이 가버렸으니까요, 대체 누구를 위해 하느님께 기도를 올려야 할지 모르겠어요. 지금도 눈에 선하네요, 나는 드러누워 하느님이 부르시기를 기다리고 있었는데, 문득 바라보니 평범한 대머리 진 할아버지가 물을 마시려고 들어왔어요. 그런데 나는 죄 많은 사람이어서, 왜 저렇게 어슬렁거리고 있나

하고 생각했어요. 그런데 그 사람은 방금 말한 것과 같은 일을 해주신 겁니다! 우리의 처지를 보고, 갑자기 둘러메고 있던 배낭을 내려, 여기에 놓고, 배낭끈을 풀었어요."

여자아이가 말참견을 했다.

"아뇨, 할머니, 처음에 방 한가운데에 배낭을 내려놓고, 그리고 의자 위에 올려놓았어요."

모두들 이처럼 서로의 말을 가로막으면서 그 남자가 한 말과 자신들에게 해준 일들을 하나하나 들려주었다. 어디에 앉았고, 어디서 잠을 잤고, 무슨 일을 했고, 누구에게 뭐라고 말 했다는 등의 이야기를 해 주었다.

저녁때가 되어 말을 타고 돌아온 주인 남자 역시 에리세이의 이야기를 하면서, 그가 자신의 집에서 어떻게 지냈는가 하는 것을 이야기해 들려주었다. "만일 그분이 와 주지 않았으면, 우리는 모두 죄인인 채 죽어버렸을 겁니다. 우리는 아무런 희망도 없이, 하느님이나 사람들을 원망하며 죽어가고 있었는데, 그분이 우리를 모두 살려주셨기 때문에, 우리는 그분 덕분에 하느님을 알게 되고, 친절한 사람을 믿게 되었습니다. 주님이여, 제발 그분을 지켜주소서! 이전에는 짐승처럼 살아가고 있었는데, 그분이 우리를 인간으로 만들어 주셨어요." 이들은 예핌에게 음식을 들게 한 다음, 잠자리에 들게 하고는, 자신들도 잠들어 버렸다.

예핌은 드러누워 있었지만, 잠이 오지 않았다. 에리세이에 관한 일이 — 예루살렘에서 세 번이나 상좌上座에 있는 에리세이를 본 일이 머리에서 떠나지 않는 것이었다.

'그렇다, 그 친구는 여기서 나를 앞지른 것이다! 나의 노고는 하느님께서 받아들여 주셨는지 어떤지 알 수 없지만, 그 친구는 하느님이 기꺼이 받아들이신 거야.' 이튿날 아침, 이 집 사람들은 예핌에게 작별의 인사를 하고, 도중에 먹으라며 그의 배낭 속에 고기만두를 넣어 준 다음, 밭으로 일을 하러 나갔다. 예핌은 자신의 집을 향해 길을 떠났다.

12

예핌은 꼭 1년 동안 여행을 하며 지내고, 이른 봄에 집으로 돌아왔다.

자신의 집에 도착한 시각은 저녁 무렵이었다. 아들은 집에 없었다. 선술집에 가 있었던 것이다. 이윽고 아들이 거나하게 취하여 돌아오자, 예핌은 여러 가지 집안일에 관해 물어보았다. 그런데 자신이 집을 비운 사이에 아들이 돈을 마구 써댄 것이, 모든 정황으로 미루어보아 분명했다. 돈은 모두 나쁜 일에 사용됐고, 집안일도 중도에서 팽개쳐 두거나 아무렇게나 하고 있었던 것이다. 아버지가 꾸짖기 시작하자, 아들은 반항을 하는 것이었다.

"당신이 스스로 했으면 좋았을 것 아니오. 그런데 당신은 순례인지 뭔지를 떠난다고 돈까지 가져갔으면서 나를 나무라는 거야?"

노인은 화가 나서 아들을 때렸다.

이튿날 아침, 예핌 타라스이치는 아들에 관한 일로 의논하기 위해 마을 이장을 찾아가는 도중에, 에리세이의 집 옆을 지나갔다. 그러자 에리세이의 아내가 입구의 계단에 서 있다가 인사를 했다.

"안녕하세요, 영감님, 무사히 다녀오셨습니까?"

예핌도 걸음을 멈추고 말했다.

"덕분에 무사히 다녀왔어요. 도중에 댁의 영감님과 헤어졌는데, 이미 돌아왔다면서요?"

그러자 할머니가 이야기하기 시작했다. 이야기하기를 좋아하는 사람이었다.

"돌아왔어요, 영감님. 오래 전에 돌아왔습니다. 성모聖母 승천昇天 축제날이 지나고 이내 돌아왔어요. 하느님 덕분에 무사히 돌아와서, 우리는 굉장히 기뻐했습니다. 그이가 없으면 쓸쓸하니까요. 이제 나이가 많아 별로 대단한 일은 못하지만, 뭐니뭐니 해도 우리 집의 가장이니까, 모두 더할 나위 없이 좋아해요. 특히 아들이 무척 기뻐하더군요. 아버지가 안 계시면 눈 속의 빛이 꺼진 것 같다면서 말예요. 그이가 없으면 쓸쓸해요. 영감님, 우리는 그이를 무척 좋아하며 소중히 여기고 있으니까요."

"지금 집에 있나요?"

"있어요, 영감님. 꿀벌통 앞에서 새끼 벌을 나누고 있어요. 금년에는 새끼벌이 썩 좋다고 해요. 하느님 덕분에 꿀벌들이 아주 활기차답니다. 그이도 그렇게 활기찬 꿀벌은 처음 보았다고 해요. 우리가 죄를 안 짓고 살아가기 때문에, 하느님이 내려주셨다고 그이는 말한답니다. 영감님, 집에 들렀다 가세요. 얼마나 반가워할지 몰라요."

예핌은 복도를 지나 꿀벌 통이 있는 곳으로 갔다. 그곳에 가보니, 에리세이는 머리에 그물망도 쓰지 않고 손에 장갑도 끼지 않고, 회색의 긴 외투를 입고 자작나무 밑에 서서, 양 팔을 벌리고 위쪽을 쳐다보고 있었는데 마치 예루살렘의 그리스도의 관 옆에 서 있던 때처럼 벗겨진 머리가 번쩍이고 있었다. 그 머리 위에는 역시 예루살렘에서 보았을 때처럼 자작나무 잎들 사이로 햇볕이 쏟아져 마치 불타오르고 있는 것 같았다. 머리 주위에 황금빛의 꿀벌들이 관冠 모양을 이루며 무리지어 날아다니고 있지만, 그의 머리를 쏘려고 하지는 않는다.

에리세이의 아내가 남편에게 말했다.

"손님이 오셨어요!"

뒤돌아본 에리세이는 매우 반가워하며 예핌에게 다가가면서, 더부룩한 턱수염 속에 들어가 있는 꿀벌을 살며시 집어내고 있었다.

"어서 오게. 무사히 다녀왔나?"

"몸만 갔다 온 셈이야. 요단강 물을 자네에게 줄 선물로 갖고 왔어. 우리 집에 들러 가져가게. 그런데 하느님은 나의 노력을 받아들여 주셨는지 어떤지……."

"경사스러운 일이네. 하느님의 가호가 있기를."

예핌은 잠시 입을 다물고 있다가 말했다.

"몸은 갔다 왔지만, 영혼은 갔었는지 어떤지…… 성지순례를 다녀온 사람은 어떤 다른 사람인지도 몰라."

"모든 게 하느님의 뜻이야. 하느님의 뜻이야, 하느님의 뜻이야."

그리고 돌아오는 길에, 자네가 물 마시러 들어갔던 그 집에 들러 보았어……."

에리세이는 깜짝 놀라며 당황하여 이렇게 말했다.

"모든 게 하느님의 뜻이야. 안으로 잠깐 들어가세. 꿀을 갖고 갈 테니까." 에리세이는 예핌의 이야기를 못들은 체하고 집안일에 관한 이야기를 하기 시작했다.

예핌은 후유 하고 한숨을 쉬고, 그 농부의 가족들에 관한 이야기나, 예루살렘에서 목격했던 이야기는 하지 않았다. 그때 이러한 것을 깨달은 것이다. 이 세상에서는 누구나 죽을 때까지 사랑과 선행善行으로써 자신의 의무를 다해야 하며, 그것이 하느님의 뜻이라는 것을.1885년

대 자 代子

눈은 눈으로, 이는 이로 갚으라 하였다는 것을 너희가 들었으나

나는 너희에게 이르노니 악한 자를 대적치 말라.

— 마태오복음 제5장 제38, 39절

원수 갚는 것이 내게 있으니 내가 갚으리라.

— 로마서 제12장 제19절

1

어느 가난한 농부에게 사내아이가 태어났다. 농부는 무척 기뻐하며, 이웃집으로 가서 아들의 대부 代父:세례를 받은 남자의

종교상의 후견 남자, 세례를 받게 해주고 세례명을 지어준다 **가 되어 달라고** 부탁했다. 그런데 이웃집에서는 거절해 버렸다. 가난한 농부의 집에 대부가 되려고 가기가 싫었던 것이다. 가난한 농부는 다른 집에 가서 부탁해 보았지만, 거기서도 거절당하고 말았다.

온 마을을 돌아다녀 보았지만, 아들의 대부가 되어주려는 사람은 하나도 없었다. 그래서 그 농부는 이웃 마을로 가보려고 길을 떠났다. 그러자 맞은편에서 한 나그네가 다가왔다. 나그네는 멈춰 서서,

"안녕하세요. 어디를 가십니까?" 하고 물었다.

"실은" 하고 농부는 대답했다. "하느님께서 우리 부부에게 소중한 자식을 점지해 주셨어요. 자식이란 젊어서는 부모의 즐거움이 되어주고, 나이 들어서는 의지가 되며, 죽어서는 제사를 올려 주는 소중한 것인데, 가난하기 때문에 우리 마을에서는 아무도 대부가 되어 주려는 사람이 없어요. 그래서 대부가 되어 줄 사람을 찾으러 가는 길입니다."

그러자 나그네는,

"내가 대부가 되면 어떻겠습니까?" 하고 말했다.

농부는 무척 기뻐하며 나그네에게 고맙다고 인사를 한 다음,

"그러면 대모代母 쪽은 누구에게 부탁하면 좋을까요?" 하

고 물었다.

"대모는" 하고 나그네는 말했다. "상인商人에게 부탁하세요. 시내로 들어가면 광장에 여러 채의 점포를 가진, 돌로 지은 집이 있어요. 그 집 입구에서 상인을 불러, 그의 딸을 대모로 삼게 보내 달라고 부탁해봐요." 농부는 의아하게 생각했다.

"아니, 나 같은 농부가 어떻게 부유한 상인을 찾아갈 수 있겠소. 나 같은 건 우습게 여기고 딸을 보내주지 않을 겁니다."

"그런 걱정은 하지 않아도 돼요. 가서 부탁하면 되는 겁니다. 내일 아침까지 준비를 해둬요. 내가 가서 세례 洗禮:입교入教하려는 사람에게 죄악을 씻는 표시로 행하는 의식. 종파에 따라 물에 잠기거나 또는 머리에 점수點水하는 의식을 행함 를 받게 해줄 테니까요" 가난한 농부는 집으로 돌아갔다가, 시내의 상인의 집을 찾아갔다. 안 마당으로 들어가 말을 매고 있는데, 주인인 상인이 나와서, "무슨 일로 왔소?"하고 물었다.

"실은 다름이 아니오라, 상인 어른, 하느님께서 저에게 소중한 자식을 점지해 주셨어요. 자식이란 젊어서는 부모의 즐거움이 되어주고, 나이 들어서는 의지가 되며, 죽어서는 제사를 올려 주지요. 제발 댁의 따님을 대모로 삼도록 보내 주셨으면 하고요."

"대체 당신의 집에서 언제 세례를 받게 할 거요?"

"내일 아침이에요."

"좋아요, 돌아가 있어요. 내일 아침에 예배를 올릴 때까지 딸을 보내 주겠소."

이튿날 아침, 대모가 될 사람과 대부가 될 사람이 모두 찾아와서, 아기에게 세례를 받게 했다.

아기의 세례를 끝내자마자 대부가 되어준 사람은 가버려, 어디에 사는 누구인지 알 수 없게 되었다. 그 이후로, 아무도 그를 본 사람이 없었다.

2

아기는 커감에 따라 부모에게 기쁨을 안겨 주었다. 힘이 세고, 일을 잘하고, 영리하고 온순했다. 이윽고 사내아이는 열 살이 되었다. 부모가 공부를 하도록 학교에 보내자, 다른 아이들이 배우는 데 5년 걸리는 것을, 이 아이는 1년 만에 다 익혀버렸다. 더 가르칠 것이 없게 되어버렸다.

부활절이 도래했다. 사내아이는 대모를 찾아가, "그리스도는 부활하셨도다"라고 축복 인사를 하고, 키스를 하고,

집으로 돌아와서 부모에게 물었다.

"아버지, 어머니, 저의 대부 되시는 분은 어디에 계십니까? 찾아뵙고 부활절의 축복 인사를 드리고 싶은데요."

그러자 아버지가 말했다.

"귀여운 아들아, 너의 대부님이 어디에 있는지 우리도 모른다. 그래서 우리도 걱정을 하고 있는데, 그 사람은 너에게 세례를 받게 하고 떠난 이후로 지금까지 통 모습을 나타내지 않는구나. 소문도 들은 적이 없다. 어디에 있는지도 알 수 없고, 살아 있는지 어떤지도 알 수 없다."

아들은 부모에게 절을 하고 말했다.

"아버지, 어머니, 대부님을 찾아가 보도록 허락해 주세요. 꼭 찾아내어 부활절의 축하 인사를 드리고 싶습니다."

부모는 아들에게 그렇게 하라고 허락했다. 그래서 아들은 자신의 대부를 찾아 나섰다.

3

사내아이는 자신의 집을 나와 여로旅路에 올랐다. 반나절쯤 걸어갔을 때, 나그네를 만났다.

나그네는 걸음을 멈추고 말했다.

"애야, 어디엘 가는 길이냐?"

사내아이가 대답했다.

"저는 저의 대모님에게 부활절 축하 인사를 드리고 집으로 돌아와 부모님에게 '저의 대부님은 어디 계십니까'하고 물어보았어요. 그런데 부모님은 너의 대부님이 어디에 계시는지 우리는 모른다. 너에게 세례를 받게 하고 이내 떠나신 후로는 통 소식이 없고, 살아 있는지 어떤지도 알 수 없다고 대답하시는 거예요. 그래서 저는 저의 대부님을 만나고 싶어 이렇게 찾으러 나선 겁니다"

그러자 나그네는,

"내가 너의 대부란다" 하고 말했다.

사내아이는 기뻐하며 대부와 부활절의 키스를 나누었다.

"세례를 받게 해주신 대부님, 지금 어디로 가시는 길입니까? 저희 마을 쪽으로 가시면 저의 집에 들러 주세요. 대부님 집으로 돌아가시는 길이면 저도 따라가겠어요.

그러자 대부가 대답했다.

"나는 지금 너의 집에 들를 틈이 없다. 여러 마을에 볼일이 있어서 말이다. 내 집에는 내일 돌아갈 작정이다. 내 집에 찾아오너라"

"어떻게 찾아가면 됩니까, 대부님?"

"우선 해가 떠오르는 쪽을 향해 곧바로 걸어가거라. 그러면 숲이 나타난다. 그 숲 한가운데에 있는 넓은 초원草原이 보일 것이다. 그 풀밭에 앉아 잠시 쉬면서 그 주변의 형편을 가만히 살펴보아라. 그리고 숲을 벗어나면 마당이 있고, 그 마당에 황금빛의 지붕이 얹힌 집이 있다. 그게 내 집이다. 문 앞까지 오면, 내가 스스로 마중을 나가겠다."

대부는 이렇게 말하고, 사내아이의 눈앞에서 사라져버렸다.

4

사내아이는 대부가 가르쳐 준 대로 찾아갔다. 계속 걸어가자, 숲에 이르렀다. 숲 속의 넓은 초원에 도착하여 문득 바라보니, 초원 한가운데에 소나무 한 그루가 서 있고, 그 소나무에 밧줄이 매어져 있고, 그 밧줄에는 무게가 12관貫:1관은 약 3.75킬로그램 쯤 되어 보이는 떡갈나무 통나무가 매달려 있었다. 통나무 밑에 벌꿀이 담겨진 통이 놓여 있다. '대체 이런 곳에 왜 벌꿀이 놓여 있고, 통나무가 매달려 있을까' 하고 생각할 겨를도 없이, 숲 속에서 바스락거리는 소리가 났다. 바라보니, 여러 마리의 곰이 다가오는 것이었다. 암곰이 선두에 서고, 그 뒤에 두 살짜리 곰이, 또 그 뒤에는 세 마리의 새끼 곰이 따라온다. 암곰이 코를 실룩거리면서 통쪽으로 다가가자, 새끼 곰들도 뒤따라갔다. 암곰이 통에 코끝을 집어넣고 새끼들을 부르자, 새끼 곰들도 달려가 통에 찰싹 달라붙었다. 그러자 통나무가 한쪽으로 약간 튕겨 나가더니 이내 되돌아와 새끼 곰을 탁 쳤다. 암곰은 이를 보고, 앞발로 통나무를 밀어 제쳤다. 통나무는 아까보다 더 세게 튕겨 나갔다가 되돌아와 새끼들을 후려쳤다. 등을 얻어맞은 놈도 있고 머리를 찍힌 놈도 있다. 새끼 곰들은 비명을 지르면서 홱 물러섰다. 암곰은 으르렁거리면서 양 발로 통나무를 머리 위로 들어올려, 힘껏 내던졌다. 통나무가 공중으로 높이 내던져졌기 때문에, 두 살짜리 곰은 통 옆으로 달려가 꿀 속에 코끝을 박고 쩍쩍 핥아먹기 시작했다. 다른 새끼 곰들도 다가왔다. 통 옆으로 거의 다 다가왔을 무렵에, 통나무가 되돌아와, 두 살짜리 곰의 머리를 탁 쳐서 즉사卽死시켜 버렸다. 암곰은 아까보다 더 무섭게 으르렁거리면서 통나무를 움켜쥐고는 힘껏 내던졌다. 통나무는 나무 가지보다 더 높이 밀어 올려져, 밧줄이 느슨해질 정도였다. 암곰이 통 옆으로 다가가자, 새끼 곰들도 다가갔다. 통나무는 계속 밀어 올려져 서, 잠깐 멈췄다가 아래쪽으로 내려왔다. 낮아지면 낮아질수록 가속도가 붙었다. 그리고 무서운 기세로 떨어져 내려와서, 암곰에게 결정적인 일격을 가했다. 암곰은 맥없이 쓰러져, 발을 바르르 떨다가 숨이 끊어져 버렸다. 새끼 곰들은 사방으로 달아나 버렸다.

5

사내아이는 깜짝 놀라, 앞쪽으로 걸어갔다. 이윽고 넓은 마당이 있는 데까지 왔다. 마당 가운데에는 황금빛의 지붕이 얹힌 호화로운 저택이 있었다. 대부가 문 앞에 나와 싱긋이 웃고 있었다. 그는 대자 代子:세례를 받은 남자로서, 그의 신앙생활을 후견하는 대부代父에 상대되는 말 에게 인사를 하고, 문 안으로 함께 들어가 마당안을 안내했다. 이 정원의 아름다움, 그 속에 자욱이 끼어 있는 상쾌한 느낌은, 대자가 지금까지 꿈에도 본적이 없는 것이었다.

대부는 대자를 저택 안으로 데리고 갔다. 저택 안은 더욱 훌륭했다. 대부는 이 방 저 방을 안내하며 보여주었다. 앞으로 갈수록 더욱 훌륭하여, 점차 즐거운 느낌이 들었다. 이윽고 문이 닫혀져 있는 한 방문 앞에 이르자,

"이 문이 보이지?" 하고 말했다. "이 문에는 자물쇠가 없

다. 그냥 닫혀져 있을 뿐이다. 그러므로 열수는 있지만, 열지 않는 게 좋다. 어디서든 마음 내키는 대로 편안히 지내도록 해라. 어떤 즐거운 놀이를 하고 놀아도 상관없지만 단 한 가지만 말해 두겠다. 이 방 안에는 들어가면 안 된다. 만일 안으로 들어가면, 네가 숲 속에서 본 일을 생각해 내게 될 것이다."

이렇게 말하고 대부는 가버렸다. 대자는 혼자서 거기서 지내기 시작했다. 그곳은 정말 즐겁고 기쁜 일뿐이어서, 겨우 3시간쯤 있었던 것처럼 여겨졌지만, 사실은 거기서 30년이나 생활하고 있었던 것이다. 30년이 경과했을 때, 대자는 닫혀져 있는 문 곁으로 다가가 생각했다. '대부님은 왜 이 방에 들어가면 안 된다고 하셨을까? 한번 들어가서, 안에 무엇이 있는지 살펴보자.'

문을 가볍게 쿡쿡 찌르자, 봉한 것이 떨어져 나가고 문이 열렸다. 대자가 안에 들어가 보니, 방은 이 호화로운 저택의 어느 방보다도 크고 훌륭하고, 방의 한가운데에 황금빛의 옥좌玉座:임금이 앉는 자리 가 있었다. 대자는 방안을 한참 돌아다니다가 옥좌에 다가가서, 계단을 올라가 옥좌에 앉았다. 옥좌에 앉아 보니, 옥좌 옆에 홀 笏:속대束帶할 때에 오른손에 드는 가늘고 긴 은판. 길이가 1자尺 가량 됨이 놓여 있었다. 대자가 홀을 집어 들자마자, 갑자기 방의 사방의 벽이 획 열리고, 온 세계가 내다보이며, 세상 사람들이 하고 있는 일을 모두 알 수 있었다. 정면을 바라보니 바다가 있고, 배들이 오가고 있다. 오른쪽을 바라보니 외국의 기독교도가 아닌 사람들이 살고 있다. 왼쪽을 바라보니 기독교도지만 러시아인ㅅ이 아닌 사람들이 살고 있다. 마지막으로 뒤쪽을 바라보니 우리 러시아인들이 살고 있다.

'우리 집에서는 무엇을 하고 있는지 살펴보자. 우리 밭의 보리가 잘 익었을까?'

자신의 집의 밭을 바라보니 보릿단이 잔뜩 쌓여 있다. 보리가 얼마나 되었는가 하고 단을 세어보기 시작했는데, 문득 바라보니 그 밭쪽으로 짐수레가 다가오고, 짐수레 위에는 농부가 앉아 있다. 대자는 아버지가 밤중에 보릿단을 가져가려고 온 줄 알았다. 그런데 자세히 보니 그 사람은 바실리 크도라쇼프라는 도둑놈이었다. 도둑놈은 보릿단이 쌓여 있는 데로 와서, 보릿단을 수레에 싣기 시작했다. 대자는 화가 치밀어,

"아버지, 밭의 보릿단을 훔쳐가요!" 하고 외쳤다. 아버지는 잠을 자고 있다가 깨어나,

"보릿단을 훔쳐가는 꿈을 꾸었어. 밭으로 나가 봐야겠다" 하고 말하고, 말을 타고 나갔다.

밭에 와보니 바실리가 보릿단을 훔쳐가고 있으므로, 큰

소리로 농부들을 불러 모았다. 바실리는 뭇매를 맞고 포박되어 감옥으로 보내졌다. 그 다음에 대자는 대모가 살고 있는 마을 쪽을 바라보았다. 대모는 어느 상인商人의 아내가 되어 있었는데, 마침 드러누워 잠을 자고 있는 참이었다. 그런데 남편이 살며시 일어나 정부情婦에게 가려고 했다. 대자는 대모에게,

"일어나세요. 남편이 나쁜 짓을 하기 시작했어요" 하고 큰 소리로 가르쳐 주었다.

대모는 벌떡 일어나 옷을 갈아입고, 정부의 집으로 달려가, 마을 사람들에게 망신을 주고, 정부를 후려갈기고 남편을 몰아냈다.

그리고 또 대자는 자신의 어머니가 있는 곳을 바라보았다. 어머니는 집에서 잠들어 있었는데, 집에 도둑이 몰래 들어와 옷장의 자물쇠를 부수려고 하고 있는 참이었다.

어머니는 잠에서 깨어나, 큰 소리로 외쳐 대었다. 도둑은 이를 보고, 도끼를 꺼내어 휘두르면서 어머니를 죽이려고 했다. 대자는 참을 수가 없어 홀笏을 도둑에게 내던지자, 관자놀이에 맞아 도둑은 즉사해 버렸다.

6

　대자가 도둑을 죽이자마자, 사방의 벽이 닫혀버려, 방은 본디대로 되어버렸다.

　그때 문이 열리며 대부가 들어왔다. 대부는 대자 옆으로 다가와, 그의 손을 잡아 옥좌玉座에서 끌어내리고 이렇게 말하는 것이었다.

　"너는 내 말을 듣지 않았구나. 네가 저지른 첫째 과오는, 내 명령을 어기고 이 문을 연 것이다. 둘째 과오는 옥좌에 올라가 나의 홀笏을 집어 든 일이다. 셋째 과오는 이 세상의 악惡이 더 불어나게 한 일이다. 만일 네가 한 시간을 더 옥좌에 앉아 있었다면, 인간들의 절반은 망쳐 버렸을 게다."

　대부는 한 번 더 대자의 손을 잡고 옥좌로 올라가, 홀을 집어 들었다. 그러자 다시 사방의 벽이 열려 모든 게 다 보이게 되었다.

　그때 대부가 말했다.

　"자, 이번에는 네가 너의 아버지에게 저지른 과오의 결과를 보아라. 바실리는 1년 동안이나 감옥에 들어가 있었기 때문에, 거기서 온갖 나쁜 짓을 배워 지독한 악당이 되어버렸다. 보아라, 지금 저 바실리는 너의 아버지의 말을 두 필이나 훔쳐갔는데, 잠시 후에는 너희 집까지 불태워버릴 게다. 네가 너의 아버지에게 저지른 과오의 결과는 이런 것이다."

아버지의 집이 불타는 광경이 대자의 눈에 들어오자, 대부는 그쪽을 닫아버리고 다른 쪽을 보라고 일렀다. "보아라, 너의 대모의 남편은 이미 1년 전부터 아내를 버리고, 다른 여러 여자들과 방탕한 생활을 하고 있었기 때문에, 아내는 홧김에 술을 마시기 시작했다. 이전의 정부는 신세를 망쳐버렸다. 네가 대모에게 저지른 과오의 결과는 이런 것이다."

대부는 그 광경도 닫아버리고, 이번에는 대자의 집을 보여주었다. 어머니의 모습이 보였다. 어머니는 자신이 지은 여러 가지 죄를 뉘우치면서 울고 있는 것이었다.

"차라리 나는 그때 도둑놈에게 죽임을 당했던 편이 더 나았을 거야. 그랬으면 이토록 많은 죄를 짓지 않았을 거야." "네가 너의 어머니에게 작용한 것의 결과가 이것이다."

대부는 그 광경도 닫아버리고, 아래쪽을 가리켰다. 도둑놈의 모습이 보였다. 두 명의 보초가 감옥 앞에서 그 도둑놈을 잡고 있다. 대부가 말했다.

"저 도둑놈은 사람을 9명이나 죽인 것이다. 그래서 스스로 속죄를 하지 않으면 안 되었던 것이다. 그런데 네가 저

도둑놈을 죽여 버렸기 때문에, 저 도둑놈의 죄를 모두 네가 떠맡은 셈이다. 앞으로 너는 저 도둑놈이 저지른 모든 죄에 대해 책임을 져야 한다. 네가 스스로 자신을 이렇게 만들어 버린 것이다. 암곰은 처음에 통나무를 밀쳤을 때에는 새끼 곰을 놀라게 했을 뿐이지만, 두 번째로 밀어 젖혔을 때에는 두 살짜리 곰을 죽게 만들고, 세 번째로 내던졌을 때에는 스스로 자신을 파멸시켜 버렸다. 네가 한 짓도 이와 마찬가지이다. 나는 너에게 앞으로 30년간의 유예를 줄 테니까, 세상에 나가 도둑놈의 죄를 속죄하도록 해라. 만일 그렇게 할 수 없으면, 네가 도둑놈을 대신하게 될 것이다"

"어떻게 하면 도둑놈의 죄를 속죄할 수 있을까요?"하고 대자는 물었다.

대부는 "네가 지은 만큼의 죄를 세상에 나가 지워 가면, 그때 너는 도둑놈의 죄를 속죄한 셈이 되는 것이다" 하고 대답했다.

"어떻게 하면 세상에 나가 죄를 지울 수 있을까요?"하고 대자는 물었다. 그러자 대부는,

"해가 뜨는 쪽으로 곧바로 걸어가라. 그러면 밭이 나타나고, 밭에 많은 사람들이 있을 것이다. 그 사람들이 하고 있는 일을 잘 살펴보고, 네가 알고 있는 것을 가르쳐 주어라. 그리고 다시 앞으로 나아가, 눈에 띄는 일들을 유의해 두도

록 해라. 나흘째 되는 날에는 어느 숲에 도달할 것이다. 그 숲 속에 암자가 있고, 암자에는 은자隱者가 살고 있을 터이니, 그 사람에게 지금까지 있었던 일을 모조리 이야기하여라. 그 은자가 너에게 가르쳐 줄 것이다. 은자가 분부한 대로 다 실천하면, 그때 너는 도둑놈의 죄를 속죄한 셈이 되는 것이다" 하고 말하고, 대자를 문 밖으로 내보냈다.

ㄱ

대자는 걸어가기 시작했다.

'대체 어떻게 세상의 악惡을 지워 나가야 하나? 세상에서는 대개 나쁜 사람을 귀양 보내거나 감옥에 가두거나 사형에 처함으로써 악을 지워가고 있는데, 죄를 지워가면서 남의 죄를 자신이 짊어지지 않도록 하려면 대체 어떻게 하면 좋은가?'

대자는 곰곰이 생각해 보았지만, 알아낼 수가 없었다. 계속 걸어가자, 밭에 이르렀다. 밭에는 보리가 자라고 있었는데, 잘 익어 거둬들일 때가 되어 있었다. 그런데 바라보니, 보리밭 속에 송아지가 뛰어 들어가고 있었다. 많은 사람들이 이를 발견하고, 제각기 말을 타고 보리밭 속을 이리저리 달리면서 송아지를 뒤쫓고 있었다. 송아지가 보리밭에서 뛰쳐나가려고 하면, 마침 그리로 다른 사람이 말을 타고 달려오는 바람에 송아지는 깜짝 놀라 다시 보리밭 속으로 뛰어 들어간다. 그러면 모두들 송아지를 뒤쫓아 보리밭 속으로 달려가는 것이다. 길바닥에 한 여자가 서서, "모두들 우리 송아지를 뒤쫓아 다니며 힘 빠지게 하고 있네" 하고 말하면서 울고 있다.

그래서 대자는 농부들에게 말했다.

"왜 당신들은 그런 짓을 합니까? 모두 밭에서 나와, 저 아주머니에게 자신의 송아지를 불러내게 하세요" 그러자 모두 그의 말을 듣고 밭에서 나왔다. 아주머니는 밭의 가장자리로 다가가, "이리 오너라, 이리와!······"하고 부르기 시작했다. 송아지는 귀를 쫑긋 세우고 가만히 듣고 있었다. 이윽고 아주머니에게로 뛰어가, 별안간 그녀에게 코끝을 들이대는 바람에 하마터면 그녀가 쓰러질 뻔했다. 그래서 농부들도 기뻐하고, 아주머니도 기뻐하고, 송아지도 기뻐했다.

대자는 다시 걸어가기 시작하면서 생각하는 것이었다.

'이제 악惡은 악으로 인해 불어난다는 것을 알게 되었다. 사람이 악한 짓을 책망하면 할수록 더욱더 악은 퍼져간다. 즉 악으로 악을 없앨 수는 없는 것이다. 그런데 어떻게 하면 없앨 수 있는지, 그것을 알 수 없다. 송아지가 아주머니의 말을 들어주었으니 다행이었지, 만일 들어주지 않았으면, 어떻게 쫓아냈어야 할지 알 수 없는 경우였다.'

대자는 열심히 생각했지만 무엇 하나 알아내지 못하고, 앞으로 걸어갔다.

目

계속 걸어가자, 어느 마을이 나타났다. 마을의 제일 가장자리에 있는 집에 들어가 하룻밤 묵게 해달라고 부탁하자, 주인아주머니가 허락했다. 집 안에는 아무도 없고, 아주머니가 혼자 청소를 하고 있었다.

대자는 안으로 들어가 페치카 Pechka:러시아식 벽난로 위에 앉아서, 아주머니가 일하는 걸 지켜보고 있었다. 아주머니는 방 안을 걸레로 닦고 나서, 테이블을 닦기 시작했다. 더러워진 걸레로 테이블을 닦으므로, 통 깨끗해지지 않고 더러워진 걸레의 자국이 테이블 위에 줄무늬처럼 남는다. 이번에는 반대쪽으로 닦자, 먼젓번 얼룩은 지워지고 다시 다른 얼룩이 남는다. 다음에는 세로로 닦아 보았지만 역시 마찬가지이다. 더러워진 걸레로 닦으니까, 하나의 얼룩이 지워지면

곧 다른 얼룩이 남는 것이다. 대자는 한참 가만히 바라보고 있다가, 이윽고 말을 걸었다.

"아주머니, 대체 지금 무얼하고 있습니까?"

"젊은이 눈에는 이것이 안보여요? 축제의 준비를 하느라 청소를 하고 있는 거예요. 그런데 이 테이블이 아무리 닦아도 깨끗해지지 않고 더러워져서 녹초가 됐어요."

"아주머니, 그 걸레를 잘 헹구어서 닦으면 되는데요."

아주머니가 젊은이의 말대로 하자, 테이블은 이내 깨끗해졌다.

"잘 가르쳐주어 고마워요."

이튿날 아침, 대자는 아주머니에게 작별 인사를 하고, 다시 앞으로 나아갔다. 계속 걸어가자, 숲에 이르렀다. 바라보니, 농부들이 수레바퀴를 만들려고 곧은 나무를 둥글게 휘어지게 하는 일을 하고 있었다. 대자가 옆으로 다가가서 보니, 농부들은 빙글빙글 돌아가고 있지만, 나무는 통 구부러지지 않는다.

대자가 자세히 보니, 농부들이 만든 받침대가 고정되어 있지 않아, 받침대도 함께 돌아가고 있는 것이었다. 대자는 한참 지켜본 다음 이렇게 말했다.

"아저씨들은 무엇을 하고 있습니까?"

"이렇게 수레바퀴를 만들고 있는 중인 데, 두 번이나 열을 가해 쪘는데 나무가 통 구부러지지 않는군. 아주 녹초가 되어버렸어요."

"아, 여러분, 받침대를 고정시키세요. 여러분이 받침대와 함께 돌아가고 있잖아요."

농부들이 이 말을 듣고 받침대를 고정시키자, 일이 잘 풀려나갔다.

대자는 거기서 하룻밤을 새우고, 다시 앞으로 걸어가기 시작했다. 하루 낮 하룻밤을 걸어 새벽녘에, 농가를 다니면서 마소를 감별·치료하는 사람들이 있는 곳으로 가서 그들 곁에 잠시 누워 있었다. 누워서 바라보니 그들은 소를 매어놓고 모닥불을 피우려 하고 있었는데, 마른 나뭇가지를 주워 와서 불을 붙인 다음, 잘 타오르기 전에 마르지 않은 섶나무를 잔뜩 불 위에 올려놓기 때문에, 섶나무가 직직 소리를 내면서 불을 꺼버리는 것이었다. 그들은 다시 마른 나뭇가지를 주워 와서 거기에 불을 붙이고, 또 마르지 않은 섶나무를 잔뜩 올려놓아, 다시금 불을 꺼뜨렸다. 오랫동안 애쓰고 있었지만, 아무래도 모닥불이 피워지지 않았다.

그래서 대자가 말했다.

"여러분은 너무 서둘러 마르지 않은 섶나무를 올려놓으니까 안 되는 겁니다. 그 전에 불이 잘 타기를 기다렸다가, 뜨거울 정도로 타오르면, 그때 섶나무를 올려놓아야 합니다.”

그들은 그의 말대로 했다. 불길이 세게 피어오른 다음에 섶나무를 올려놓으니까 섶나무가 타기 시작하여 화끈거리는 모닥불이 되었다. 대자는 잠시 그들과 함께 있다가, 다시 걷기 시작했다. 대체 무슨 이유로 이 세 가지 일을 보게 되었을까 하고 대자는 열심히 생각했지만, 그 까닭을 알 수 없었다.

9

대자가 계속 걸어가고 있는 동안에, 하루가 지나가 버렸다. 어느 숲에 도달하자, 숲 속에 암자가 있었다. 대자가 암자에 다가가 문을 두드리자, 암자 안에서

“거 누구요?” 하는 소리가 들렸다.

“큰 죄인입니다. 남의 죄를 속죄하려고 돌아다니고 있습니다.”

안에서 은자가 나와서 물었다.

“대체 너는 남의 어떤 죄를 짊어졌느냐?” 대자는 자신에게 세례를 받게 해준 대부의 이야기, 암곰의 이야기, 봉해져 있던 방 안의 옥좌玉座의 이야기, 대부가 자신에게 명령

한 일, 그리고 밭 속에서 농부들이 보리를 온통 망가뜨린 일, 송아지가 스스로 아주머니 곁으로 달려간 일 등을 모두 이야기했다.

"저는 악惡을 악으로 없앨 수는 없다는 것을 깨달았지만, 어떻게 하면 그것을 없앨 수 있는지는 모르겠어요. 제발 저에게 가르쳐 주십시오."

그러자 은자는 이렇게 말했다

"그밖에 네가 도중에서 본 것을 더 자세히 이야기해 보아라."

그래서 대자는 아주머니가 집안 청소를 하고 있던 일, 수레바퀴를 만들고 있던 농부들의 이야기, 모닥불을 피우려 하고 있던 사람들의 이야기 등을 들려주었다.

은자는 그 이야기를 다 듣고 나서, 암자 안으로 들어가 이 빠진 도끼를 들고 나와서 "자, 같이 가자" 하고 말했다.

은자는 암자에서 10리쯤 떨어진 곳에 와서, 한 그루의 나무를 가리켰다.

"이 나무를 베어라."

대자가 나무를 베니까 나무는 쓰러졌다.

"이번에는 그것을 세 토막으로 잘라라."

대자는 세 토막으로 잘랐다. 그러자 은자는 다시 암자로 들어가 불을 갖고 왔다.

"그 세 토막의 통나무를 불태워라"

대자가 불을 피워 세 토막의 통나무를 불태우니까, 타다 남은 세 개의 숯덩이가 되었다.

"그것을 절반쯤 땅에 묻어라, 이렇게."

대자는 땅에 묻었다.

"저기 보이지, 이 산 아래에 개울이 있다. 저기서 물을 한 입 머금고 와서 이 숯덩이에 뿌려라. 네가 아주머니에게 가르쳐 준 것처럼, 이 숯덩이에 물을 끼얹는 것이다. 그리고 이쪽 숯덩이에는 네가 농부들에게 가르쳐준 것처럼 물을 뿌려라. 그리고 마지막 숯덩이에는 네가 소나 말을 감별·치료하는 사람들에게 가르쳐 준 것처럼 뿌려주어라. 이 세 숯덩이가 모두 뿌리를 내려 세 개의 사과나무로 자라면, 그때 비로소 네가 어떻게 하면 인간의 악을 없앨 수 있는지 알 수 있을 것이다. 그때 너는 모든 죄를 속죄받은 셈이 된다."

이렇게 말하고 은자는 암자로 돌아가 틀어박혀 있었다. 대자는 열심히 생각해 보았지만, 은자가 한 말이 무슨 뜻인지 통 알 수 없었다. 하지만 아무튼 그가 일러준 대로 일하기 시작했다.

10

대자는 개울로 내려가 물을 한입 머금고 돌아와서 한 숯덩이에 뿜어주고, 다시 물을 머금고 와서 잇따라 끼얹어 주었다. 대자는 녹초가 되어 무엇이 먹고 싶어졌다. 그래서 은자에게 음식을 얻어먹으려고 암자로 돌아갔다. 문을 열어보니, 은자는 이미 시체가 되어 평상위에 누워 있었다. 대자가 주위를 둘러보니 마른 빵이 있기에, 그것을 먹었다. 그리고 가래가 눈에 띄어, 은자의 무덤을 파기 시작했다. 그때부터 밤에는 입에 물을 머금고 와서 타다 남은 숯덩이에 뿌려주고, 낮에는 무덤을 파고 있었다. 겨우 무덤을 다 파고 매장하려고 하는데 마을 사람들이 찾아왔다. 은자에게 줄 음식을 운반해 온 일을.

그들은 은자가 죽었다는 말을 듣고, 대자를 축복하며, 은자의 자리를 계승하게 했다. 모두들 함께 은자를 매장하고, 그들은 대자에게 음식을 주고 또 갖고 오겠다는 약속을 하고 돌아갔다.

대자는 은자의 뒤를 이어 그곳에서 지내기 시작했다. 대자는 사람들이 갖다 주는 음식을 먹고 지내면서 은자가 분부한 일을 계속하고 있었다. 산 밑에서 물을 한입 머금고 올라와 숯덩이에 뿌려주는 일을.

　이렇게 대자가 1년을 지내고 있는 동안에, 많은 사람들이 찾아오게 되었다. 숲 속에 성자聖者가 살고 있는데, 산 밑의 개울에서 물을 한입 머금고 올라와서 타다 남은 숯덩이에 뿌려주며 도를 닦고 있다는 소문이 세상에 퍼졌기 때문이다. 그래서 많은 사람들이 대자를 경모敬慕하여 찾아오게 되었다. 돈 많은 상인들도 찾아와서 여러 가지의 선물을 하게 되었다. 하지만 대자는 자신에게 꼭 필요한 것 외에는 무엇 하나 갖지 않고, 받은 것은 모두 가난한 사람들에게 나누어 주었다. 대자는 반나절은 개울에서 입에 물을 머금어다가 타다 남은 숯덩이에 물을 끼얹고, 나머지 반나절은 휴식을 취하거나 찾아오는 사람들을 만나기도 하면서 지내고 있었다.

　대자는 마음속으로, 이것이 자신에게 주어진 생활이며, 이렇게 지내고 있으면 세상의 악惡을 없애고 속죄할 수 있으리라고 생각하게 되었다.

　이렇게 대자는 또 1년을 보냈는데, 하루도 타다 남은 숯덩이에 물을 뿌려주지 않은 날은 없었지만, 어느 토막에도 싹이 트지 않는다.

　어느 날, 암자 안에 있는데, 한 남자가 암자 옆을 지나가면서 노래를 부르는 소리가 들렸다. 대자는 대체 누구인가

하고 밖으로 나가보았다. 건장해 보이는 젊은이였다. 근사한 옷을 입고, 타고 있는 말이나 안장도 값비싼 것이었다.

대자는 그 남자를 불러 세우고, 대체 누구인가, 그리고 어디로 가는가 하고 물어보았다.

남자는 말을 세우고,

"나는 강도이므로 사방을 돌아다니며 사람을 죽여요. 사람을 많이 죽이면 죽일수록 신바람이 나서 노래를 부르는 거요" 하고 말했다.

대자는 섬뜩한 느낌이 들면서, 이렇게 생각했다.

'이러한 인간에게 깃들어 있는 악惡은 대체 어떻게 소멸시켜야 하는가? 나를 찾아와서 스스로 회개하는 사람들에게는 이야기하기가 좋은데, 이 남자는 나쁜 짓을 하고 그걸 자랑하고 있으니.'

대자는 아무 말도 하지 않고, 그 남자의 곁에서 물러나면서 이렇게 생각하는 것이었다.

'앞으로 어떻게 해야 하나? 이 강도가 이 부근에서 어슬렁거리고 있게 되면, 모두들 두려워서 내게로 오지 않게 될 것이다. 그러면 그 사람들에게도 유익하지 않고, 나도 그때는 어떻게 살아가야 할지 알 수 없다.'

그래서 대자는 걸음을 멈추고 강도를 향해 말했다.

"나의 이 암자에 찾아오는 사람들은 나쁜 짓을 하고 그걸 자만하지 않아요. 회개하고 속죄하려 하고 있는 거예요. 그러므로 당신도 하느님이 두렵게 생각되거든 회개해요. 회개하기 싫으면 이곳을 떠나 두 번 다시 오지 말았으면 좋겠소. 세상 사람들을 겁먹게 하여, 내 곁에서 몰아내는 짓은 하지 말아줘요. 만일 내 말을 듣지 않으면 하느님이 내리는 벌을 받을 거요."

강도는 껄껄 웃었다.

"나는 하느님 따위는 두려워하지 않으니까 당신의 말도 듣지 않을 거요. 당신은 내 우두머리도 아니오. 당신은 하느님께 기도하여 생계를 꾸려가고 있지만, 나는 강도짓을 하여 생계를 꾸려가고 있는 거요. 누구에게나 각기 생계를 꾸려가는 길이 있는 거요. 당신은 자신에게 찾아오는 부녀자들에게나 설교를 하라구. 나는 당신의 설교 따위는 들을 필요가 없소. 당신이 나에게 하느님 얘기를 하며 설교한 보답으로, 내일은 사람을 두 명 더 죽일 거요. 지금 곧 당신을 죽여야 하지만, 그런 일로 내 손을 더럽히고 싶지 않소. 그러므로 앞으로 내 눈에 띄지 않도록 하라구."

이렇게 협박하듯이 말하고 강도는 가버렸지만, 더 이상 찾아오지 않게 되었으므로, 대자는 8년 동안, 이전과 마찬가지로 평온하게 살아갔다.

11

어느 날, 대자는 타다 남은 숯덩이에 물을 끼얹어 준 다음, 암자로 돌아와 휴식을 취하면서, 이제 사람들이 찾아오겠다 싶어 가만히 오솔길을 바라보고 있었다. 그런데 그날은 아무도 찾아오지 않았다. 대자는 해질녘까지 가만히 앉아 있었는데, 지루해져서 자신의 지금까지의 생애를 여러모로 회상해 보았다. 그러다가 문득 강도가 자신에 대해, 하느님께 기도하며 생계를 꾸려가고 있다고 말하며 비난한 것을 생각해 내었다. 그래서 지금까지 지내온 일을 되돌아보고, 이렇게 생각했다.

'내가 살아가는 방식은 그 은자가 분부한 바와는 맞지 않는다. 은자는 나에게 고행苦行을 하도록 명령했는데, 나는 그 고행을 나날이 빵을 얻는 일로 만들고, 게다가 세상 사람들로부터 칭찬받는 일을 하고 말았다. 나는 유혹에 넘어가, 사람들이 찾아오지 않으면 불만스러워하고, 사람들이 찾아오면 그들이 자신을 성자聖者로 여겨주는 걸 그저 기뻐하고 있다. 이렇게 살아가면 안 된다. 나는 세상 사람들이 칭찬하는 말을 듣고 눈이 어두워져버려, 이전의 과오를 속죄하기는커녕 도리어 새로운 죄를 추가한 셈이다. 나는 숲 속의 다른 곳으로 옮겨가, 사람들의 눈에 띄지 않도록 하자. 이전의 과오를 속죄하고 더 이상 죄를 짓지 않도록 홀로 살아가기로 하자.'

대자는 이렇게 생각하고, 마른 빵이 담겨진 작은 부대와 괭이를 손에 들고, 암자를 뒤로 하고 골짜기 쪽으로 내려갔다. 쓸쓸한 곳에 움막을 짓고, 세상 사람들로부터 모습을 감출 작정이었다.

대자가 작은 부대와 괭이를 손에 들고 걸어가고 있는데, 맞은편에서 강도가 말을 타고 왔다. 대자는 깜짝 놀라 달아나려고 했지만, 강도가 따라잡고 말았다.

"어디엘 가는 거요?" 하고 강도는 물었다.

그래서 대자는, 세상 사람들을 피하여, 아무도 찾아오지 않는 곳으로 가려고 한다고 대답했다. 강도는 어이가 없어, "만일 아무도 찾아오지 않게 되면, 당신은 앞으로 무엇을 먹고 살아갈 거요?"

대자는 그런 걸 미리 생각하지 않았는데, 강도가 이렇게 묻자 먹을 것에 대해 생각해 보았다.

"하느님께서 주시는 것을 먹고 살아갈 거요" 하고 말했다.

강도는 아무 말도 하지 않고 이내 가버렸다.

'대체 어찌 된 일일까?' 하고 대자는 생각했다. '나는 저 남자가 어떻게 살아가고 있는지 통 물어보지 않았군! 어쩌면 이번에는 저 남자도 회개할지도 몰라. 오늘은 이전보다 태도가 온화하고 죽인다느니 하며 협박하지도 않는 걸 보니.'

그래서 대자는 저만큼 가고 있는 강도의 뒷모습을 향해 큰 소리로 이렇게 말했다.

"아무튼 당신은 회개하지 않으면 안 돼요. 하느님의 뜻을 외면할 수는 없으니까."

강도는 말을 몰고 되돌아와서, 허리에서 칼을 뽑아 대자를 내리치려고 했다. 대자는 깜짝 놀라 숲 속으로 달아나 버렸다.

강도는 대자를 뒤쫓아 가려고 하지 않고, 이렇게 말했을 뿐이었다. "이번까지 당신을 두 번 용서해 주었지만, 다음에 또 내 눈앞에 나타나면 용서하지 않을 거야. 이 늙은이야, 죽여 버릴 거야!"

이렇게 말하고 사라져 버렸다. 그날 밤, 대자는 타다 남은 숯덩이에 물을 끼얹으려고 갔는데, 자세히 보니 그 중의 한 토막에서 싹이 트고 있지 않는가! 사과나무로 자라기 시작한 것이다.

12

대자는 세상 사람들로부터 모습을 감추고 혼자서 살아가기 시작했다. 얼마 후에는 마른 빵도 떨어져 버렸다.

'자, 이제부터 풀뿌리라도 캐러 가자' 하고 마음속으로 생각했다.

그런데 풀뿌리를 캐러 나가기가 무섭게, 문득 바라보니, 마른 빵이 담겨진 부대가 나무 가지에 걸려 있었다. 대자는 그것을 나날의 양식으로 삼기 시작했다.

그 마른 빵이 떨어지기가 무섭게, 같은 나무 가지에 또 그러한 부대가 걸려 있는 게 발견되었다. 이렇게 대자는 살아가고 있었는데, 다만 한 가지 언짢게 여겨지는 일이 있었다. 강도가 무서웠다. 강도가 찾아올 기미가 보이면 갑자기 모습을 감추고,

'그 녀석에게 죽임을 당하게 되면, 속죄할 수가 없다'고 생각하는 것이었다.

이렇게 살아가며 다시 10년이 지나가 버렸다. 한 토막만은 사과나무로 자라나고 있었지만, 나머지 두 토막은 본디대로 숯덩이인 채로 있었다.

대자는 아침 일찍 일어나, 늘 하는 일을 하기 시작했다.

타다 남은 숯덩이의 아래쪽의 흙에 물을 끼얹었다. 그리고 기진맥진해져서 땅바닥에 주저앉아 잠시 쉬었다. 앉아서 휴식을 취하면서, 이런 생각을 했다.

'나는 죄를 지어버렸다, 죽는 것을 두려워하게 되었으니. 만일 그것이 하느님의 뜻이라면 죽음으로써 속죄를 하자'

이렇게 생각하고 있는데, 강도가 말을 타고 욕설을 퍼부으면서 달려오는 소리가 들렸다. 대자는 그 소리를 듣고,

'나는 하느님 이외의 누구에게서도 다행스러운 일이나 추한 꼴을 당할 턱이 없다'고 생각하여, 강도가 달려오는 쪽을 향해 걸어가기 시작했다.

바라보니, 강도는 혼자가 아니고, 자신의 뒤에 한 남자를 태우고 어디론가 데리고 가는 참이었다. 남자는 양 손이 묶이고 입에는 재갈이 물려 있었다. 남자는 가만히 잠자코 있는데, 강도는 욕설을 퍼붓고 있는 것이었다. 대자는 강도에게로 다가가, 앞길을 가로막았다.

"당신은 이 남자를 어디로 데리고 가는 거요?"

"숲 속으로 데리고 가오. 이 남자는 상인商人의 아들인데, 자기 할아버지의 돈이 어디 있는지 말하지 않기 때문에, 자백할 때까지 마구 갈겨 줄 작정이오" 하고 말하며, 강도는 비켜가려고 했지만, 대자는 말고삐를 잡고 놓아주지 않았다.

"이 남자를 풀어줘요"

강도는 화를 내며 대자를 내리치려고 채찍을 쳐들었다.

"그럼 당신도 이 꼴을 당하고 싶은가? 약속한 대로 죽여주겠다! 말고삐를 놓아라!"

그래도 대자는 놀라지 않는다.

"못 놓겠소. 나는 당신 따위는 무서워하지 않아. 나는 하느님을 두려워할 뿐이오. 그런데 하느님이 놓아서는 안 된다고 분부하시고 있어요. 이 남자를 돌려보내요"

강도는 이마를 찌푸리고, 칼을 뽑아 묶은 줄을 끊어버리고 상인의 아들을 풀어주었다.

"두 사람 다 냉큼 꺼져버려, 두 번 다시 내 앞에 나타나면 가만두지 않을 테다."

상인의 아들은 말에서 뛰어내려 후닥닥 달아나 버렸다. 강도는 그대로 지나가려고 했지만, 대자가 그를 불러 세우고, 그런 나쁜 짓을 하는 생활은 그만두라고 거듭 타일렀다. 강도는 잠시 서서, 대자의 말을 끝까지다 듣고는 아무 말도 하지 않고 가버렸다.

이튿날 아침, 대자가 타다 남은 숯덩이에 물을 끼었으려고 가보니, 두 번째 토막에서도 싹이 나서, 역시 사과나무가 되어가고 있었다.

13

이리하여 다시 10년이 지나가 버렸다. 어느 날 대자는 움막에 틀어박혀 있었는데, 이제 더 이상 바랄 게 없었고, 하나도 두려울 게 없었으며, 마음속은 기쁨으로 충만했다. 그래서 대자는 생각했다.

'하느님은 정말 커다란 행복을 인간에게 안겨주신 것이다. 그런데도 세상 사람들은 쓸데없이 스스로 자신을 괴롭히고 있다. 사실은 기쁜 마음으로 살아갈 수 있는데.'

이렇게 여러 가지로 인간은 악한 짓을 생각해 내고, 모두들 스스로 자신을 괴롭히고 있는 것을 생각하니 인간들이 불쌍하게 생각되었다.

'내가 이런 생활을 하고 있는 것은 그릇된 일이다. 세상에 나가, 내가 알고 있는 것을 세상 사람들에게 이야기해 주자.'

이렇게 생각하는 순간, 강도가 달려오는 말발굽 소리가 들렸다. 대자는 강도가 그대로 지나가게 하고,

'저런 인간에게 이야기해 들려줘봤자, 알아줄 턱이 없지' 하고 생각했다.

처음에는 그렇게 생각했지만, 다시 생각을 고쳐, 한길로

나갔다. 강도는 음울한 표정을 하고, 땅을 응시하면서 말을 몰고 있었다. 그 모습을 보니, 대자는 가엾게 여겨져, 그에게 달려가 그의 무릎을 잡았다.

"친애하는 형제여, 제발 자신의 영혼을 소중하게 여겨줘요! 당신의 내부에는 하느님이 깃들어 계시니까, 당신은 스스로도 괴로워하고 남들도 괴롭히고 있는데, 앞으로는 더 심한 괴로움을 겪게 될 거요. 그런데 하느님은 당신을 정말 사랑하고 계시고, 당신에게 베풀 은총을 준비해 두고 계십니다. 제발 스스로를 파멸시키는 일은 하지 말아줘요, 형제. 그 생활 방식을 고쳐나가 줘요!"

강도는 이마를 찌푸리며 딴 데로 고개를 돌리며,

"비켜요" 하고 말했다.

대자는 아까보다 더 강하게 강도의 무릎에 달라붙어 눈물을 흘리며 우는 것이었다.

강도는 고개를 돌려 대자를 바라보았다. 가만히 한참동안 바라보고 있다가 말에서 내려, 대자 앞에 무릎을 꿇었다.

"할아버지, 드디어 당신은 나를 이겼어요. 나는 20년 동안 당신과 싸웠지만, 당신에게 졌어요. 지금의 나는 이미 스스로를 자유로이 다룰 수 없게 되었어요. 어떻게든 나를 당신이 좋을 대로 해줘요. 처음에 당신이 나에게 설교를 했을 때에는, 나는 매우 화가 날 뿐이었어요. 그런데 당신이 세상 사람들을 피하여 은둔 생활을 하려고 했을 때, 나는 당신을 만나, 당신 자신이 세상 사람들에게 통 집착하지 않는다는 것을 알고, 그때 비로소 나는 당신의 말을 깊이 생각하게 되었어요. 그 이후로 나는 당신을 위해 마른 빵을 담은 부대를 나뭇가지에 걸어놓게 되었던 겁니다."

그래서 대자는 생각해냈다. 그 농가의 아주머니는 걸레를 깨끗이 헹구었을 때에 비로소 테이블을 깨끗이 닦을 수 있었던 것이다. 이와 마찬가지로 자신도 자신을 걱정하는 일을 그만두고, 자신의 마음을 청결하게 했을 때, 타인의 마음도 청결하게 만들 수 있게 된 것이다.

강도가 말했다.

"그리고 또 당신이 죽는 것을 두려워하지 않았을 때, 나의 마음이 확 바뀌었던 것이오."

그래서 대자는 생각해 냈다. 농부들이 받침대를 잘 고정시켰을 때, 비로소 수레바퀴로 삼을 나무를 구부릴 수 있었던 것이다.

이와 마찬가지로, 내가 죽는 것을 두려워하지 않게 되어, 생활을 하느님의 뜻에 따라 확고히 고정시켰을 때, 완강한 고집도 꺾었던 것이다.

강도는 또 말했다.

"그리고 당신이 나를 불쌍히 여겨 내 앞에서 눈물을 흘렸을 때, 내 마음은 눈 녹듯이 완전히 녹아버린 거요" 대자는 마음으로부터 기뻐하며, 그 타다 남은 숯덩이가 있는 곳으로 강도를 데리고 갔다. 두 사람이 가까이 다가가 보니, 마지막으로 남아 있던 토막에서도 사과나무의 싹이 움트고 있었다. 그래서 대자는 생각해 냈다. 소나 말을 감정·치료하는 사람들이 모닥불을 피우려고 했을 때에도 불길이 강해졌을 때에 비로소 마르지 않은 섶나무에 불이 붙었던 것이다.

이와 마찬가지로, 나의 마음이 뜨겁게 타올랐을 때, 타인의 마음에도 불이 옮아 붙은 것이다.

이제 완전히 속죄를 했음을 알게된 대자는 아주 기뻤다.

대자는 자신이 겪어온 그 이야기를 모두 강도에게 들려주고, 그대로 죽어 버렸다. 강도는 그 시체를 매장하고, 대자가 분부한 대로 살아갔으며, 그와 마찬가지로 세상 사람들을 가르치게 되었다.1886년

한가한
사람들의 이야기

　어느 부유한 집에 손님들이 모인 적이 있었다. 우연하게, 인생 문제에 관한 진지한 이야기가 시작되었다.

　일동은 그 자리에 있는 사람이나 있지 않은 사람들의 이야기를 했는데 자기의 생활에 만족하고 있는 사람은 한 명도 찾아볼 수가 없었다.

　누구 한 사람 행복하다고 자랑할 수 없었을 뿐만 아니라, 자기야말로 기독교도에 마땅한 생활을 하고 있다고 여기고 있는 사람조차 아무도 없었다. 모든 사람들은 세속적인 생활에 몰두하여, 자기 자신이나 자신의 가족에 대해서만 이것저것 생각하며 고민하고, 이웃에 대해서는 말할 것도 없고, 하나님에 대해서는 생각조차 하려 하지 않았음을 고백했다. 손님들은 서로 이런 이야기를 주고받으며 자기 자신의, 하나님을 소홀히 여긴 비기독교 적인 생활을 비난하는 것에 일치했다.

"그럼 왜 우리들은 그런 생활을 하는 걸까요?"하고 한 청년이 외쳤다. "왜 스스로도 옳지 않다고 생각하는 일을 하는 걸까요? 도대체 우리들은 스스로 자신의 생활을 변화시킬 힘이 없는 걸까요? 우리를 망치고 있는 것은 사치이고, 연약함이고, 부유富裕이며, 특히 자만심이며 자신을 동포로부터 분리시키는 짓거리입니다. 그것을 스스로도 분명 의식하고 있어요. 우리는 명성이나 부유함을 얻기 위해 생生의 희열이 인간에게 안겨주는 모든 것을 잃어버려야 합니다. 우리는 거리마다에 북적대며 모여서, 스스로 자신의 몸을 유약하게 만들고, 자신의 건강을 해치고 있어요. 그리고 여러 가지 오락이나 즐거움을 생각해내고 있음에도 불구하고, 여전히 권태로움을 느끼면서, 자신들의 생활은 당연히 이런 것은 아니었는데 라는 회한悔恨을 안고 죽어 가는 겁니다.

왜 이런 생활을 하는 것일까요? 왜 이렇게 우리와 자기 자신의 생활을 망치는 것일까요? 하나님으로부터 부여받은 모든 행복을 파괴하는 것일까요? 나는 이전과 같은 생활을 하는 건 싫습니다. 일단 시작한 학문도 그만두겠어요.— 실제로 이런 학문 따위는, 지금 우리들 일동이 호소하고 있는 괴로운 생활이외, 아무런 결과에도 이끌어주지 못합니다. 나는 자신의 재산을 버리고, 마을로 가서 가난한 사람들과 함께 살겠어요. 그들과 함께 일하고, 내 손으로 노동하는 것을 익히겠습니다. 만일 나의 교양이 가난한 사람들에게 필요하다면, 나는 그것을 전달하겠어요. 그러나 그것은 학교나 서적을 통해서가 아니라, 직접 그들과 함께 형제처럼 살면서 실행하는 겁니다."

"그래요, 나는 결심했습니다."

그는 마침 그 자리에 와 있는 아버지의 얼굴을 올려다보면서 뭔가 묻고 싶은 듯이 덧붙여 말했다. "네 소망은 매우 훌륭하다" 하고 아버지는 말했다.

"그러나 그것은 경솔하고 무분별한 생각이야. 너는 인생이라는 것을 모르기 때문에 모든 게 그렇게 쉽게 생각되는 것이다. 인간의 눈에는 무엇이든 잘 보이는 것이니까. 그러나 중요한 것은, 그 선善을 실행하기가 매우 번거롭고 복잡하다는 점이다. 밟아 다져진 길을 걷기도 매우 힘이 드는데, 하물며 새로운 길을 여는 것은 훨씬 힘든 일이야. 그러한 새로운 길을 만들어 간다는 것은 충분히 성숙해서, 인간이 도달할 수 있는 모든 것을 습득한 사람들뿐이다. 너는 아직 인생이라는 것을 모르기 때문에, 새로운 길을 개척하기가 아무것도 아닌 일처럼 여겨지는 거야. 그것은 모두 젊은이의 경박함이고 자만심이다. 우리 같은 노인이 세상에 필요한 까닭은, 너희의 그 혈기 왕성하고 조급해지는 마음을 누르고, 자신의 경험으로 너희를 지도해가기 위해서이다. 그러므로 너희는 우리의 경험을 이용하려고 한다면, 우리를 따르지 않으면 안돼. 너희의 활동생활은 아직 장래의 일이며, 지금은 그저 성장하여 발달하면 되는 거다. 발육하고, 충분히 교양을 쌓아야 한다. 자신의 발로 일어나 확고한 신념을 가질 수 있게되면, 그때에 새로운 생활을 시작하는게 바람직하다. 만일 그만한 힘을 지녔다고 자기 자신에게서 느껴지면 말이다. 그러나 지금은 너를 위해 지도하고 있는 사람을 따라야 하며, 새로운 길을 개척해서는 안 된다.”

청년은 입을 다물었다. 연장자들은 아버지의 말에 찬성했다.

“지당한 말씀입니다.” 이미 아내가 있는 중년 남자가 청년의 아버지를 향해 이렇게 말했다. “실제로”하고 그는 운을 뗐다.

“인생의 경험이 별로 없는 청년이 새로운 길을 찾으려고 하면 자칫 잘못되기 쉽지요. 그러한 사람의 결심은 견고한 것이라고 할 수 없습니다. 그러나 우리의 생활이 양심에 어긋나고, 우리에게 행복을 안겨주지 못한다는 점에서는 일동의 의견이 일치하고 있지 않습니까? 따라서 지금의 생활에서 벗어나고 싶어하는 소망을 옳은 것이라고 인정하지 않을 수 없습니다.

젊은 사람들이라면 자기의 공상空想을 이성적인 결론이라고 여길지도 모르지만, 나는 젊은이가 아니므로, 나 자신의 생각을 여러분에게 이야기해 보겠어요. 오늘 저녁에 이야기를 듣고 있는 동안에 마침 유사한 생각이 나의 머리에 떠올랐습니다. 현재 내가 지내고 있는 생활은 양심의 평안과 행복을 얻을 수가 없어요. 그것은 나에게 있어선 명백합니다. 그것은 경험과 이성이 보여주는 바입니다. 그러면 나는 대체 무엇을 기다리고 있는 걸까요? 아침부터 밤까지 가족을 위해 뼈빠지게 일하고 있지만 실제로 나타나는 결과는, 나도 가족도 하나님의 뜻에 어긋나는 생활을 하며, 점점 죄업罪業의 구렁텅이로 빠져들고 있을 뿐입니다. 가족을 위해 노력해도 가족은 좀처럼 좋아지지 않아요. 그것은 결국 가족을 위해 애쓰는 일이 선善이 아니기 때문입니다. 그래서 나는 늘 생각하고 있어요. ― 차라리 자신의 생활을 일변시켜, 이 젊은이가 말하는 것처럼 하는 편이 낫지 않을까? 하고 말예요. 즉 처자식 때문에 고민하는 걸 그만두고, 그저 영혼에 대해서만 생각하는 겁니다. 성聖 바울이 '아내가 있는 사람은 아내 생각을 하고, 아내가 없는 사람은 빵 생각을 한다' 고 말했는데 이는 아주 지당한 말이라고 생각합니다."

아내를 가진 남자가 이렇게 말하기가 무섭게, 그의 아내를 비롯하여 그 자리에 와 있는 모든 부인들이 일제히 그를 공격했다.

"그런 것은 좀더 일찍 생각했어야 했던 거예요" 하고 꽤 나이가 많은 부인 한 사람이 말했다. "일단 말馬을 부리는 데 쓰는 기구들을 장치한 이상, 마차를 끌고 가지 않으면 도리가 없어요. 그런 식으로 간다면, 누구든 가족을 부양해 가기가 괴로워졌을 때, 나는 이 속세에서 도망치고 싶다고 말할 거예요. 그런 짓은 사기꾼이며, 비겁자지요. 인간은 가족 속에 있으면서도, 신의 뜻에 어긋나지 않는 생활을 할 수 있어야 합니다. 그런 식으로 자기 혼자만 세상살이에서 도피하는 것은, 너무 안이한 짓이 아닐까요? 게다가 무엇보다 그런 짓을 하는 것은, 기독교의 가르침에 어긋나는 처사예요. 하나님은 남을 사랑하라고 하셨는데, 당신은 하나님을 핑계삼아 남을 모욕하려 하는 겁니다. 아내를 가진 사람에게는 일정한 의무가 있으므로, 그것을 소홀히 해서는 안 되지요. 하지만 만일 가족이 홀로서기 할 수 있게 된다면, 그것은 이야기가 달라집니다. 그런 때야말로 자신이 하고 싶은 대로 하면 되겠지요. 누군들 가족에게 압제壓制를 가할 권리 따위는 없으니까요."

아내를 가진 사람은 이 말에 동의하지 않는다. 그는 말했다. "나는 가족을 버리겠다고 말한 게 아닙니다. 내 말뜻은 가족이나 자식들을 세상 사람들과 같은 식으로 가르쳐서는 안 된다는 것이에요. 즉 방금 우리가 이야기한 것처럼 자신의 욕망을 위해 생활하는 습관을 만들지 말고, 어려서부터 결핍과 노동과, 타인에 대한 부조扶助와 특히 사해四海 동포주의 생활에 익숙해지도록 아이들을 가르쳐야 합니다. 그러기 위해서는 지위나 재산을 내던질 필요가 있어요."

"스스로 하나님의 가르침에 어긋나는 생활을 하고 있으면서, 남의 생활을 망치려 드는 겁니까?" 하고 아내는 울화가 치밀어 그의 말에 대답했다. "당신은 젊은 시절부터 당신 멋대로 생활해 오지 않았어요? 그런데 왜 자신의 아이들이나 가족은 괴롭히려고 하는 겁니까? 당분간은 무사 태평하게 키우고, 어른이 된 다음에 각자가 자신이 좋아하는 일을 하도록 하면 돼요. 그러니까 강요하는 듯한 그런 짓은 하지 말아줘요."

아내를 가진 남자는 입을 다물었다.

그러자 그 자리에 와 있던 노인이 그를 변호하기 시작했다.

"그건 그럴지도 몰라요" 하고 그는 말했다. "결혼한 남자가 일정한 수입에 맞추어 자신의 가족을 부양하다가 갑자기 그것을 중단해 버리는 것은 좋지 않은 일일지도 모르지요. 그렇다고 해둡시다. 실제로 어린애의 교육은 일단 시작했으면, 완전히 망가뜨리기보다는 끝까지 밀고 나가는 편이 좋을 겁니다. 아이들도 어른이 되면 스스로 가장 좋다고 생각한 길을 선택할 테니까요. 가족이 있는 인간이 무사히 원만하게 생활을 바꾸기는 어려워요. 아니 거의 불가능할 정도라고 보는 데에는 나도 이의가 없습니다. 이것은 요컨대 하나님이 우리 노인들에게 명하신 일이에요. 나 자신의 이야기를 해보지요. 나는 지금 일체 아무런 의무도 없는 생활을 하고 있습니다. 오직 자신의 식욕을 채우기 위해서 살아가고 있어요. 먹고 마시고 자고, 나 자신이 생각해도 한심스럽고 역겨운 느낌이 들 정도입니다. 그래서 나도 이제 이런 생활을 버리고, 내 재산을 사람들에게 깡그리 나누어 주어버릴 때가 왔다고 생각해요. 적어도 죽기 전에라도, 하나님이 명하신 기독교도다운 생활을 하고 싶습니다."

그러나 여기에 모여 있는 사람들은 노인의 이야기에도 찬성하지 않았다. 그 경우에는 그의 조카딸과 친척인 여자와 노인은 이 부인의 아이들에게 모두 세례를 받게 해 주었고, 축제일에는 언제나 선물을 보내기로 되어 있었다 아이들이 와 있었다. 그들은 모두 노인의 말에 반대했다. "안 됩니다"하고 아들은 말했다. "아버지는 평생동안 부지런히 일하셨으니까 이젠 편히 쉬셔야 하며, 스스로도 자신을 괴롭혀서는 안 됩니다. 아버지는 60년 동안이나 자신의 습관대로 살아오셨는데, 새삼스레 그것을 바꾸실 필요는 없어요. 아버지는 쓸데없이 자신을 괴롭힐 뿐입니다."

"그렇고 말고요" 하고 조카딸이 맞장구를 쳤다. "큰아버지는 부자유한 처지에 놓이면 틀림없이 심기가 나빠져 투덜투덜 잔소리가 많아져서 도리어 공연한 죄를 범하게 될 게 틀림없어요.

하나님은 자비하시니까 어떤 죄인이든 용서해 주십니다. 큰아버지 같은 좋은 분은 더더욱 그래요. 큰아버지."

"게다가 우리들이 그런 일을 한다고 해서 무슨 소용이 있겠나?" 큰아버지와 같은 연배인 다른 노인이 이렇게 말하기 시작했다. "우리는 앞으로 이틀도 더 살 수 없을지 누가 알겠나? 무엇 때문에 새삼스레 일을 벌이려는 건가?"

"이 무슨 이상한 일일까요?" 하고 손님 하나가 말했다. 그는 계속 입을 다물고 있었다. "정말 이상한 일이에요! 모두들 입을 모아 <하나님의 뜻에 합당한 생활을 하는 건 옳은 일이다. 우리는 옳지 않은 생활을 하고 있다. 영혼도 육체도 괴로워하고 있다> 등등, 말하고 있으면서, 막상 실행할 단계에 이르면, 아이들에게 타격을 주어서는 안 되므로, 하나님의 말씀을 따르지 않고 이전의 방식대로 교육시켜야 한다고 해 버리는 겁니다. 젊은이는 부모님의 의지意志를 거역하지 말고 하나님의 뜻을 따르지 않는 이전의, 생활을 그대로 해야 하며, 아내를 가진 남자는 처자에게 타격을 주지 않기 위해 하나님의 뜻을 따르지 않는 이전과 같은 생활을 하지 않으면 안 된다. 노인은 오랜 동안의 습관이라는 둥, 앞으로 이틀밖에 더 살 수 없을지도 모른다는 둥, 무엇 하나 새로이 시작해서는 안 된다는 결론입니다. 결국 누구 한 사람 옳은 생활을 할 수 없는 그저 그것을 화제로만 삼는 건 상관없다는 이야기군요."

빛이 있는 동안에 빛속을 걸어라

원시 기독교 시대의 이야기

33. 다시 한 비유를 들으라. 어느 집 주인이 포도원을 만들고, 울타리를 두르고 그 안에 즙 짜는 구유를 파고 망대를 짓고, 농부들에게 세를 놓고 타국에 갔는데,

34. 수확 때가 가까우매 그 과실을 받으려고 자기 머슴들을 농부들에게 보내니.

35. 농부들이 머슴들을 잡아 하나는 심히 때리고 하나는 죽이고 하나는 돌로 쳤거늘,

36. 다시 다른 머슴들을 처음보다 많이 보냈더니, 이들에게도 전처럼 그렇게 하였는지라.

37. 다음엔 자기 아들을 보내며 가로되 너희가 내 아들은 공경하리라 하였는데.

38. 농부들은 그 아들을 보고 서로 말하되 이는 상속자니 다 죽이고 그의 유업을 차지해야 한다 하고,

39. 그를 잡아 포도원 밖에 내쳐서 죽였느니라.

40. 그러면 포도원 주인이 왔을 때에 이 농부들을 어떻게 하겠느뇨.

41. 그들이 예수께 말하기를 이 악한 자들을 진멸하고 포도원은 제때에 실과를 바칠 만한 다른 농부들에게 세를 주어야 하나이다.

마태복음 제21장 33-41

1

그것은 그리스도의 탄생 후, 백 년이 지난, 로마황제 트라야누스가 로마를 다스리던 시대의 일이었다. 아직 그리스도의 제자, 또 그 제자들이 살아 있던 때로, 기독교도는 사도행전에 씌어져 있는 주님의 율법을 굳게 지키고 있었다.

믿는 무리는 한 마음과 한 뜻이 되어 누구나 소지품을 내 것이라고 하지 않고, 모든 것을 함께 공유共有하더라. 사도들은 큰 권력으로 주 예수의 부활을 증거하니 무리는 큰 은혜를 받았더라. 그 중에 궁핍한 사람은 하나도 없으니 이는 밭과 집이 있는 자는 그것을 팔아 그 판 값을 가저와 사도들의 발 아래에 놓으니 그것을 각자의 필요에 따라 나눠주더라

사도행전 제 4장 32-35

이러한 오래 전 시대에 키리키야국國의 타르소라는 고을에, 유베날리우스라는 부유한 상인商人이 살고 있었다. 그는 가난한 평민 출신이었지만 근면함과 재능으로 많은 재산을 모으게 되고, 고을 사람들로부터 존경을 받게 되었다. 그는 여러 나라를 여행하고 있었으므로, 정식 교육을 받지

는 못했지만 여러 가지를 알고, 또 이해하고 있었다. 고을 사람들은 그의 두뇌와 청렴함에 경의를 표했다. 그가 신봉하고 있던 신앙은 모든 명예로운 로마 제국의 관원과 백성이 준봉하고 있는 다신교多神敎였다. ― 그것은 아우구스투스 황제 이래 갖가지 의식을 까다롭게 집행하는 종교로, 지금의 황제 트라야누스도 그것을 굳게 지키고 있었다.

키리키야국은 로마로부터 멀리 떨어져 있었지만, 로마 태수太守, 지방의 장관의 지배를 받고 있었으므로, 로마에서 일어나는 일은 모두 키리키야에도 영향을 미쳤다. 태수들은 모두 황제의 흉내를 내는 것이었다.

유베날리우스는 어린 시절부터, 네로가 로마에서 저지른 일을, 여러 가지 이야기로 들어 알고 있었고, 많은 황제들이 잇따라 멸망해 가는 것도 보아왔다. 그는 천성적으로 현명한 사람이었으므로, 황제의 권력이나 로마의 종교에는 하나도 신성한 게 없으며, 그런 것은 모두 인간에 의해 만들어진 것임을 깨닫고 있었다. 그러나 동시에 현명한 사람이 늘 그렇듯이 이 권력에 거역하는 것은 손해이며, 자신의 안정을 위해서는 기존질서를 따라야 한다는 것도 그는 명심하고 있었다.

그러나 그럼에도 불구하고, 주변 생활의 어리석음, 특히 상용商用으로 이따금 로마에 나갔을 때 겪게 되는 일들은 흔히 그에게 곤혹감으르 주었다.

그의 마음에도 의혹이 생겼지만, 그의 이지理知는 모든 것을 포용할 힘이 없었기 때문에 그는 그것을 제대로 교육을 받지 못한 탓으로 여기고 있었다. 그는 결혼하여 네 명의 자식을 두었는데, 세 명은 어려서 죽고, 오직 율리우스라는 아들 하나만이 남았다.

이 율리우스에게 유베날리우스는 모든 애정과 마음을 기울였다. 특히 유베날리우스는 자신이 경험했던 것과 같은, 인생에서의 여러가지 의혹에 시달리지 않도록 아들 율리우스를 교육시키고 싶었다.

율리우스가 만 15세가 되었을 때, 아버지는 같은 고을에 사는 철학자의 집으로 보낼 때, 지금은 고인故人이 되었지만 일찍이 자신이 자유롭게 만들어준 노예의 아들인 판필리우스라는 친구를 함께 붙여주었다. 두 사람은 동갑으로, 둘 다 아름다운 청년이며 더구나 가까운 친구였다.

두 청년은 모두 열심히 공부했다. 또한 두 사람 다 품행이 단정했다. 율리우스는 시詩와 수학에, 판필리우스는 철학 연구에 뛰어났다.

졸업하기 1년 전인 어느 날 판필리우스는 학교에 오자, 스승을 향해 미망인으로 지내고 있는 그의 어머니가 친구와 함께 '다르느'라는 작은 마을로 이사를 가게 되어 자신도 어머니를 도와 함께 가게 되었으므로, 학문을 도중에 그만두지 않을 수 없게 되었다고 말했다.

스승은 자신이 자랑으로 여기고 있던 학생을 떠나 보내야 하는 것을 아쉬워했다. 유베날리우스도 아쉬워했다. 그러나 누구보다도 가장 헤어지기를 아쉬워한 것은 율리우스였다. 여기 머물러 공부를 계속 하라고 간곡히 만류해 보았지만, 판필리우스는 완강하게 불응하였다. 그리고 친구의 애정과 마음을 써 준 네 대해 감사한 다음, 일동과도 작별을 고했다.

2년이 지났다. 율리우스는 학업을 마쳤다. 그 동안 한 번도 자신의 친구들을 만나지 않았다. 어느 날 우연히 길에서 판필리우스를 만난 율리우스는, 그를 자신의 집으로 불러 들여, 어디서 어떻게 지내고 있는가고 여러 가지를 묻기 시작했다. 판필리우스는 그의 질문에 자신은 여전히 어머니와 둘이서 '다르느'라는 마을에서 살고 있다고 말했다.

"우리는 어머니와 나 단 둘뿐이 아니라네" 하고 그는 대답했다. "우리 외에도 많은 친구들이 있고, 그 사람들과 무엇이든 공동으로 해나가고 있다네."

"공동이라니, 어떤 식으로?"하고 율리우스가 물었다.

"요컨대 누구나 무엇하나 자기 것이라고는 생각지 않는다네."

"왜 그런 짓을 하는가?"

"우리는 기독교란 말일세" 하고 판필리우스는 말했다.

"저런!" 하고 율리우스가 외쳤다.

당시 기독교도가 되는 것은, 지금으로 말하면 음모단陰謀團에 가담하는 것이나 다름 없었다. 누구나 기독교를 믿고 있다는 것이 발각되면 즉각 감옥에 쳐 넣어져 재판을 받고, 만일 신앙을 버리지 않는다면 사형에 처해지는 것이었다.

그러한 사실을 알기 때문에 율리우스를 오싹 소름 끼치게 했던 것이다. 그는 기독교도에 관해 갖가지 무서운 이야기를 듣고 있었다.

"하지만 기독교도는 아이를 죽여 잡아 먹는다고 하던데, 그건 어떻게 된 거야? 도대체 자네도 그런 일에 가담하고 있나?"

"한번 와서 보라구"하고 판필리우스는 대답했다. "우리는 무슨 유별난 짓을 하고 있지는 않아. 우리는 단지 나쁜 일을 하지 않으려고 조심하면서 살아가고 있을 뿐이야."

"하지만 무엇 하나 자기의 것이라고 생각하지 않고 어떻게 살아갈 수 있나?"

"우리는 먹을 것엔 곤란을 당하지 않아. 우리가 자기의 형제를 위해 일하면 상대방도 우리를 위해 일해주니까."

"하지만 만일 자네는 형제들을 위해 일해준다고 해도 다른 형제들이 자네를 위해 일해주지 않으면, 그때는 대체 어떻게 하나?"하고 율리우스가 말했다.

"그런 사람은 하나도 없어"하고 판필리우스는 말했다. "그런 사람은 사치스런 생활을 좋아하기 때문에 우리들이 지내는 곳에는 오려고도 않지. 우리의 생활이란 순박한 것으로, 사치스런운 구석은 전혀 없으니까"

"그러나 거저 먹여주는 걸 기뻐하는 게으름뱅이도 세상에는 얼마든지 있지 않은가?"

"그야 그런 게으름뱅이도 얼마든지 있지. 우리는 그런 사람을 기꺼이 받아들이고 있어. 지난번에도 그런 사람이 찾아왔는데, 탈주한 노예였어. 처음에는 게으름만 피우려고 하고 좋지 않은 생활 태도를 보였지만 이윽고 생활 태도가 일변하여 지금은 선량한 형제가 되었지."

"그러나 만일 그 남자가 그른 마음을 고쳐먹지 않으면?"

"그야, 그런 사람도 있지. 키릴르스 장로長老의 말에 의하면, 그런 사람이야말로 가장 소중한 형제로서 다루어야 하고 더욱더 사랑해야 한다는 거야."

"도대체 불량배를 사랑할 수 있나?"

"인간은 사랑하지 않을 수 없지."

"그러나 남이 달라는 것을 일일이 다 줄 수는 없지 않는가?"하고 율리우스가 말했다. "우리 아버지만 해도 만일 남들이 원하는 것을 다 주어버리면 당장 빈털터리가 될 게다."

"내 말을 못 알아 듣고 있군"하고 판필리우스가 대답했다. "우리가 사는 곳에는 언제나 필요한 만큼의 물품은 남아 있어. 만일 식량이 떨어지거나 입을 것이 없을 경우에는 다른 사람에게 부탁하여 얻는 거야. 그러면 틀림없이 준다네. 그러나 그런 일은 아주 드문 일이지. 나도 딱 한 번 저녁 식사를 하지 않고 잔적이 있을 뿐이야. 그것도 너무 피로하여 형제의 집에 얻으러 가기가 귀찮았기 때문이지."

"자네들이 어떻게 지내고 있는지 모르지만" 하고 율리우스는 말했다. "아버지는 언제나 이렇게 말하고 있어 — 만일 자기의 것을 소중히 하지 않고 남들이 원하는 대로 주어버리면 스스로 굶어죽게 된다고 말야."

"하지만 우리는 굶어죽지는 않아. 한 번 와보라구. 우리는 아무런 불편 없이 지내고 있을 뿐만 아니라, 여분의 식량마저 많이 갖고 있지."

"어째서 그런가?"

"우리는 모두 같은 규율을 지키고 있지만, 그 규율을 실행하는 힘은 사람마다 가지각색이야. 어떤 사람은 충분히 갖고 있지만 어떤 사람은 조금밖에 갖고 있지 않아. 어떤 사람은 선행善行생활이 완성되어 있고, 어떤 사람은 겨우 그것을 시작했을 뿐이야. 우리의 선두에는 그리스도가 자기의 생활을 드러내 보이며 서 계시므로, 우리는 열심히 그를 본받으려고 노력하고, 그 속에서만 행복을 발견하고 있는 거야. 우리 중에서도 어떤 사람은, 이를테면 키릴르스 장로나 그의 동반자인 페라게야와 같은 분들은 우리들의 선두에 서 있지만, 어떤 사람은 그 뒤를 따라가고, 또 어떤 사람은 훨씬 더 뒤쳐져 있지. 그러나 모두 오직 한 길을 전진하고 있다네.

선두의 사람들은 이미 그리스도의 가르침에 접근하고 있지. ─ 그것은 곧 자기 부정인 거야. 자기의 영혼을 획득하기 위해 그것을 없애는 거지. 이러한 사람들에게는 아무것도 필요치 않아. 이러한 사람들은 자기의 몸을 아끼지 않고, 자기가 갖고 있는 것을 모두 그리스도의 가르침에 따라 원하는 사람에게 내주고 있지. 그러나 그보다 약한 사람들도 있어요. 그러한 사람들은 모든 것을 남에게 줄 수가 없지. 즉 약한 마음이 생겨, 아직 자기가 자기를 아끼는 거야. 늘 입고 있던 옷이나 늘 먹고 있던 음식이 아니면 안 되는 약한 사람들이므로, 모든 것을 남에게 줄 수가 없는 거야.

그러나 그보다 더 약한 사람이 있지. 그것은 최근에 이 길에 들어선 사람들이야. 이런 사람들은 아직 본래의 버릇을 버리지 못하여, 자기 곁에 많은 것을 남겨 놓고, 여분의 것만을 남에게 주는 거야. 이런 뒤떨어진 사람들도 선두의 사람들에게는 도움은 되지.

뿐만 아니라 우리는 모두 이교도異教徒와의 친척 관계 때문에 골치를 앓고 있어. 어떤 사람은 아버지가 이교도지만 재산이 많기 때문에 아들에게 부지런히 선물을 보내지. 아들은 그것을 원하는 사람에게 주어버리지만, 아버지는 또 보내오는 거야. 어떤 사람은 또 어머니가 이교도여서, 귀여운 아들에게 보조를 하고 있어. 또 개중에는 아들이 이교도이고 어머니가 기독교도인 경우도 있지. 아들이 어머니를 소중히 여겨, 남에게 주지 말라고 하면서 선물을 보내지. 그런데 어머니는 사랑하는 아들이 주는 것을 받기는 하지만, 그래도 역시 다른 사람에게 주어버리는 거야. 그리고 개중에는 아내가 이교도이고 남편이 기독교도인 경우도 있고, 남편이 이교도이고 아내가 기독교도인 경우도 있어.

이런 식으로 관계가 서로 얽혀 있기 때문에, 선두에 서 있는 사람들은 최후의 소유물까지 기꺼이 나누고 싶어 하면서도 그렇게 할 수 없는 거야.

그래서 약한 사람도 신앙 생활을 유지해갈 수 있는 것이고, 또 그 때문에 우리의 동료들에게 여분의 것이 비축되는 셈이지."

이 말을 듣고 율리우스는 이렇게 말했다.

"그러나 그렇다면 자네들은 그리스도의 가르침에 어긋나는 짓을 하면서 그것을 지키고 있는 체하고 있는 셈이군. 만약 깨끗이 나누어 버리지 않는 이상, 우리와 자네들 사이에는 아무런 차이도 없지 않은가. 내가 보기에는, 일단 기독교도가 된 이상은, 모든 걸 실행하지 않는다면 거짓이다. 모두 나누어주고, 거지가 되는 거야."

"그건 더할 나위 없이 좋은 일이지" 하고 판필리우스가 말했다.

"그러니까 그렇게 하라구."

"아, 자네들이 그렇게 하고 있는 것을 보면, 나도 그렇게 하겠어."

"우리는 어떤 것도 남에게 보이고 싶지는 않아. 그래서 자네에게도 권하는데, 남에게 보이기 위해 지금의 생활을 버리고, 우리의 동료가 될 생각은 하지 말라구. 우리는 우리들이 할 일을 하고 있을 뿐이야. 남에게 보이기 위해서가 아냐. 자기의 신앙에 따라 하고 있는 거야."

"신앙을 따른다는 건, 무슨 뜻인가?"

"신앙을 따른다는 것은, 요컨대 이 세상의 악惡과 죽음으로부터 구원받으려면 그리스도의 가르침에 따라 생활하는 수밖에 없다고 우리는 믿고 있다는 것일세. 우리에 대해 세상 사람들이 뭐라고 말하든, 그런 건 일체 상관하지 않아.

우리는 남을 위해 이런 생활을 하는 게 아냐. 그 속에서 생
生과 행복을 발견했기 때문이야."

"자기를 위해 생활하지 않을 수 없지" 하고 율리우스는
말했다. "하느님은 누구보다도 가장 자기 자신을 사랑하고,
자기를 위해 기쁨을 추구하는 본능을 우리에게 주셨다네.
그래서 자네들도 그런 생활을 하고 있는 것일세. 자네도 그
렇게 말하지 않았나. 자네들의 동료 중에도 자기를 아끼는
사람이 있다고 말야. 그런 사람들은 점점 자기의 기쁨을 추
구하게 되고, 점차 자네들의 신앙을 버리게 되지. 그리고
결국 우리와 같은 생활을 하게 되는 거지."

"아냐" 하고 판필리우스는 대답했다. "우리는 전혀 다른
길을 걷고 있으니까, 결코 난처해지는 일은 없을 뿐만 아니
라, 점점 더 강해져 가는 추세라네. 그것은 마치 타고 있는
불에 장작을 넣으면 결코 꺼지지 않는 것과 같지. 거기에
우리의 신앙이 있지."

"알 수 없군. 도대체 어디에 그 신앙이 있는 건가?"

"우리의 신앙은 다름아닌 바로 그리스도가 설명해 주신
것처럼, 인생을 해석하는 것이야."

"어떤 식으로?"

"그리스도는 이런 비유를 하셨어. 어느 농부가 남의 밭에
서 포도 농사를 지으며 살고 있었어. 그리고 밭 주인에게

공물貢物을 바치지 않으면 안 되게 되어 있었네. 그것은 일 테면 우리 인간이 이 세상에 살면서 하나님에게 공물을 바 치지 않으면 안 되는, 즉 하나님의 뜻을 실행해야 하는 것 과 같은 거지. 그런데 인간은 속세俗世의 신앙에 의해 밭을 자기의 것이라고 생각하고, 공물 따위는 바칠 필요가 없으 며 그냥 작물만 거두어들여 이용하면 된다고 생각하고 있 었던 거야. 밭 주인이 공물을 받아오도록 사람을 보냈지 만 농부들은 그를 쫓아버리고 말았어. 이번에는 주인의 아 들을 보냈는데, 그들은 그 아들을 죽여버리고, 이제 이렇 게 해두었으니 아무도 방해할 사람이 없으리라고 생각했 지. 이것이 곧 속세俗世의 신앙이며, 온 세계의 사람들이 모 두 그런 식으로 생활하고 있다네. 그리고 인생은 하나님을 섬기기 위해 주어져 있다는 것을 인정하려고 하지 않는 거 야. 그런데 그리스도는 우리에게 이런 점을 가르쳐 주셨 지. ─ 속세의 신앙은 밭 주인이 보낸 사람이나 아들을 내 쫓고 공물도 바치지 않으면, 그렇게 하는 편이 인간에게 편 리하다고 가르치고 있지만, 그 가르침은 잘못된 것이며, 결 국 공물을 바치거나, 아니면 밭에서 쫓겨나야 한다는 것이 야. 그리스도는 또 이런 것도 가르쳐 주셨지 ─ 우리가 즐 거움이라 부르고 있는 즐거움, 즉 먹거나 마시거나 법석하 는 일은, 그것이 인생의 본체本體라고 한다면 진정한 즐거움이라고는 할 수 없지. 다만 인간이 다른 것, 즉 하나님의 뜻을 이행하고자 할 때에만 비로소 진정한 기쁨이 되지. 오직 그때에만, 이 기쁨이 올바른 보답으로서 하나님뜻의 이행에 이어 솟아나는 거야. 하나님 뜻의 이행이라는 노고를 거치지 않고 기쁨을 얻으려고 하거나, 기쁨을 노고와 분리시키려고 하는 것은, 꽃을 꺾어 뿌리가 없는 채로 심는 것과 같은 짓이지. 우리는 그것을 믿고 있네. 그렇기 때문에 진리 대신 허위를 추구할 수는 없는 거야. 인생의 행복은 기쁨 속에 있는 게 아니라, 기쁨이나 그에 대한 기대 따위는 생각하지 않고 하나님의 의지를 이행하는 데 있어. 그것이 우리의 신앙이야. 요컨대 그런 식으로 우리는 생활하고 있네. 그러므로 생활해 갈수록 분명히 알게 되지만, 기쁨이나 행복이라는 것은 마치 수레바퀴와 나룻수레의 양쪽에 있는 긴 채의 관계처럼 언제나 신의神意의 이행 흔적을 따라가고 있지. 그리스도는 이렇게 말씀하셨지. "모든 피곤한 자, 또 무거운 짐을 진 자여 내게로 오라, 너희를 쉬게 하리라. 나는 마음이 온유하고 겸양하니, 나의 멍에를 지고 내게서 배우라. 너희는 마음의 평화를 얻으리라. 나의 멍에는 다루기 쉽고 나의 짐은 가벼우니라."

이렇게 판필리우스는 말했다. 그 말을 듣고 있던 율리우스의 마음이 움직였다. 그러나 그는 아직 판필리우스가 하는 말이 분명치가 않았다. 어쩌면 판필리우스가 거짓말을 하고 있는 것처럼 여겨지기도 했지만, 친구의 온순한 눈을 보고, 그 선량한 성질을 생각하니, 판필리우스가 자기가 자기를 기만하고 있는 것처럼 생각되기도 했다.

판필리우스는 한 번, 자기들의 생활을 보러 와서, 만일 마음에 들면 그대로 함께 지내지 않겠느냐고 율리우스에게 권했다. 그래서 율리우스도 그러겠다고 약속했다.

율리우스는 약속했지만, 그러나 판필리우스가 사는 곳에 가지 않았다. 자기 자신의 생활에 쫓겨, 이 친구의 일을 잊어버리고 있었다.

그는 기독교도의 생활에 끌려들어가지 않을까 하고 마음 속으로 두려워 하고 있는 형국이었다. 그는 기독교도의 생활이라는 것을, 생生의 모든 기쁨의 부정否定을 강요하는 것처럼 상상하고 있었다. 그런데 그는 이 기쁨 속에 생의 본질을 인정하고 있었기 때문에, 그것을 버릴 수가 없었다. 그는 기독교도를 비난하고, 자기가 한 그 비난의 말들을 스스로 존중하고 있었다. 그는 그 비난거리가 없어질까봐 두려워, 기독교도의 결점을 찾아낼 기회를 얻고자 했다.

언제 어디서 기독교도를 만나더라도, 그는 즉각 비난의 구실을 찾아냈다. 그들이 시장에서 과일이나 야채를 팔고 있는 것을 보면, 그는 마음 속으로, 때로는 그들을 향해 이렇게 말하는 것이었다. 당신들은 자기의 것은 무엇 하나 안 갖는다고 말하면서, 지금 당장 돈을 받고 물건을 팔고, 원하는 사람에게 거저 주려고 하지 않으니, 당신들은 스스로를 속이고 있는 거요, 라고 그는 말했다. 그리고 왜 그들이 시장에서 물건을 팔고, 사람들에게 거저 나누어주지 않는 것을, 필요하고 옳은 일이라고 인정했는가에 대해, 그들과 논의해 보려고는 하지 않았다.

좋은 옷을 입은 기독교도를 만났을 때에는, 왜 그 옷을 타인에게 주지 않느냐고 비난했다. 기독교도를 나쁜 사람으로 만드는 게 그에게는 필요한 일이었다. 그런데 그들은 결코 자기의 죄를 부정하지 않았기 때문에, 그들은 율리우스가 보기에는 죄인이었다. 그에 의하면 기독교도는 말뿐이고, 실행이 수반되지 않는 위선자이며 사기꾼이었다. 그는 이렇게 말했다 — 나는 적어도 말한 것은 실행하고 있지만, 당신들은 말과 행동이 달라요. 이런 식으로 스스로 자기를 납득시켰을 때, 그는 마음이 안정되어 이전과 같은 생활을 계속해 가는 것이었다.

2

율리우스는 선량한 성질이었지만, 부유한 청년의 관습대로 많은 노예를 부리고 있었다. 그리고 그들이 자기의 명령을 실행하지 않았을 때나, 자기가 기분이 언짢은 때에는 곧잘 잔혹하게 처벌했다. 그는 필요하지도 않은 값비싼 물품이나 의상을 많이 갖고 있었지만, 더 값비싼 것을 계속 손에 넣는 것이었다. 그는 연극이나 곡예·요술 등의 관람을 좋아했다. 이미 젊은 시절부터 많은 정부情婦를 두고, 친구들과 함께 습관적인 폭음 폭식에 몸을 내맡기고 있었다. 그는 자기의 생활을 되돌아보지 않고 있었기 때문에, 자기의 생활이 유쾌히 흘러가고 있는 것처럼 생각되었다. 그의 생활은 항상 즐기는 가운데 지나갔기 때문에, 생각하고 있을 틈이 없었던 것이다. 이렇게 2년이 지났다. 율리우스는 이런 식으로 일생을 마치리라고 생각하고 있었다. 하지만 그것은 불가능한 일이었다. 율리우스가 보내고 있는 생활 방식대로 한다면, 언제나 같은 유쾌함을 맛보기 위해서는 끊임없이 오락의 수단을 강화시켜 가지 않으면 안 되었다. 처음에 친구와 둘이서 술 한 잔 마시는 게 유쾌했다면, 그러한 만족감을 몇 번 되풀이한 다음에도 같은 유쾌함을 맛보려면 더 좋은 술을 더 마셔야 한다. 처음에 친구와 이야기하며 유쾌했다 해도, 너무 되풀이하면 싫증이 나므로, 같은 유쾌함을 얻기 위해서는 이번에는 여자 친구와 이야기해야 한다. 하지만 나중에는 그것도 부족해져, 어떤 다른 것이 필요해진다. 이윽고 그것도 부족해져 같은 여자 친구만으로는 싫증이 나므로 상대를 바꿀 필요가 생긴다. 모든 육체적 만족은 이런 식이다. 만족이 고갈되지 않도록 하려면 끊임없이 그것을 강화시켜 가야 한다. 만족을 강화시키고 또 증대시켜 가기 위해서는, 타인에게 보다 많은 것을 요구해야 한다. 타인에게 자기가 바라는 것을 시키기 위해서는, 권력자가 아닌 보통 사람의 경우에는, 예부터 오늘날에 이르기까지 단 하나의 방법밖에 없다 ― 돈이다. 율리우스도 그랬다. 그는 육체의 만족에 탐닉해 있었지만, 권력자가 아니었으므로, 끊임없이 그 만족을 증대시켜가기 위해 돈이 필요했다.

율리우스의 아버지는 부자인데다, 자기의 외아들을 사랑하고 자랑으로 여기고 있었기 때문에, 아들에게 아낌없이 돈을 주었다. 율리우스의 생활은 부유한 집의 청년이 흔히 그렇듯이 하는 일 없이 사치와 방자한 쾌락에 빠져들고 있었다. 그 쾌락은 예나 지금이나 변함없는 쾌락, 즉 술을 마시고 도박을 하고 창녀와 노는 일이었다.

그러나 율리우스가 탐닉하고 있던 쾌락은 잇따라 돈을 요구하고, 마침내는 율리우스도 돈을 마련하기가 어렵게 되었다. 한 번은 그는 여느때 받던 것보다 더 많은 돈을 아버지에게 요구했다. 아버지는 그 돈을 아들에게 건네주긴 했지만, 그러나 그때 아들에게 잔소리를 했다. 아들은 자기가 옳지 않다고 생각하면서도 자기의 죄를 인정하고 싶지 않았기 때문에, 자기의 죄를 느끼면서도 그것을 스스로 인정하기를 바라지 않는 사람들이 흔히 그렇듯이 뿌루퉁해서 아버지에게 불평을 했다. 아버지에게서 받은 돈은 순식간에 없어져버렸다. 뿐만 아니라 바로 이 무렵에 율리우스는 우연한 일로 술에 잔뜩 취한 친구와 싸움을 하다가 사람을 한 명 죽여 버렸다. 이 사건을 시장市長이 알아내어 율리우스를 감금하려고 했지만, 아버지가 운동을 하여 겨우 사면되었다. 이 무렵 율리우스는 유흥비로서 더욱 많은 돈이 필요해졌다. 그는 곧 갚겠다는 약속으로 친구에게서 돈을 빌렸다. 뿐만 아니라 정부情婦가 선물을 해달라고 조르기 시작했다. 진주 목걸이가 갖고 싶다는 것이다. 만일 이 요구를 들어주지 않으면, 여자는 자기를 버리고 전부터 사랑을 겨루고 있는 부자에게로 가버릴 것임에 틀림없다고 생각되었다. 그래서 율리우스는 어머니에게로 가서, 꼭 돈이 필요한데, 만일 필요한 만큼의 돈을 마련해주지 않으면 자살해 버리겠다고 말했다.

자기가 이런 처지에 빠진 데 대해, 그는 자기는 젖혀놓고 아버지를 원망했다. 그의 주장은 이러했다 — 아버지는 자기에게 사치스럽게 살아가도록 버릇을 들여놓았으면서, 나중에는 돈을 아까워하기 시작했다. 만일 아버지가 처음부터 잔소리를 하지 않고, 나중에 건네준 만큼의 돈을 주었다면 자기는 처신을 반듯하게 하여 이렇게 곤란해지지는 않았을 것이다. 아버지가 주는 돈이 언제나 부족했기 때문에, 자기는 할 수 없이 고리대금업자를 찾아갔다. 그런데 고리대금업자들이 돈을 너무 착취해 버리기 때문에 부잣집 아들다운 생활을 할 수 없게 되었다. 그래서 자기는 친구들 앞에서 창피한 꼴을 당했다. 아버지는 그러한 것을 조금도 헤아려주려 하지 않는다. 자기에게도 젊은 시절이 있었음을 잊고 사람을 이런 처지에 빠지게 했다. 이번에 요구한 금액을 주지 않으면 그야말로 자살해 버리겠다고 했다.

아들의 이런 이야기를 듣고, 아들에게 무른 어머니는 아버지에게로 갔다. 아버지는 아들을 불러, 모자 두 사람에게 잔소리를 하기 시작했다. 아들이 난폭하게 말대꾸를 했다. 아버지는 그를 후려갈겼다. 아들이 아버지의 양팔을 잡았다. 아버지는 노예를 불러, 아들을 결박하여 가두어 두라고 명령했다.

  혼자 있게 되자, 율리우스는 아버지를 저주하고, 자기의 생활을 저주했다. 자기가 죽거나 아버지가 죽어야 한다, 그 외에는 지금의 궁지에서 벗어날 방법이 없는 것처럼 생각되었다. 율리우스의 어머니는 아들 이상으로 괴로웠다. 도대체 누가 나쁜지, 그녀로서는 판단할 수가 없었다. 그녀는 사랑스러운 아들을 불쌍히 여겼다. 그녀는 남편에게로 가서 아들을 용서해 주라고 청했다. 남편은 그 말을 받아들이지 않고, 도리어 아들을 타락시켰다며 아내를 나무라기 시작했다. 그러자 아내도 남편을 비난하고, 마지막에 남편은 아내를 갈겼다. 그러나 어머니는 자기가 얻어맞은 것 따위는 아무렇지도 않게 생각했다. 그녀는 아들에게로 가서, 아버지에게 용서를 빌고 아버지의 말에 따르라고 설득했다. 그녀는 그 대신, 남편 몰래 필요한 만큼의 돈을 마련해 주겠다고 약속했다. 아들은 동의했다. 어머니는 다시 남편에게로 가서, 아들을 용서해 주라고 애원했다. 아버지는 한동안 아내와 아들에 대해 욕을 하고 있었지만 마침내 용서해 주기로 결심했다. 다만 율리우스가 방탕한 생활을 청산하고, 이전부터 점찍어두고 있던 부유한 상인의 딸과 결혼해야 한다는 조건부였다.

  "그렇게 하면 그놈은 내게서도 돈을 받을 수 있고, 신부의 지참금도 손에 넣게 되겠지" 하고 아버지는 말했다. "그 때는 반듯하고 올바른 생활을 하지 않으면 안 되고, 만일 그 놈이 내 말대로 하겠다고 약속하면, 나도 용서해 줄 테요. 그러나 지금은 아무것도 줄 수 없어요. 그리고 만일 조금이라도 나쁜 짓을 하면, 시장의 손에 넘겨버릴 거요."

율리우스는 모든 걸 승낙하고 용서를 받았다. 그는 지금까지의 좋지 않은 생활을 버리고 결혼하겠다고 맹세했다. 하지만 그는 그렇게 할 의향은 없었다. 그에게 있어 가정 생활은 이젠 지옥으로 변했다. 아버지는 그와는 말도 하지 않고, 끊임없이 그에 관한 일로 어머니와 서로 다투고 있었다. 어머니는 울고만 있었다.

이튿날, 어머니는 율리우스를 자기 방으로 불러, 살짝 보석 하나를 건네주었다. 그것은 남편의 것을 훔쳐온 것이었다.

"자, 이것을 팔도록 해라. 하지만 이곳 말고, 다른 고을로 가서 팔도록 해. 그리고 어쩔 수 없는 것부터 해결을 해라. 나는 당분간 보석이 없어진 사실을 탄로나지 않게 할 테니까. 만일 없어진 것이 탄로나게 되면, 어느 노예에게 죄를 덮어씌울 테니까."

어머니의 말은 율리우스의 마음을 움직이게 했다. 그는 어머니의 행동에 놀라고 오싹 소름이 끼쳐, 보석을 받지 않고, 그대로 집을 뛰쳐나갔다. 그는 어디에 무엇을 하러 가는지 스스로도 알 수 없었다. 그는 계속 앞으로만 걸어가고을 밖으로 나가버렸다. 혼자가 된, 자기에게 일어난 일과, 앞으로 일어날 일 등을 신중히 생각해 봐야 할 것 같은 느낌이 들었기 때문이다. 정처없이 계속 걸어가고 있는 동안에, 드디어 고을을 벗어나 여신 다이애나 ^{수많은 이교의 여신 중의 하나} 의 신전神殿으로 들어갔다. 조용하고 인기척이 없는 곳으로 더듬어 들어간 그는, 생각에 잠기기 시작했다. 제일 먼저 머리에 떠오른 생각은, 여신에게 도움을 청하는 일이었다. 그러나 그는 이미 신을 믿고 있지 않았기 때문에, 도움을 기대할 수 없다는 걸 알고 있었다. 만일 신이 아니면 대체 누구에게 구원을 요청하면 좋단 말인가? 스스로 자기의 처지를 곰곰이 생각하기가 너무 두려운 느낌이 들었다. 그의 마음속은 혼란과 암흑으로 닫혀져 있었다. 하지만 달리 어찌할 도리가 없다. 자기의 양심과 상의하는 수밖에 없었다. 그래서 그는 양심의 심판 앞에서, 자기의 생활과 행위를 음미하기 시작했다. 그러자 그 두 가지가 다 옳지 않은 것, 특히 가장 어리석은 것으로 비쳤다. 무엇 때문에 아아 스스로 자신을 괴롭혔던가? 무엇 때문에 자기의 생활을 망쳤는가? 기쁨은 적고, 슬픔과 불행만이 많았다. 무엇보다도 나빴던 것은, 자기를 고독한 몸이라고 생각한 일이었다. 이전에는 자애로운 어머니가 있었고 아버지가 있었다. 친구도 있었다. 하지만 지금은 아무도 없다. 누구 한 사람 그를 사랑하는 이가 없다. 모두 그를 귀찮은 존재로 여기고 있다. 그는 이미 많은 사람들에게 있어, 생활의 방해자가 되어버린 것이다. 어머니에게 있어서는 아버지와 싸우는 원인이 되었고, 아버지에게 있어서는 평생 동안 힘겹게 모은 재산의 낭비자가 되고, 친구들에게 있어서는 위험하고 불유쾌한 경쟁자가 되었다. 이 모든 사람들에게 있어, 그의 죽음은 당연히 바람직한 일이었다.

자기의 생활을 음미해 가는 동안에, 그는 문득 판필리우스에 관한 일과, 마지막으로 그를 만났던 때의 일, 그리고 판필리우스가 자기를 기독교도들이 살고 있는 곳으로 초청한 일 등을 생각해냈다. 차라리 집으로 돌아가지 말고, 느닷없이 여기서 기독교도들이 사는 곳으로 가서, 그곳 사람이 되어버리자, 이런 생각이 그의 머리에 떠올랐다. 그러나 나의 도대체 이러한 처지가 그토록 절박한 것일까? 하고 그는 고쳐 생각하고, 또 다시 자기의 과거를 회상하기 시작했다. 그러자 다시금 누구도 자기를 사랑하고 있지 않고, 자기도 누구 한 사람 사랑하고 있지 않은 듯한 느낌이 들어, 그는 저도 모르게 전율했다.

어머니와 아버지, 친구들 — 모두가 그를 사랑하고 있지 않다. 아니, 그가 죽기를 바라고 있을 것임에 틀림없다. 그러나 그 자신도 과연 누군가를 사랑하고 있는 것일까? 그는 친구들 중의 어느 누구도 사랑하고 있지 않음을 깨달았다. 그들은 모두 경쟁자이고, 그가 불행에 빠진 지금에 이르러서는 인정 사정이 있을 턱이 없었다. 아버지는? 하고 그는 자문했다. 그런 물음과 동시에 자기의 마음을 들여다보았을 때, 그는 두려움에 사로잡혔다. 그는 아버지를 사랑하고 있지 않을 뿐만 아니라, 그 억압과 포악스러움 때문에 증오감을 느끼고 있었다. 그는 증오하고 있었다 — 뿐만 아니라 율리우스 자기의 행복을 위해, 아버지의 죽음이 필요한 건 명백한 일이었다.

"그렇다" 하고 율리우스는 자문했다. "만일 내가 하는 일을 결코 아무도 안 보고 눈치채지 못하리라는 것을 알고 있다고 치고, 일격에 아버지의 목숨을 빼앗고, 자기를 자유롭게 만들 수 있다면?" 그러자 율리우스는 이렇게 자답自答했다. "그렇다, 나는 죽일 것임에 틀림없다." 그는 이렇게 자답하면서 스스로 자기에게 섬뜩함을 느꼈다. "어머니? 나는 그분을 측은하게 생각하지만, 그러나 역시 사랑하고 있지는 않아요. 어머니가 어떻게 되든 전혀 상관없어요. 내게는 단지 어머니의 도움이 필요할 뿐이죠.…… 그래요, 나는 짐승이죠! 더구나 몰이꾼에게 바싹 추적당하고 있는 짐승이에요. 다만 짐승과 다른 점은, 나의 의지로 이 거짓투성이인 옳지 못한 생활에서 탈피할 수 있다는 것, 짐승은 할 수 없는 것 ─ 즉 자살을 할 수 있다는 것뿐이죠. 아버지는 밉고, 나는 누구도 사랑하고 있지 않습니다, 어머니도 친구들도…… 다만 판필리우스 한 명 정도는…….”

그는 또 이 친구들에 관한 것을 머리에 떠올렸다. 마지막으로 만났던 때의 일에서부터 그때 판필리우스가 말한 “모든 피로해진 자, 그리고 무거운 짐을 진 자여 내게로 오라. 내가 너희를 쉬게 하리라”라는 그리스도의 말을 생각해냈다. 도대체 이것은 진실일까? 하고 그는 생각했다. 그리고 판필리우스의 조심스럽고 두려운 빛도 없고 기쁨으로 충만한 얼굴을 떠올렸다. 그러자 그의 얼굴이 보고 싶고, 그의 목소리가 듣고 싶어졌다. 그리고 판필리우스가 한 말을 믿고 싶어졌다. “도대체” 하고 그는 혼잣말을 했다. “나는 어떤 인간인가?” ─ 행복을 추구하는 인간이다. 나는 그것을 욕망 속에서 추구했지만 발견할 수 없었다. 그리고 나와 같은 생활을 하고 있는 인간도 모두 마찬가지로 발견하지 못하고 있는 것이다. 모두가 틀렸다. 그리고 모두 괴로워하고 있는 것이다. 그런데 아무것도 구하지 않기 때문에 언제나 기쁨으로 충만해 있는 인간이 있다. 그 사나이는 이렇게 말했지 ─ 자기와 같은 인간이 많이 있어서, 이윽고 모든 사람이 그렇게 되리라고. 자네도 그리스도의 말에 따르기만 하면 역시 그렇게 될 수 있다고. 만일 이 말이 진실이라면 어떻게 할까?

"진실인가 진실이 아닌가 — 나는 그쪽에 마음이 끌린다, 한 번 가보자."

이렇게 혼잣말을 한 율리우스는 숲에서 나오자, 이제 두 번 다시 집에 돌아가지 않을 결심을 하고, 기독교도들이 살고 있는 마을로 향했다.

3

율리우스는 기쁜 듯이 힘차게 걸어갔다. 앞으로앞으로 나아가며 판필리우스의 말을 생각해내면서, 기독교도의 생활을 생생하게 상상하면 할수록 그의 마음은 더욱더 기쁨으로 충만해져 갔다.

이미 시간은 해질녘이었다. 그가 잠시 쉬려고 생각하고 있을 때, 우연히 길가에서 도시락을 먹으면서 휴식하고 있는 한 남자를 만났다. 그는 영리해 보이는 얼굴을 한 중년 남자였다. 그는 길가에 앉아 올리브 열매와 우유과자를 먹고 있었다. 율리우스를 보자, 그는 싱글싱글 웃으며 이렇게 말했다.

"안녕하시오, 젊은이. 갈 길이 멀거든 앉아서 쉬었다 가도록 해요."

율리우스는 고맙다고 하고 그 옆에 앉았다.

"어디에 가오?" 하고 낯선 남자는 물었다.

"기독교도들이 사는 마을예요" 하고 율리우스는 말하고, 자기의 생활과 이번의 결심을 처음 보는 남자에게 모조리 이야기해 들려주었다.

낯선 남자는 주의 깊게 들은 다음, 여러 가지를 자세히 물었지만, 자기의 의견은 말하지 않았다. 율리우스가 이야기를 끝냈을 때, 낯선 남자는 남은 음식을 봉지에 담고, 옷의 구겨진 곳을 펴면서 말하기 시작했다.

"젊은이, 그런 생각은 실행하지 않는 게 좋아. 자네는 망설이고 있어. 나는 생활을 알고 있지만, 자네는 아직 그것을 알지 못하고 있어요. 나는 기독교도를 알고 있지만, 자네는 아직 그들을 알지 못하고 있어. 알겠나, 내가 자네의 생활이나 사상을 깨끗이 풀어헤쳐 주겠네. 내 말을 들은 다음에, 스스로 옳다고 여겨지는 쪽으로 결심을 하는 게 좋을 거요. 자네는 아직 젊고, 부자이고, 아름답고, 힘이 넘치고 있어 ― 자네의 몸 속에는 욕망이 들끓고 있네. 자네는 정욕情欲 때문에 마음이 흔들리거나 정욕의 결과에 번민하는 일이 없는, 조용한 선착장을 찾다가, 기독교도들이 사는 곳에서 그러한 피난처를 발견할 수 있으리라는 생각을 갖고 있지. 그런데 젊은이, 그러한 장소는 어디에나 있는 게 아냐. 왜냐하면 자네의 마음을 혼란스럽게 만드는 것은 키리키야에도 없고 로마에도 없다네. 단지 자네 자신 속에 있는 거지. 속세와 떨어진 조용한 마을에도, 역시 같은 욕망이 자네를 괴롭힐 거야. 다만 다른 점은, 그것이 백 배나 더 강해질 뿐이라는 점이야. 기독교도의 기만, 이렇게 말하는 게 지나치다면 오류는 나는 그들을 비난하고 싶지 않아, 바로 그들이 인간의 자연성을 인정하려고 하지 않는 점에 있는 걸세. 그들의 가르침을 완전히 실행할 수 있는 사람은, 이미 정욕이 시들어버린 노인들뿐이지. 혈기 왕성한 인간, 특히 자네처럼 아직 인생이나 자기 자신에 대해서도 충분히 알지 못하고 있는 청년은, 그들의 규율에 따를 수가 없네. 왜냐하면 이 규율의 기초가 인간의 자연성이 아니라, 교조教祖 그리스도의 태평스런 말 재간에 자나지 않기 때문이야. 만일 자네가 그들에게로 가면, 지금 괴로워하고 있는 것과 똑같은 괴로움을 맛보아야 하네. 더구나 그 괴로움의 정도가 훨씬 강할 걸세. 지금이야말로 자네의 정욕은 그릇된 길로 자네를 이끌어가고 있지만, 그러나 일단 방향을 잘못 잡은 후라도, 다시 그것을 고칠 수가 있지. 그것은 뭐니뭐니 해도 실제로 자네는 해방된 정열, 즉 생生의 만족감을 갖고 있지 않은가 말이야. 그런데 그들의 동아리로 들어가서 무리하게 자기의 정욕을 억누르면, 자네는 지금과 같은 방황을 되풀이할 뿐만 아니라, 더 지독한 상황에 직면할 걸세. 게다가 충족되지 않는 인간적 요구의 괴로움을 끊임없이 경험할 것임에 틀림없네. 만일 둑을 터서 물을 내보내면 그 물은 대지나 초원이나 동물을 윤택하게 하겠지만, 반대로 막아놓으면 물은 둑을 넘어 흙탕물이 되어 흘러내릴 테지. 인간의 정욕도 그와 같은 거지. 그리스도의 가르침은 그들의 위로慰勞가 되어 있는 신앙에 대해서는 잠시 언급하지 않기로 하고, 기독교도의 인생에 대한 가르침은 다음과 같은 것이라네. 그들은 강제란 것은 인정하지 않으므로, 따라서 전쟁이나 재판도 인정하지 않네. 물품의 사유私有라는 것도 인정하지 않으며, 학문이나 예술도, 그밖에 인간의 생활을 경쾌하고 기쁘게 만드는 것을 일체 인정하려 하지 않네.

　만일 사람들이 모두 그들이 그리는 교조 그리스도와 같은 인간이라면, 그것은 모두 더할 나위 없이 좋은 일임에 틀림없지. 그러나 실제로 그런 일은 있지도 않고 또 있을 턱이 없는 거라네. 인간은 사악한 존재로, 정욕의 포로인 거야. 이 욕정의 장난과 거기서 생겨나는 갈등이, 요컨대 인간을 현재의 생활 조건하에 묶어두고 있는 거지. 야만인은 일체 남에게 사양할 줄 모르므로, 만일 모든 인간이 기독교도처럼 순종한다면, 단 한 명의 야만인이 자기의 욕망을 만족시키기 위해 온 세계를 멸망시킬 수 있을 것임에 틀림없어. 만일 신神들이 인간에게 분노나 복수, 악한 자에 대한 증오의 마음마저 내려주었다면, 그것은 이러한 감정이 인간의 생활에 없다면 견딜 수 없기 때문이지. 기독교도의 가르침에 의하면, 이러한 감정은 좋지 않은 것이야. 이러한 감정이 없었다면 인간은 행복해져서, 살인도 형벌도 전쟁도 없어질 것이라고 말하지. 그건 맞는 말인데, 그러나 그런 말을 하는 것은, 인간이 행복해지고 싶으면 먹지도 말고 있으라고 하는 것과 같아요. 실제로 그렇게 하면 탐욕이나 굶주림, 그리고 거기서 생겨나는 모든 불행이 없어질지도 모르지만, 그러나 이 가정假定은 결코 사람의 본성을 변화시킬 수는 없지. 만일 이삼십 명 정도의 사람들이 이것을 믿고, 정말로 음식을 먹지 않아 굶어죽었다고 해도— 그래도 인간의 본성을 변화시킬 수는 없네. 그밖의 욕망도 이와 마찬가지야. 불평이나 분노나 복수도, 여자에 대한 사랑도, 사치나 명예나 웅대함을 사랑하는 마음도 모두 신神들에겐 고유한 것이기 때문에, 따라서 인간에게 있어서도 불변의 성질이 되는 거지. 음식 섭취를 부정하면 인간은 죽어버리네. 이와 마찬가지로 인간 본래의 욕망을 없애버리면— 인류도 멸망할 것임에 틀림없어. 기독교도가 부정하고 있다는 '재산의 사유'에 대해서도 같은 말을 할 수 있네. 자기의 주위를 둘러보게. 제각기 의 포도밭도 제각기의 울타리도 제각기의 집도, 당나귀도— 모두 사유라는 조건 하에 비로소 인간에 의해 만들어지고 길러진 거지. 사유의 권리라는 것을 부정해 보라구. 포도밭은 하나도 경작되지 않고, 한 마리의 동물도 사육되지 않을 걸세. 기독교도는 사유라는 게 없다고 공공연히 말하고 있지만, 그들은 그 결실을 수확하고 있네. 그들은 모든 것을 공유共有라고 일컬으며, 모든 것을 함께 가지고 모이고 있지만, 그러나 그들이 가지고 모이고 있는 것은, 사유 재산을 갖고 있는 사람들로부터 받은 것이라네. 그들은 그저 세상 사람들을 기만하고 있을 뿐이야. 호의적으로 보아준다고 해도 스스로 자기를 기만하고 있는 거야. 자네는 그들이 입에 풀칠을 하기 위해 스스로 일하고 있다고 말하고 있지만, 그러나 그들이 일해 번 돈만으로는 자기를 부양할 수 없기 때문에 그들은 사유 재산을 인정하는 사람들이 만든 것을 이용하고 있다네. 설사 그들이 입에 풀칠을 할 수 있었다고 해도, 그것은 단지 생활을 지탱해갈 뿐으로, 그들 사이에는 이미 과학이나 예술 등은 존재할 여지가 없어질 걸세. 그들은 무엇보다도 우리의 과학이나 예술의 유익함을 인정하지 않는다네. 사실 그들은 그럴 수밖에 없을 거야. 그들의 가르침 전체가 인간을 원시 상태로, 야만스런 동물적인 상태로 되돌아가게 하는 것에만 전념하고 있지. 그들은 과학이나 예술로써 인류에게 봉사할 수 없기 때문에, 또 그러한 것을 알지 못하기 때문에 무조건 그것을 부정하는 거라네. 즉 인간의 특성을 가지고 인간을 신에게 접근시키는 재능으로는 인류에게 기여할 수가 없는 거야. 그들에게서는 신전神殿도 조상彫像도 극장도 박물관도 도저히 출현시킬 수가 없어요. 그들은 그러한 것들은 필요 없다고 말하고 있지만, 자기의 저열低劣함을 부끄럽게 여기지 않아도 되는 가장 손쉬운 방법은— 바로 고원高遠한 것을 경멸하는 일이지. 그들은 결국 그 짓을 하고 있는 셈이지. 그들의 교조 그리스도는 불학무식한 사기꾼이야. 그리고 그들은 그 흉내를 내고 있는 거야. 뿐만 아니라 그들은 무신론자지. 신神들을 인정하지 않을 뿐더러, 인사人事에 대한 그 교섭조차도 인정하지 않네. 그들에게 있어서는 자기들의 도사導師인 아버지와 도사 자신이 있을 뿐이니까. 그들은 도사인 아버지를 우리의 아버지라고 부르고 있고, 도사 자체는 그들의 생각에 의하면, 인생의 모든 비밀을 계시啓示하는 사람이라네. 그들의 가르침은 가엾기 짝이 없는 기만에 지나지 않네. 이 점을 알아야 하네. 우리의 가르침에 의하면, 세계는 신들에 의해 유지되고, 신들은 인간을 수호하고 있지. 그러므로 인간은 올바른 생활을 하려고 하면, 신들을 공경하는 동시에, 또 스스로 구하고 생각하지 않으면 안 되지. 그러므로 이 인생을 지배하고 있는 것은, 한쪽에서 보면 신들의 의지이고, 또 다른 쪽에서 말하면 온 인류의 예지의 총체이네. 우리는 살며 생각하며 희구하고 있기 때문에, 따라서 진리를 향해 나아가고 있는 셈이지. 그런데 그들에게는 신들도, 그 의지도 인간의 예지도 없고, 단지 못박혀 죽은 자기들의 도사와, 그가 한 말에 대한 맹목적인 신앙 — 그저 그것뿐이지. 도대체 어떤 지도자 쪽이 더 의지가 되겠나 — 신들의 의지와, 온 인류의 예지로운 자유의 공동 활동인가, 아니면 한 사람의 말에 대한 강제적이고 맹목적인 신앙일까?"

낯선 남자가 말한, 특히 마지막 한 마디가 세차게 율리우스의 가슴에 와 닿았다. 기독교도들이 사는 곳으로 가려던 생각이 동요하기 시작했을 뿐만 아니라, 지금생각해 보니, 자기의 불행에 압도되어 이러한 미치광이 같은 결심을 한 것이 이상하게 생각되었다. 그러나 그에게 있어서는 아직 한가지 의문이 남아 있었다! 지금 자기는 어떻게 하면 좋은가, 현재의 괴로운 처지를 어떻게 타개할 것인가 하는 점이었다. 그는 자기의 신상 이야기를 한 다음, 낯선 남자의 의견을 듣고 싶다고 말했다.

"바로 그 점을 나도 지금 말하려고 생각하고 있었네" 하고 낯선 남자는 이야기를 계속했다.

"자네는 앞으로 어떻게 하면 좋겠는가 이런 말이지? 인간의 예지가 미치는 한, 자네가 가야 할 길을 나는 분명히 알고 있네. 자네의 불행은 모두 인간 고유의 정욕에서 일어난 것일세. 정욕이 자네를 유혹하여 먼 곳에까지 깊이 빠져들게 만들었어. 요컨대 그 때문에 자네는 괴로워한 것이지. 그것은 이 세상의 흔해빠진 교훈이지. 자네는 이 교훈을 이용해야 하네. 자네는 여러 가지를 경험했기 때문에 쓴맛 단맛을 다 알게 됐지. 앞으로는 두번 다시 같은 과오를 되풀이하지 않을 거야. 자기의 경험을 이용하도록 하게. 무엇보다도 가장 자네를 괴롭히고 있는 것은, 아버지와의 불화야. 이 불화는 자네의 현재의 상태에서 생겨났으므로, 한 번 다른 상태를 택하는 게 좋아. 그러면 이 불화는 자연히 소멸되거나 혹은 적어도 그다지 병적病的인 현상은 보이지는 않게 될 거야.

자네의 불행은 모두 자네의 상태가 올바르지 않아서 생겨난 걸세. 자네는 너무 청년의 환락에 지나치게 탐닉했어. 그건 자연스런 일이었고, 따라서 그런 대로 좋았어. 결국 나이에 상응한 동안은 그런 대로 좋았던 거야. 그러나 그럴 때는 이미 지났네. 자네는 한 사람의 온전한 남자의 능력을 구비했으면서도, 젊은 혈기가 빚은 잘못에 몸을 맡겼기 때문에 상황이 나빠진 거야. 자네는 이제 한 사람 몫의 남자가 되어, 한 공민公民으로서 나라를 위해 진력하고, 그 복지를 위해 노력해야 할 시기에 도달한 것이네. 아버지가 결혼하라고 권했다는 것은 아주 현명한 생각이네. 자네는 인생의 한 시기― 청년 시대를 거쳐, 제2의 시대로 접어든 것이지. 자네의 불안감은 모두 과도기의 증표에 지나지 않아. 청춘은 지나갔음을 자각하고, 성인으로선 어울리지 않는 치기稚氣는 결연히 버리고, 새로운 길로 나가도록 하게. 청춘의 쾌락은 버리고 결혼을 하게. 그리고 가업家業이나 사회사업이나 과학, 예술의 길로 나가도 좋겠지. 그러면 아버지나 친구들과도 화목해질 수 있을 뿐만 아니라, 안정과 기쁨을 찾을 수 있을 거야. 무엇보다도 자네를 괴롭히고 있는 것은, 그런 경우의 부자연스러움일세. 자네는 이미 제몫을 할 수 있는 남자가 되었으므로, 결혼하여 한 여자의 남편이 되어야 하네. 그러므로 나의 첫째 충고는, 아버지의 뜻에 따라 결혼하라는 것이지. 만일 자네가 기독교도들 중에서 찾으려고 했던 고독한 생활이 소망이라면, 즉 실제적인 활동과는 다른 철학적 경향을 자기의 내부에 감지한다면, 자네는 그러한 방향에 몸을 바쳐 사회에 유익한 일을 할 수도 있을 거야. 그러나 그것은 진정한 의미의 인생을 다 알고 난 다음의 이야기지. 그런데 그것을 알려면, 독립된 시민 즉 한 가정의 가장이 되지 않으면 안 되지. 만일 그 후에도 고독한 생활에 마음이 끌린다면, 그러한 생활에 몸을 맡기는 것도 좋아. 그때야말로 그것이, 지금과 같은 불만의 발작과는 달리, 진정한 정신적 욕구가 될 걸세. 그때야말로 정말로 그리로 가는 게 좋아."

마지막 말은 무엇보다도 강하게 율리우스를 설복說伏했다. 그는 낯선 남자에게 고맙다는 인사를 하고 집으로 돌아왔다. 어머니는 기뻐하며 그를 맞았다. 아버지도 그가 자기의 뜻에 따라 자신이 선택한 아가씨와 결혼하겠다고 말하는 것을 듣고, 아들과 화해하기로 했다.

4

3개월 후, 율리우스는 에우란피야라는 예쁜 아가씨와 화촉을 밝혔다. 율리우스는 생활을 일변하여, 신부와 둘이서 따로 집을 마련하고, 아버지가 위임한 가업의 일부를 떠맡기로 했다.

한 번은 그가 상용商用으로 볼일이 있어 이웃 마을에 갔다. 어느 상인의 가게에 앉아 있자니까, 예전의 친구인 판필리우스가 낯선 아가씨와 둘이서 가게 앞을 지나가는 모습을 보았다. 두 사람은 포도가 담긴 무거워 보이는 짐을 둘러메고 팔러 가는 참이었다. 율리우스는 옛 친구임을 알아보고 재빨리 그 옆으로 다가가 가게 안으로 들어가 잠시 이야기를 하지 않겠느냐고 말했다.

판필리우스가 옛 친구와 함께 가서 이야기를 나누고 싶기도 하고, 동행을 두고 가기도 어쩐지 마음에 걸려하는 표정으로 서 있는 것을 보고, 아가씨는 자기는 별로 동행자가 없어도 되므로 혼자 포도 옆에 앉아서 사러오는 사람을 기다리고 있겠다고 서둘러 말했다.

판필리우스는 그녀에게 고맙다고 말하고, 율리우스와 함께 가게로 들어갔다. 가게로 들어가자, 율리우스는 친한 사이인 주인을 향해, 친구와 함께 안으로 들어가도 되겠느냐고 물었다. 좋다는 대답을 듣고, 그는 판필리우스와 둘이서 안쪽 방으로 들어갔다.

두 친구는 서로 상대방의 생활 상태를 물었다.

판필리우스의 생활은 지난번에 만났을 때 이후로 별로 달라지지 않은 것 같았다. 그는 기독교도들 속에서 생활을 계속하며, 아직 아내도 맞아들이지 않고 있었다. 그리고 자기의 생활은 해마다, 날마다, 시시각각 기쁨을 더해가고 있다고 친구에게 이야기해 들려주었다.

율리우스는 자기가 그 동안 겪어온 일들을 모조리 이야기했다. 하마터면 기독교도들의 집단으로 들어갈 뻔했을 때, 도중에서 어느 낯선 남자를 만나 만류당한 일, 그 낯선 남자가 기독교도의 미망迷妄을 지적하며, 나의 가장 중요한 의무는 결혼이라고 가르쳐준 일, 그 충고에 따라 아내를 맞아들인 일 등을 모조리 이야기해 들려주었다.

"그랬나. 그런데 어떤가, 자네는 지금 행복한가?" 하고 판필리우스가 물었다. "결혼 생활 속에서 낯선 남자가 약속한 것을 발견했나?"

"행복?" 하고 율리우스는 말했다. "도대체 행복이란 무엇인가? 만일 이 말이 자기 욕망의 완전한 만족을 의미하고 있다고 한다면, 물론 나는 행복하지 않네. 글쎄, 현재 장사도 잘 되어가고 있고, 세상 사람들도 나를 존경하게끔 되었어. 그리고 어디에나 있는 만족을 찾게 되었네. 더군다나 나보다 더 부자이고 사람들로부터 나보다 더 존경받고 있는 사람도 꽤 많지만, 나는 조만간 그 사람들과 어깨를 나란히 할 수 있을 뿐만 아니라, 도리어 그 사람들을 앞지를수 있으리라고 믿고 있네. 이 방면에서는 나의 생활도 충실해지고 있다네. 그러나 결혼 생활은 솔직히 말해 나를 만족시켜주지 않았어. 아니, 좀 더 비약해서 말한다면 나에게 기쁨을 안겨주어야 할 결혼 생활은 그러한 것을 안겨주지 못한다네. 처음에 맛보았던 기쁨은 점차 적어져서, 마지막에는 완전히 사라져 버렸네. 그리고 본래 기쁨이 있던 자리에 슬픔이 생겨나는 거야. 나의 아내는 아름답고 똑똑하고 학식도 있고 마음씨가 곱지. 처음에는 나도 아주 행복했어. 그러나 지금은 — 자네는 아내가 없어 이런 점을 이해할 수 없을 테지만, 내가 냉담할 때에 애정을 요구하거나, 혹은 반대로 아내가 냉담할 때에 내가 애정을 요구하곤 한다던가, 그런 일 때문에 불화가 생겨나는 거야. 그뿐만 아니라, 사랑을 위해서는 신기新奇라는 것이 필요하다구. 나의 아내보다 훨씬 매력이 없는 여자라도, 처음에는 마음이 끌리거든. 하지만 나중에는 아내보다도 매력이 없는 여자임을 알게 되지. 나는 이미 그걸 경험했다구. 틀렸어, 나는 결혼 생활에서 만족을 얻지 못했다네, 알겠나? 자네" 하고 율리우스는 이야기를 끝맺었다.

"철학자의 말이 맞아 — 인생은 정신이 바라는 것을 안겨주지 않지. 나는 그것을 결혼 생활에서 경험했다네. 그러나 인생이, 정신이 갈망하는 행복을 안겨주지 않는다고 해서, 그건 자네들의 속임수가 그 행복을 갖다주지는 않는다네" 하고 그는 미소지으면서 말했다.

"대체 자네는 우리의 어디에 사기성이 있다고 하는가?" 하고 판필리우스가 물었다.

"자네들의 속임수라는 것은, 다음과 같은 거지. 자네들은 이 세상과 결부된 여러 가지 불행으로부터 인간을 구출하기 위해 이 세상의 모든 것을 — 요컨대 생生 자체까지 부정하고 있기 때문이야. 환멸에서 도피하기 위해 매혹魅惑을 부정하고 있기 때문이야. 자네들은 결혼을 부정하고 있잖은가."

"우리는 결혼을 부정하지 않네" 하고 판필리우스는 말했다.

"결혼이 아니면, 사랑을 부정하고 있는 거든가."

"정반대야. 우리는 사랑 이외의 모든 것을 부정하고 있네. 사랑은 우리에게 있어 모든 것의 기초니까."

"나는 자네의 말을 이해할 수 없네" 하고 율리우스는 말했다. "내가 자네나 다른 사람으로부터 들은 바에 의해서나, 또 나와 동갑인 자네가 결혼하지 않고 있는 것을 보아도, 그밖의 모든 점으로 미루어보아 자네들에게는 결혼이라는 게 없다고 추정推定하네. 자네들의 동료는 이전에 성립된 결혼생활을 계속하고는 있지만, 그러나 새로이 결혼을 하지는 않는다고 하더군. 자네들은 인류의 존속이라는 문제엔 개의치 않는 거야. 만일 자네들과 같은 인간들뿐이었다면, 인류는 이미 오래 전에 절멸되었을 걸세" 하고 율리우스는 말했다 — 몇번이나 사람들로부터 들은 말을 되풀이하면서.

"그건 틀린 말이야" 하고 판필리우스는 말했다. "과연 우리는 인류의 존속이라는 것을 목적으로 삼고 있지는 않네. 또 자네들쪽의 현인賢人으로부터 줄곧 들어오고 있듯이 그 것만을 늘 걱정하고 있지도 않네. 우리가 생각하기에는, 그런 것은 하나님 아버지께서 걱정해 주시니까, 우리의 목적은 단지 그분의 뜻에 따르는 생활을 하는 데 있는 거야. 만일 인류의 존속이라는 것이 아버지의 뜻이라면 인류는 자연히 존속할 것이고, 만일 그렇지 않다면 저절로 절멸하게 되겠지. 그것은 우리 인간이 걱정할 일이 아냐. 우리의 걱정은, 하나님의 뜻에 따라 생활하는 것이야. 그런데 하나님의 뜻은 우리의 자연성이나 복음 속에도 제시되어 있지. 남편은 아내와 결합되어 둘이 일체가 되어야 한다고 말이야. 결혼은 우리의 동료들 사이에서도 금지되어 있지 않을 뿐만 아니라, 도리어 장로나 교사들에 의해 장려되고 있을 정도라네. 우리의 결혼과 자네들의 결혼이 다른 점은, 우리의 규율에 의하면 모든 것이 정욕의 눈으로 여자를 바라보는 것은 죄악이라고 되어 있다는 점이지. 그래서 우리도, 동료의 부인들도, 자기의 몸을 곱게 꾸미고 단장하여 정욕을 유발하는 대신, 되도록 그러한 욕망을 멀리하려고 노력하고 있네. 그리고 우리들 사이의 애정이 형제 자매의 정과 같아져서, 자네들이 사랑이라고 부르는 한 여자에 대한 욕정보다 한층 강해지도록 마음을 쓰고 있는 거라네."

"그러나 자네들도 역시 미美에 대한 느낌을 억누를 수는 없겠지?"하고 율리우스는 말했다. "나는 확실히 그렇게 생각하네. 이를테면 자네와 함께 포도를 운반해 온 아름다운 아가씨는, 그런 복장으로 자기의 매력을 감추고는 있지만, 자네의 마음에 한 여자에 대한 애정을 불러일으킬 걸세."

"나는 아직 모르겠어"하고 판필리우스는 얼굴을 붉히면서 말했다. "나는 아직 그 사람의 미모 따위는 생각해 본 적이 없네. 내게 그런 말을 한 것은, 지금 자네가 처음이야. 그 사람은 나에게 있어 단순한 누이동생에 지나지 않네. 아까 이야기하기 시작한 자네들의 결혼과 우리의 결혼의 차이에 대해 좀 더 이야기하세.

우선 첫째로 이런 데서 차이가 생겨나지 — 자네들 쪽에서는 욕정이, 미美라든가, 사랑이라든가, 여신女神 비너스에 대한 봉사라는 따위의 명목으로 짐짓 유발되고 있지만, 우리 쪽에서는 반대로, 그러한 것은 설령 악惡은 아닐지라도 하나님은 악은 창조하시지 않았으니까, 적절한 경우가 아니면 악이 되는 — 우리의 이른바 유혹이 될 수 있는 선善이지. 우리는 모든 방법을 동원하여 이것을 피하려 하고 있네. 요컨대 이 때문에 나는 지금까지 결혼을 하지 않고 있는 거야. 하긴 내일이라도 당장 결혼하게 될지도 모르지만 말야."

"그러나 그것은 무엇에 의해 결정되나?"

"하나님의 뜻이지."

"자네는 그것을 어떻게 알아내나?"

"만일 구求하려고 하지 않았다면, 하나님의 지시는 도저히 찾아내지 못했을 걸세. 끊임없이 계속 구하고 있으면, 점차 분명해지지. 그것은 자네들이 산제물이나 날아가는 새로써 점을 치는 것만큼 명료한 거야. 자네들 사이에도 현인賢人이라는 사람이 있어, 자기의 예지나 희생물의 내장이나 새가 날아가는 모양 등으로 신神들의 의지를 설명하고 있으나, 그와 마찬가지로 우리의 동료들 중에도 장로라는 현인이 있어, 그리스도의 계시啓示나 자기 마음의 연구나, 타인의 사상思想의 판단이나 이것이 가장 중요한 것이지만 사람들에 대한 사랑에 의해 하나님 아버지의 뜻을 설명해준다네."

"그러나 그것은 너무 뜬 구름을 잡는 것 같은 이야기가 아닌가" 하고 율리우스가 되받아 말했다. "간단히 말해서, 자네의 경우만 해도 언제 누구와 결혼하면 좋을지, 대체 그것을 누가 가르쳐준다는 말인가? 내가 결혼하려고 했을 때, 3명의 아가씨가 후보자로 되어 있었네. 그 3명의 아가씨는 많은 아가씨들 가운데서 선출되었기 때문에, 모두 아름답고 부자였어. 그래서 그 중의 누구와 결혼해도, 아버지는 반대하지 않기로 되어 있었네. 그런데 그 3명 중에서 나는 에우란피야를 선택했지. 이 여자가 가장 아름답고 매력이 있었기 때문이야. 그건 당연한 일이지. 대체 자네는 무엇을 표준으로 하여 선택할 작정인가?"

"그 물음에 대답하기 위해서는" 하고 판필리우스는 말했다. "나는 우선 첫째로 이런 말을 해야겠네. 우리의 가르침에 의하면, 하나님 아버지 앞에서는 모든 사람이 평등하므로, 우리 인간 앞에 나와도 위치로 보나 정신이나 육체의 자질로 보아도, 모든 사람은 평등해야 하네. 그러므로 우리의 선택은 만일 우리에게 있어 알 수 없는 이런 말을 사용할 수 있다면 아무런 제한을 받을 리가 없는 거지.

이 세상에 살고 있는 모든 남녀는 누구나 기독교도의 남편이 되고 아내가 될 수 있지."

"그렇다면 더더욱 결론이 나지 않을 거 아닌가" 하고 율리우스가 말했다.

"그러면 기독교도의 결혼과 이교도의 결혼 사이에 존재하는 차이에 대해 우리의 장로가 이야기해 들려준 것을 자네에게 소개하지.

이교도는 자네와 마찬가지로 자기에게만 가장 많은 쾌락을 안겨주리라고 여겨지는 여자를 선택한다는군. 그러나 그런 조건에서는 도리어 딴데 눈이 팔려 결정하기 어려워지지. 하물며 그 쾌락은 저 멀리 있는 것일까. 그러나 기독교도에게 있어서는 그러한 자기를 위한 선택이라는 것은 없어. 없다기보다는 오히려 자기를 위한 선택, 자기 개인의 쾌락을 위한 선택은 제1위에 놓이지 않고, 제2위적인 위치를 차지하고 있는 데 불과하지. 기독교도에게 있어서는 결혼으로 인해 신神의 의지를 어기지 않는다는 게 중요한 점이라네."

"그러나 결혼하여 신의 의지를 어기다니, 어떻게 그런 일을 할 수 있나?"

"우리는 이전에 함께 <일리야드>를 읽으며, 공부한 적이 있었지. 나는 그런 것 따위는 잊어버려도 이상할 게 없지만, 현인이나 위인들 속에서 지내고 있는 자네로서는 필경 안 될테지. 대체 그 <일리아드> 전편全篇은 무엇을 의미하고 있을까?— 그것은 결혼에 관한 신神의 의지를 배반하는 이야기야. 메렐라스도, 파리스도, 엘레나도, 아킬레스도, 아가멤논도, 크레사이스도 — 모두 이 배반에서 생긴 온갖 재앙의 묘사가 아닌가. 이 재앙은 지금도 생겨나고 있네."

"대체 그 배반이라는 것은 무엇을 말하나?"

"배반이라는 것은, 다름이 아니라 요컨대 한 남자가 여자와 한 짝을 이룰 경우, 자기와 같은 하나의 인간으로서가 아니라, 그 접촉에서 생겨나는 자기의 쾌락을 사랑하기 때문에, 단순한 쾌락 때문에 결혼하는 것을 말하네. 기독교도의 결혼이 가능해지는 것은, 그 사람이 모든 사람에 대한 사랑을 갖고 있어서, 육체적인 사랑의 대상이, 인간 상호간의 동포애의 대상이 되었을 경우에 한정되는 거야. 합리적으로 견고한 집을 지을 수 있는 것은, 기초 공사가 잘 되어 있어야만 가능하네. 그림을 그리려면, 그릴 캔버스가 준비되어 있어야 하네. 이와 마찬가지로 육체적인 사랑도 인간끼리의 존경과 사랑이 근본이 되어 있을 때, 비로소 정당하고 합리적이고 견고한 것이 되는 거야. 이러한 기초 위에서만, 합리적인 기독교도의 가정이 생겨날 수 있는 걸세."

"그러나, 그렇더라도 이해할 수가 없는데" 하고 율리우스가 말했다. "왜 자네가 말하는 기독교적 결혼은, 파리스가 경험한 것과 같은 한 여자에 대한 사랑을 배제하는 건가?"

"나는 그런 말은 하지 않았네. 기독교적 결혼은 한 여자에 대한 절대적인 사랑을 부정하지 않을 뿐만 아니라, 그런 사랑이 있어야만 결혼은 합리적인 것이 되고 신성해지는 거야. 그러나 한 여자에 대한 절대적인 사랑은, 그 전부터 존재하고 있던 만인万人에 대한 사랑이 침해되지 않는 경우에 한해서 비로소 발생할 수 있는 거야. 만인에 대한 사랑을 기초로 하고 있지 않음에도 불구하고 그 자체가 아름다운 것으로해서 시인들에 의해 구가謳歌되고 있는 연애는, 사랑이라고 불릴 권리를 갖고 있지 않네. 그것은 동물적인 욕망이며 흔히 증오로 바뀌는 것이라네. 이런 이른바 사랑, ─ 에로스는 만인에 대한 동포적同胞的인 사랑을 기초로 하고 있지 않으면, 짐승 같은 행위가 되지 ─ 그 가장 적당한 예例는, 사랑을 가장하면서 상대인 여자에게 폭행을 가하고 실컷 괴롭힌 끝에 그녀의 일생을 망쳐버리는 그러한 경우를 지적할 수 있지. 사랑하고 있는 사람을 괴롭히는 이상, 그것은 분명히 폭행이며, 거기에는 인간에 대한 사랑 따위는 없어. 그러나 비非기독교적 결혼에서는 흔히 가려져 있는 폭행이 인정되지 ─ 요컨대 자기를 사랑하고 있지도 않은, 혹은 다른 남자를 사랑하고 있는 아가씨와 결혼해서, 단지 자기의 정욕을 만족시키는 일만을 생각하고, 인정 사정 없이 괴롭히고 있는 경우지."

"그건 그렇다 치더라도" 하고 율리우스가 말했다. "그러나 만일 아가씨가 그 남자를 사랑하고 있다면, 하나도 부정不正한 일은 아니잖은가. 그렇게 되면 기독교도의 결혼과 이교도의 결혼 사이에는 아무런 차이도 없다고 여겨지는데."

"나는 자네가 결혼을 하게 된 사정을 자세히는 모르지만". 하고 판필리우스는 대답했다. "그러나 나는 이것만은 알고 있네 ─ 자기 일신의 행복만을 기초로 하고 있는 결혼은, 모두 불화의 원인이 되지 않을 수 없지. 그것은 마치 음식의 섭취가, 동물이나 식물과 별로 다를 바 없는 인간들 사이에서 싸움과 말다툼을 불러일으키는 것과 마찬가지야. 누구나 맛있는 부위를 먹고 싶어하지. 그런데 맛있는 부위는 모두에게 돌아가지 않기 때문에 다툼이 일어나지. 설령 적나라한 싸움이 아니더라도, 보이지 않는 다툼이 있다네. 약한 자는 맛있는 것을 원하지만, 강한 자가 양보하지 않으리라는 부위는 알고 있기 때문에, 대들어 빼앗을 수는 없다고 체념하면서, 속으로만 독살스러운 선망의 눈으로 그 강자를 바라보며, 그것을 탈취하기 위해서는 어떠한 기회도 놓치지 않으려고 하지. 이교도의 결혼도 이와 같지만 — 다만 그보다는 더욱 악성이지. 왜냐하면 선망의 대상이 인간이므로, 증오심이 부부 사이에도 생기기 때문이야."

"그러나 부부가 자기들 두 사람 이외의 인간을 누구도 사랑하지 않도록 하려면 대체 어떻게 하면 좋은가? 언제든지 부부 중의 어느 한쪽을 사랑하는 남자나 여자가 국외局外에서 나타날 가능성은 있으니까 말야. 그러한 때에는, 자네의 말대로 결혼은 불가능해지겠구먼. 그래서 지금이야말로 나도 납득이 가는데, 자네들이 전혀 결혼을 하지 않는다는 소문은 사실인 모양이군. 요컨대 그 때문에 자네는 아직 결혼을 안 하고 있고, 앞으로 결혼할 생각도 없는 것 아닌가. 어떤 남자든 결혼하기 전에 남의 여자의 애정을 자극하지 않았다든가, 아가씨가 성숙할 때까지 남자의 감정을 타오르게 하지 않았다든가 하는 그런 일이 있을 수 있을까. 도대체 <일리아드>의 엘레나는 어떤 행동을 취했어야 좋았겠나?"

"키릴르스 장로는 그 점에 대해 이렇게 말하고 있어. 이교도의 세계에서는 동포에 대한 사랑 따위는 생각하지 않고— 그러한 감정을 북돋으려 하지 않고, 그저 한 가지에만 골똘하고 있지. 그것은 여자에 대한 육감적 애정을 자기의 내부에 타오르게 하는 것일세. 모두 이런 애정을 키워가려 하고 있지. 그래서 그들의 세계에서는 엘레나라든가 또는 그와 유사한 여자들이 각기 많은 남자들의 애정을 불러일으키고 있지. 경쟁자는 내가 뒤떨어질소냐 하고, 서로 우승자의 위치를 차지하려고 안달을 하지. 그 모습은 마치 암컷을 서로 빼앗으려는 동물과 다름 없지. 그들의 결혼은 정도의 차이는 있지만, 모두 투쟁과 폭행일세. 우리의 공동생활에서는 자기만의 미적美的인 향락 따위는 생각하지 않을 뿐만 아니라 그러한 결과로 유도되는 모든 유혹을 피하려 하고 있지. 그런데 이교도의 세계에서는 이것이 훌륭한 일처럼 떠받들어지고 갈망渴望의 대상이 되고 있지만, 우리는 그 반대로 이웃에 대한 존경과 사랑의 의무만을 생각하고 있지. 이는 절세絶世의 미美에 대해서나 희대稀代의 추醜에 대해서도, 모든 사람에게 하나같이 갖고 있는 의무라네. 우리는 모든 방법으로 이 감정을 육성하고 있기 때문에, 만인에 대한 사랑의 감정이 미美의 유혹을 이기고 그것을 정복해 버렸지. 따라서 성적 관계에서 생겨나는 불화가 근절되어 있는 것이라네.

기독교도는 서로 마음이 끌리고 있는 여성과의 결합이, 누구에게도 불행을 안겨주지 않을 때에 한해서 비로소 결혼하는 거야. 또 키릴르스 장로는 이런 말도 하셨지. 기독교도가 어느 여성에게 마음이 끌리는 것은, 그 여성과의 결합이 누구에게도 슬픔을 가져오지 않는 경우에 한해서라고 말야."

"그러나 그렇게 할 수 있을까?" 하고 율리우스가 되받아 말했다. "도대체 자기의 정욕을 지배할 수 있을까?"

"정욕이 날뛰는 대로 내버려두면 도저히 불가능한 일이지만, 욕정을 일깨우지 않도록, 고개를 쳐들지 못하게 할 수는 있지. 이를테면 아버지와 딸, 어머니와 아들, 오빠와 누이동생의 관계를 보라구. 어머니는 아들에게 있어, 딸은 아버지에게 있어, 누이동생은 오빠에게 있어 설령 그들이 아무리 아름다울지라도 개인적인 만족의 대상은 될 수 없고, 그저 사랑의 대상일 뿐이지. 따라서 정욕이 눈을 뜨는 일은 없지. 정욕이 눈을 뜨는 것은 아버지의 경우, 지금까지 딸이라고 생각하고 있었는데 그렇지 않음을 알게 되었을 때야. 아들에 대한 어머니의 경우, 오빠와 누이동생의 경우도 같은 이치야. 그러나 그러한 때에도 이 감정은 매우 약하고 유순할 테니까, 그것을 억제할 수 있을 것임에 틀림없어. 육체적 감정은 매우 미약한 것이어야 하네. 왜냐하면 그 근본에 어머니나 딸 내지는 누이동생에 대한 사랑의 상태가 가로놓여 있기 때문이지. 인간의 마음 속에는 모든 여성에 대해 어머니나 딸 내지 누이동생을 대하는 것과 같은 감정이 키워져 뿌리를 내리고 있어서, 이 감정을 기초로 하여 성애性愛의 감정이 생장할 수 있는 거라고, 이렇게 믿을 수는 왜 없는 것일까? 지금까지 누이동생인 줄 알고 있던 여자가 누이동생이 아님을 알았을 때, 오빠는 비로소 여자에 대한 애정을 일으키는 것을 스스로 허락하지. 이와 마찬가지로 기독교도는 자기의 사랑이 누구에게도 슬픔을 안겨주지 않는다고 생각할 때, 비로소 이 감정이 마음 속에서 끊어오르는 것을 인정하는 거지."

"그럼 만일 두 남자가 한 아가씨를 사랑했을 때에는?"

"그때는 한 명이 다른 한 명의 행복을 위해, 자기의 행복을 희생시키는 거지."

"그러나 아가씨가 두 사람 중의 어느 한쪽을 사랑하고 있다면?"

"그때는 아가씨의 사랑을 덜 받고 있는 쪽에서, 그 아가씨의 행복을 위해 자기의 감정을 희생시키지."

"그럼 만일 아가씨가 양쪽을 다 사랑하고 있어서, 양쪽 다 자기를 희생시킨다면 ― 그때는 아가씨는 누구하고도 결혼하지 않겠구면?"

"아니, 그때는 연장자인 사람이 사건을 판단하여, 모두가 최고가치의 사랑을 판단하고 최고의 행복을 얻을 수 있도록 조언한다네."

"그러나 그렇게 하는 사람은 없지 않은가. 그렇게 하는 사람이 없는 것은, 요컨대 인간의 본성에 배치되기 때문이야."

"인간의 본성? 인간의 본성이란 무엇인가. 인간은 동물인 동시에 인간이기도 하지. 실제로 여성에 대한 그러한 태도는, 인간의 동물적 본성과는 일치하지 않을지도 모르지만, 지知적 본성과는 일치하고 있네. 인간이 동물적 본성에 봉사하기 위해 예지를 이용한다면, 그야말로 동물보다 더 나빠지지 ― 강간이나 근친상간으로까지 타락할지도 몰라 ― 그것은 어떤 짐승도 하지 않는 짓이야. 그러나 인간이 수성獸性을 억압하는데 예지의 본성을 이용해서, 동물적 본성을 예지에 봉사하게 한다면, 그때야말로 비로소 자기를 만족시킬 수 있는 행복에 도달하는 걸세."

5

"그러나 자네 자신의 이야기를 좀 들려주지 않겠나?" 하고 율리우스는 말했다. "보아하니 자네는 그 아름다운 여인과 함께 걸어가고 있던데, 내가 보기에 자네는 그 여인과 함께 지내고 있는 거지? 대체 자네는 그 여인의 남편이 되고 싶지 않나?"

"나는 그런 생각을 해본 적이 없다네" 하고 판필리우스가 말했다. "그 여인은 어느 기독교도의 미망인의 딸이야. 나는 다른 사람들과 마찬가지로, 그 모녀를 위해 일하고 있네. 딸에 대해서나 그녀의 어머니에 대해서도 똑같이 일을 해주고, 두 사람을 똑같이 사랑하고 있네. 그런데 자네는 그 아가씨와 결혼할 작정으로 사랑하고 있느냐고 내게 묻는 거지?

이건 나에게 있어서는 괴로운 문제야. 그러나 솔직하게 대답하겠네. 그런 생각이 내 머리에 떠오른 적이 있지. 그러나 그녀를 사랑하고 있는 한 청년이 있기 때문에, 나는 이 문제를 과감히 생각할 수가 없다네. 그 청년은 기독교도이고, 우리 두 사람을 사랑하고 있다네. 그래서 나는 그 청년을 슬프게 만드는 행위를 할 수가 없네. 나는 그런 생각을 하지 않으려고 노력하며 지내고 있어. 내가 원하고 있는 것은 오직 하나라네 — 그것은 동포에 대한 사랑의 가르침 대로 실행하는 일이지. 이것이 나에게 요구되고 있는 유일한 것이네. 나는 정말로 필요하다고 깨달았을 때가 아니면 결혼하지 않을 걸세."

"그러나 그녀의 어머니 쪽에서 보면, 선량하고 근면한 사위를 얻는 일에 무관심하게 있을 수 없을 테지. 그녀의 어머니는 다른 사람보다도 자네를 원할 게 틀림없어."

"아니, 그런 일에는 무관심해. 나 이외의 모든 동료들이 다른 사람에게 하는 것과 마찬가지로, 자기에 대해서도 잘해준다는 것을 어머니는 잘 알고 있으니까. 설령 그 사람의 사위가 되든 안 되든, 어머니를 섬기려는 나의 마음가짐은 변함이 없다네. 만일 이러한 상태에서 그 아가씨와의 결혼이라는 결과가 자연스럽게 생긴다면, 나는 기꺼이 그것을 받아들이려고 해. 참으로 그 아가씨와 다른 남자와의 결혼을 받아들이는 것과 마찬가지로 말야."

"그런 일이 있을 수 있나!" 하고 율리우스는 외쳤다.

"요컨대 그게 두려운 거야. 자네들이 스스로 자기를 기만하고 있다는 게 틀린 걸세! 그런 말을 하면서 자네들은 다른 사람도 기만하고 있는 거야. 그 낯선 남자가 말한 것은 사실이었군. 자네의 이야기를 듣고 있으면 나는 나도 모르게 자네가 묘사하는 생활의 미美에 매혹되어 버리지만, 그러나 잘 생각해 보면 모두 거짓말이라는 것을 알 수 있네. 그것은 동물의 생활에 가까운 야만스럽고 거친 상태로 이끌어가는 기만이야."

"도대체 어디에 그런 야만성이 있다는 말인가?"

"노동에 의해 자기의 생활을 지탱하고 있기 때문에, 자네들은 시간의 여유가 없어져서 과학이나 예술에 관련할 수가 없어. 현재 자네는 그런 해진 옷을 걸치고 손이나 발도 꺼칠꺼칠해져 있지 않은가. 게다가 자네와 함께 걸어가던 아가씨도, 미美의 여신女神같아 보일 정도인데도, 마치 노예와도 같은 차림새였어. 자네들에게는 아폴로의 노래나 신전神殿도, 시詩도 유희도 — 모든 신神들이 인생을 꾸미고 장식하기 위해 내려주신 것은 무엇하나 없지 않은가. 오직 거친 생존을 계속하기 위해 노예나 소처럼 계속 일만 할 뿐이야. — 그렇다면 그건 마치 스스로 즐겨 인간의 의지와 본성을 부정하는, 신을 두려워하지 않는 소행이 아닌가."

"또 인간의 본성 이야기인가!" 하고 판필리우스가 말했다. "그러나 본성이란 대체 무엇을 말하는 것일까? 힘겨운 고역으로 노예를 괴롭히거나, 자기의 동료를 죽이거나, 사로잡아 노예로 삼거나, 여자를 쾌락의 대상으로 삼거나 하는 일이지?…… 그런 짓들은 모두 자네가 말하는 이른바 인간의 본성에 부속되어 있는 미적美的 생활에 필요불가결한 것이지. 대체 인간의 본성은 이런 데 있을까? 아니면 모든 사람과 사랑과 화합 속에 생활하면서, 세계 가족의 일원임을 자각하는 데 있는 것일까?

그리고 만일 자네가 우리를 지적하여 과학이나 예술을 인정하지 않는 사람들이라고 생각한다면, 그것이야말로 커다란 잘못일세. 우리는 인간의 본성이 지니고 있는 천부의 재능을 모두 마음으로부터 존중하고 있다네. 그러나 우리는 인간 고유의 모든 특성을, 항상 변치 않는 동일한 목적에 도달하는 수단으로 간주하고 있지. 그것은 우리가 전 생애를 바치고 있는 목적— 즉 신神의 의지의 실행인 것이지. 우리는 과학이나 예술마저도, 단지 한가한 사람의 오락에 지나지 않는 놀이라고 생각하지는 않지. 우리는 과학이나 예술에 대해서도 모든 인간의, 일에 임하는 것과 같은 것을 요구하고 있지 — 즉 이런 것들 중에 기독교도의 모든 행위를 일관하고 있는 사랑, 신과 이웃에 대한 실행적實行的 사랑의 실현을 얻고자 하는 거야. 우리가 진정한 과학이라고 인정하는 것은, 우리의 생활을 보다 향상시키는 데 도움이 되는 지식뿐이지. 그리고 우리가 예술을 존경하는 것은, 그것이 우리의 사상을 정화시키고 정신을 향상시켜 노동과 사랑의 생활에 필요한 힘을 보강시켜 주는 경우에 한하지.

이러한 종류의 지식이라면, 우리도 가능한 한, 자기 자신을 비롯하여 아이들에게도 발달하게 하는 기회를 놓치지 않으려 하고 있네. 이러한 종류의 예술을 위해서라면, 우리도 여가를 바치기를 서슴지 않는다네. 우리 선인들의 예지가 담긴 서적을 읽거나 연구하고 있기도 하지. 또 노래도 부르고 그림도 그리고 있네. 이 노래나 그림은 우리의 정신을 북돋우고 슬플 때에 우리를 위로해 주지. 그렇기 때문에 자네들이 하고 있는 과학이나 예술의 응용법에는 찬성할 수 없다네. 자네들 쪽의 학자는 자기의 사고 능력을 기울여서, 인간에게 폐해를 가져오는 새로운 방법을 발명하고 있지. 그들은 전쟁, 즉 살육의 방법을 완성시키거나, 돈벌이, 즉 타인의 노력勞力으로 일부의 사람을 부유하게 만드는 새로운 방법을 생각해내곤 하지. 자네들의 예술은 신神들을 모시는 전당殿堂의 건축이나 장식 등에 응용되고 있지만 그런 신들 따위는 자네들의 동료 중에서도 가장 발달한 사람들은 이미 오래 전부터 믿지 않고 있을 걸세. 그러면서도 다른 사람들에게는 그 신앙을 유지시키려고 노력하고 있잖은가. 특히 그건 결국 기만 수단으로 사람들을 자신의 권력 하에 붙잡아 두려는 속셈 때문일세. 자네들의 폭군 중에도 흉포스럽고 잔혹한 사람들을 기념하기 우해 대리석상像이 세워지고 있지만, 누구 한 사람 그것을 존경하는 이가 없을 뿐만 아니라, 도리어 모두들 두려워하고 있지 않은가. 또 자네들의 극장에서는 불륜의 사랑을 찬미하는 연극이 공연되고 있지. 또 자네들의 음악은, 호사스러운 연회장에서 폭음 폭식하는 자네들의 부호富豪를 위로하기 위해 연주되고 있고, 자네들의 그림은 술에 취하지 않은 사람이나 수욕獸慾에 눈이 멀지 않은 사람이면 얼굴을 붉히지 않고는 볼 수 없는 광경을 묘사하여, 음탕한 집을 장식하는 데 응용되지.

인간이 짐승과 구별되는 고상한 재능은, 그러한 목적을 위해 주어진 것은 아냐. 그것은 우리의 육체의 환락에 제공되어지는 것은 아니지. 자기의 전 생애를 신의 뜻을 실현하는 데 바치고 있는 우리는, 이 빼어난 재능도 당연히 이 목적을 위해 사용하고 있다네."

"그렇지" 하고 율리우스는 말했다. "만일 그러한 조건 하에서의 생활이 가능하다면, 그것은 모두 좋은 일임에 틀림없겠지. 그러나 그런 식으로 살아갈 수는 없다네. 자네들은 스스로를 기만하고 있는 거야. 자네는 우리의 보호를 인정하지 않지만, 만일 로마의 군대가 없었다면 자네들은 과연 평온하게 생활할 수 있었겠나? 자네들의 보호를 이용하면서, 그것을 인정하지 않고 있는 거야. 뿐만 아니라 자네들 중에는 자기가 자기를 보호하는 사람이 있지. 방금 자네도 말하지 않았는가, 자네들은 사유 재산을 인정하지 않으면서도 그것을 이용하고 있다고. 그렇다고 자네들의 친척은 자신의 것을 갖고 있으면서, 그것을 자네들에게 주고 있지 않는가. 자네 자신도 포도를 거저 주지 않고, 그것을 남에게 팔아서 필요한 물건을 사고 있지 않은가. 그런 건 모두 속임수지. 만일 자네들이 하는 말을 완전히 실행하고 있다면 그건 틀림없이 맞는 말일 테지만, 그러나 자네들은 남이나 자기 자신조차도 속이고 있는 거야!"

율리우스는 흥분하여 마음 속에 생각하고 있던 것을 모두 말해버렸다. 판필리우스는 입을 다문 채 가만히 기다리고 있었다. 율리우스가 이야기를 마쳤을 때, 판필리우스는 입을 열었다.

"우리가 자네들의 보호를 이용하면서, 그것을 인정하지 않고 있다는 것은 자네의 오해일세. 우리에게는 로마의 군대 따위는 필요 없다구. 왜냐하면 우리는 폭력에 의한 보호같은 걸 필요로 하는 것에 일고의 가치도 부여하지 않는다네. 우리의 행복은 보호 같은 걸 요구하지 않는 데에 존재하니까. 그 누구도 그것을 우리에게서 빼앗을 수는 없네. 또 자네들눈에 사유물로 비치는 물품이, 우리의 손을 통해 유통되고 있는 것은, 이를테면 우리가 그것을 자기 것이라고 생각하지 않고, 생활하는 데 필요한 사람들에게 주고 있다는 것에 지나지 않지. 우리가 사고자 하는 사람에게 포도를 파는 것은, 자기의 돈벌이를 위해서가 아니라, 그저 곤란해하고 있는 사람에게 생활 필수품을 공급하기 위한 것에 불과하지. 만일 누구든 이 포도를 우리에게서 빼앗으려고 하는 사람이 있었다면, 우리는 조금도 거역하지 않고 다 주었을 걸세. 요컨대 이와 같은 이유로, 우리는 야만인이 습격해오는 것도 두려워하지 않네. 만일 그들이 우리의 노동의 산물을 빼앗으려 한다면, 우리는 그것을 잠자코 건네주지. 만일 그들이 자기들을 위해 일해달라고 요구하면, 그것 역시 우리는 기꺼이 실행할 걸세. 우리를 죽이거나 괴롭혀도, 그들에게 있어서는 아무 도움도 되지 않을 테니까. 도리어 손해가 될 뿐이지. 야만인들도 이내 우리를 이해하고 사랑하게 될 걸세. 그러므로 지금 우리를 둘러싸고 우리를 박해하고 있는 문명인보다는 야만인 밑에 있는 편이 편할 것임에 틀림없어.

일설一說에 의하면, 인간을 부양하여 그 생활을 유지하게 해주는 일체의 산물은, 오직 사유 재산권 덕분에 생겨난다고 하더군. 그러나 생각해 보라구, 생활에 필요한 일체의 물품은 실제로 누구의 손에 의해 만들어질까. 자네들이 그렇게 자랑으로 여기고 있는 모든 부富는 누구의 노역勞役 덕분에 모아진 것인가? 도대체 그것은 팔짱을 끼고 고용인에게 명령하면서, 그 결과를 독차지 하고 있는 사람들이 만들어낸 것일까? 아니면 빵 한 조각을 위해 주인의 명령을 실행하고, 더구나 자기는 아무런 꾸준한 생활양식도 모으지 못하고 겨우 하루하루 입에 풀칠을 할 수 있을 정도의 일당을 받고 있는 그 가난한 노예들이 만들어낸 일일까? 왜 자네들은 다음과 같은 것을 생각해보지 않는가 ─ 대부분의 경우, 거의 불가해한 명령을 실행하기 위해 자기의 힘을 아끼지 않는 이 노예들이 자기들을 위해, 또 자기들이 사랑하고 측은해하고 있는 사람들을 위해 합리적인 명료한 일에 종사할 가능성이 주어진 것을 마지막으로 하루 아침에 그 노동을 그만둬야 할 게 뻔한 것을, 왜 자네들은 생각하지 않나?

 우리에 대한 자네의 비난은 이런 것이겠지. 요컨대 우리는 자기들의 목표를 완전히 실현하고 있지 않다, 아니, 뿐만 아니라 폭력과 사유 재산을 부정하면서 동시에 그것을 이용하고 있는 것은, 타인을 기만하는 행위이다, 이거지. 만일 우리가 사기꾼이라면 함께 이야기할 가치도 없고, 울분이나 공격을 받을 자격조차 없네. 단지 경멸당해야 할 일이지. 또한 우리도 그 경멸을 기꺼이 받아야겠지. 왜냐하면 우리의 규율의 하나는 ─ 자기의 무가치함을 자인하는 것이니까. 그렇지만 만일 우리가 성심 성의를 다해 자기를 선전하는 진리의 실현에 노력하고 있다면, 그때는 사기꾼 운운하는 자네의 비난은 터무니 없는 것이라 하지 않을 수 없겠지. 만일 우리가 스승의 규율을 지키면서, 폭력과 거기서 파생되는 사유권私有權 따위가 없는 생활을 향해 노력하고 있다면 실제로 나와 나의 동포들도 그러한 노력을 하고 있네 그것은 요컨대 부富나 권력, 명예 등의 외적外的 목표를 위해서가 아니지 — 그런 것은 전혀 얻으려고 생각하지 않네 — 그것은 뭔가 다른 것을 위해서네. 우리도 자네들과 마찬가지로 행복을 추구하고 있지. 다만 다른 점은, 우리가 자네들과 전혀 다른 것에서 행복을 추구하고 있다는 점이야. 자네들의 확신에 의하면, 행복은 부富와 명예 속에 있지. 그러나 우리가 믿는 것은 다른 것일세. 우리의 신앙은 이런 것을 가르쳐주지 — 우리의 행복은 폭력이 아니라 복종 속에 있으며, 부가 아니라 모든 것을 버리는 데 있다는 것을. 우리는 초목이 빛을 향하듯이 행복이라고 여겨지는 쪽으로 돌진해가지 않을 수 없다네. 우리는 자기의 행복을 위해 바람직한 일을 남김없이 실행하고 있는 것은 아냐. 즉 폭력과 사유권으로부터 완전히 정화淨化되어 있지 않네. 그것은 실제야. 그러나 그 밖에는 방법이 없지 않은가. 자네들은 가장 아름다운 아내를 얻으려고, 또한 가장 많은 재산을 만들려고 노력하고 있지만 — 그러나 자네나 다른 누구도 과연 그것을 달성할 수 있었을까? 설령 궁수弓手의 화살이 과녁에 맞지 않는다고 해서, 몇 번 겨냥해도 명중하지 않는다는 이유만으로 과녁을 겨냥하기를 그만두는 사람이 있겠는가? 우리도 그와 마찬가지일세. 우리의 행복은 ─ 그리스도의 가르침에 의하면─ 사랑 속에 있네. 그런데 사랑은 폭력과 거기서 생겨나는 사유권私有權을 배척하지. 우리는 자기의 행복을 추구하고 있지만, 결코 완전한 것이라고는 할 수 없네. 각자 각양 각색으로 그 목적에 도달해가고 있으니까.”

“그러나 왜 자네들은 온 인류의 예지를 믿지 않고, 그 예지에 등을 돌려버리고, 오직 그분만을, 십자가에 못박힌 그 교사만을 믿는 건가? 자네들의 노예 근성, 그리스도에 대한 굴종, 이것이야말로 내 마음을 반발하게 하는 점이네.”

“아직 자네는 오해를 하고 있네. 우리가 그 가르침을 준봉하고 지금과 같은 신앙을 갖고 있는 것은, 우리가 믿는 사람이 명령한 때문이다, 라고 이렇게 생각하고 있는 사람도, 역시 오해하고 있다네. 그건 정반대야─ 온 몸을 바쳐 진리를 인식하고 신神과의 교감交感을 원하고 있는 사람들은, 참 행복을 찾고 있는 사람들은 자진해서 그리스도가 걸어간 길로 들어가게 되네. 따라서 자진해서 그 뒤를 따르며 눈앞에 그리스도의 모습을 보게 되는 거지. 신을 사랑하는 사람은 모두 이 길에서 만나게 되지. 자네도 마찬가지야. 그리스도는 신의 아들이야. 신과 인간의 중개자이지. 이건 누군가가 말했기 때문도 아니고, 또 우리가 그것을 맹신(盲信)하기 때문도 아냐. 신을 갈구하는 모든 사람들이, 자기 앞에 있는 신의 아들을 발견하고, 오직 그를 통해서만 신을 이해하고, 보고, 알게 되기 때문이라네."

율리우스는 대답을 않은 채, 오랫동안 잠자코 앉아 있었다.

"자네는 행복한가?" 하고 그는 물었다.

"더이상은 아무것도 바라지 않네. 뿐만 아니라 나는 거의 언제나 의혹이랄까, 일종의 부정(不正) 의식이랄까 그런 것을 경험한다네. 도대체 무엇 때문에 나에게 이토록 위대한 행복이 주어진 것일까? 하는 그런 생각 말일세" 하고 판필리우스는 미소지으면서 말했다.

"그런가" 하고 율리우스는 말했다. "어쩌면 그때 낯선 남자를 만나지 못하고 곧바로 자네가 지내고 있는 곳까지 갔으면, 나는 더 행복했을지도 모르겠네 그려."

"만일 그렇게 생각한다면, 대체 무엇이 자네를 방해하고 있는 건가?"

"그럼 내 아내는?"

"자네의 이야기를 들어보니, 자네 부인은 기독교로 마음이 기울고 있는 듯하니까, 기꺼이 함께 따라올 수 있을 걸세."

"그래, 그러나 이미 일단 다른 생활을 시작했는데, 그것을 어떻게 깨뜨릴 수 있겠나? 일단 시작한 이상 — 끝을 보아야지." 부모나 친구들의 불만과, 이 전화轉化를 하기 위해 필요한 모든 노력 이것이 가장 중요한 점이다 을 생생하게 마음속에 그려보면서 율리우스는 이렇게 말했다.

이때 가게 입구로, 판필리우스와 함께 가던 아가씨가 청년 한 명과 함께 다가왔다. 판필리우스는 두 사람 쪽으로 갔다. 청년은 판필리우스를 보고, 자기는 가죽을 사오라는 키릴르스 장로의 부탁을 받고 왔다고 말했다. 아가씨는 포도는 이미 팔려버리고, 그 대신 밀을 구입했다고 말했다. 판필리우스는 청년을 향해 막달리나와 함께 밀을 갖고 집으로 돌아가도록 권하고, 자기가 가죽을 사 갖고 돌아가겠다고 했다.

"그렇게 하는 게 좋겠지?" 하고 그는 말했다.

"아니, 막달리나는 자네와 함께 가는 편이 좋아" 하고 청년은 거기를 떠났다. 율리우스는 판필리우스를 아는 사이인 상인商人의 가게로 안내했다. 판필리우스는 두 개의 자루에 밀을 나누어 담고, 작은 자루는 막달리나의 어깨에 둘러메게 하고 무거운 것은 자기가 메었다. 그리고 율리우스에게 작별의 인사를 하는 아가씨와 나란히 그 거리를 뒤로했다.

길 모퉁이에서 판필리우스는 뒤를 돌아다보았다. 그리고 미소지으면서 율리우스에게 고개를 끄덕여보인 다음, 더욱 기쁜 듯이 웃으면서 막달리나에게 뭐라고 이야기를 했다. 이윽고 그의 모습은 시계視界에서 사라져버렸다.

"그래, 그때 내가 그곳까지 바로 갔었으면, 그편이 더 좋았을지도 몰라" 하고 율리우스는 생각했다. 그러자 그의 상상 속에 두 개의 모습이 번갈아 나타났다. 하나는 머리 위에 광주리를 올려놓고 가는 늠름한 판필리우스와 키가 크고 건강해 보이는 아가씨의 선량하게 반짝이는 얼굴이고, 또 하나는 오늘 아침에 그가 거기서 나와 이제 또 돌아가려 하고 있는 자기 가정의 보금자리였다. 거기에는 화사하고 아름답지만 이미 역겨워진 아내가, 갖가지 팔찌 등의 장신구를 달고, 권태로운 듯이 융단 위에 누워 있는 것이었다.

그러나 율리우스는 오래 생각하고 있을 틈이 없었다. 아는 사이인 상인들이 찾아와 언제나 정해져 있는 일을 하기 시작하고, 이윽고 식사와 주연酒宴 다음엔 아내와 서로 껴안는 밤을 보내면서 하루를 끝내는 것이었다.

Ь

　10년이 지났다. 율리우스는 그 이후로 판필리우스를 만나지 못했다. 두 사람의 해후도 점차 기억에서 사라지고, 그의 인상이나 기독교도의 생활에 대한 인상도 점차 퇴색하여 갔다. 율리우스의 생활은 언제나와 같은 순서로 진행되었다. 그 동안에 아버지가 사망하여, 그는 아버지가 경영하던 일을 모두 떠맡지 않으면 안 되었다. 그것은 꽤나 복잡한 일이었다. 오래된 단골도 있고, 아프리카의 판매점도 있고, 지배인도 있었다. 게다가 거둬들여야 할 대출금도 있었고, 지불해야 할 부채도 있었다. 율리우스는 매양 그러한 일들에 휩쓸려서, 자기의 시간을 모두 그 일에 빼앗겼다. 그뿐 아니라 새로운 골칫거리가 생겨났다. 그는 공직公職에 천거되었다. 그의 자존심을 돋구는 새로운 직무는, 그에게 있어 하나의 유혹이었다. 그는 장사하는 일 외에 공직에도 제휴하게 되었다. 분별력이 있는 데다 구변이 좋았기 때문에, 그는 점차 동료들을 제치고 출세가도를 달렸다. 이윽고 시市의 요직을 차지하는 것도 어렵지 않게 생각되었다.
　이 10년 동안에 그의 가정 생활에서는, 사회생활 못지 않게 중대하고, 따라서 그로서는 불유쾌한 변화가 생겼다. 그에게는 세 아이가 태어났는데, 이 아이들의 탄생이 그를 아내로부터 멀어지게 만든 것이다. 첫째로, 그의 아내는 미모와 젊음을 거의 모두 잃어버렸다. 둘째로, 그녀는 이전만큼 남편에 대해 신경을 쓰지 않게 되었다. 그녀의 애정과 다정함은 모두 아이들에게 집중되었다. 더구나 아이들은 이교도의 습관에 따라 유모나 아기 보는 사람에게 맡겨졌지만, 율리우스는 늘 아내를 아이들의 방에서 보게 되든가 아이들을 아내의 방에서 보는 경우가 많았다. 아이들은 율리우스에게 있어 기쁨보다는 오히려 불쾌감의 씨를 뿌리는 귀찮은 존재로 생각되었다. 장사와 공무公務 때문에 바쁜 율리우스는, 이전의 방종한 생활은 버렸지만, 일을 한 다음에는 편안한 휴식이 필요하다고 생각하고 있었다. 그러나 그는 그것을 아내한테서는 기대할 수 없었다. 뿐만 아니라 아내는 요즘 여자 노예인 기독교도와 점차 친해져서, 점점 새로운 가르침에 몰두하게 되었다. 그녀는 율리우스에게 있어 생활의 아름다움을 형성하고 있는 모든 이교적異教的인 것을, 자기들 생활에서 제거해버리고 있었다. 원하는 것을 아내에게서 발견할 수 없기 때문에, 율리우스는 정체가 의심스러운 어느 여자와 알게 되어, 공무의 여가를 그 여자와 함께 보내기 시작했다. 만일 누군가 율리우스를 향해, 지난 수년 동안의 생활이 행복했는가를 묻는 사람이 있었다면,

아마 대답에 궁했으리라. 그는 그저 지독하게 바빴던 것이다! 하나의 일, 하나의 환락으로부터 그는 또 다른 일, 다른 환락으로 이동해갔다. 그러나 그가 마음으로부터 만족감을 느껴, 더 계속하고 싶다고 생각되는 일은 하나도 없었다. 어떤 일이건 빨리 끝났으면 좋겠다고 여겨지는 일들 뿐이었고, 또 어떤 환락이든 포만飽滿에서 오는 권태로움에 시달리게 되어 독毒에게 찔리지 않는 게 없었다.

이렇게 지내고 있는 동안에, 율리우스의 생활 전체의 흐름을 일변시킬 만한 이변이 일어났다. 올림픽 경기가 열렸을 때에 그는 전차戰車경주에 참가했는데, 자기의 전차를 몰고 멋지게 결승점 가까이까지 왔을 때, 앞의 전차를 앞지르려다가 뜻하지 않게 충돌했던 것이다. 전차의 바퀴가 튕겨나가 그는 땅 위로 내동댕이쳐지고 갈비뼈 두 개와 한쪽 팔이 부러졌다. 중상을 입었지만, 그의 생명을 위협할 정도는 아니었다. 율리우스는 집으로 운반되어 갔다. 이리하여 그는 3개월 동안 누워 있지 않으면 안 되었다.

이 3개월 동안, 육체적인 고통을 견디면서, 그의 사상은 명료하게 작용하기 시작했다. 그는 자기의 생활을 남의 일처럼 바라보면서 골똘히 생각할 만큼의 여유가 생겼다.

생각해 보니 그의 생활은 암담한 어둠에 놓여졌다. 마침 이 무렵에 세 가지의 불유쾌한 사건이 일어나, 그는 더욱 우울해졌다. 우선 첫째로, 아버지의 생존시부터 믿고 눈여 겼던 노예가 아프리카에서 값비싼 보석을 챙겨 잠적하여, 율리우스의 사업에 커다란 손해와 혼란을 안겨주었다. 둘째로, 율리우스의 첩이 그를 버리고, 새로운 보호자를 찾아 갔다. 셋째로, 율리우스에게 있어 가장 불유쾌한 일은, 그 가 내밀하게 노리고 있던 요직要職의 선거가 그가 병석에 누워 있는 동안에 실시되어, 마침내 경쟁자가 이 요직을 차 지해 버린 일이다. 이러한 일은 모두 그가 병석에 있었기 때문에 생겨난 것이라고 율리우스는 생각되었다. 그런데 그의 전차가 손가락 하나만큼 왼쪽으로 틀었기 때문에 일 어난 사고로, 그는 혼자 병석에 누워 있으면서, 자기의 행 복이 이처럼 하찮은 우연에 지배받는 것인가 — 하고 생각 하기 시작했다. 이러한 상념은 또 다른 상념과 갖가지 추억 으로 그를 이끌어 갔다. 그는 예전의 불행했던 일과 기독교 도들이 살고 있는 곳으로 가려고 했던 일, 그리고 어느덧 10년 동안이나 만나보지 못한 판필리우스를 생각해냈다. 이러한 추억은, 아내와의 대화에 의해 더욱 강화되었다. 아 내는 지금 병석에 누워 있는 그의 옆에서, 여자 노예로부터 들은 기독교도들의 이야기를 모두 그에게 전해주었던 것 이다. 이 여자 노예는 판필리우스가 살고 있는 공동 사회에 서 한때 지낸 적이 있기 때문에, 그에 관해서도 잘 알고 있었다. 율리우스는 여자 노예를 만나보고 싶다고 했다. 여자 노예가 병석에 누워 있는 그를 찾아왔을 때, 그는 여러가지를, 특히 판필리우스에 관해서 자세히 물어 보았다.

여자 노예의 이야기에 의하면, 판필리우스는 동료들 중에서도 가장 빼어난 형제의 한 사람으로, 모든 사람들로부터 존경받고 있었다. 그는 10년 전에 율리우스가 보았던 그 막달리나와 결혼하여, 두 사람 사이에는 이미 몇 명의 아이들이 있었다.

"그렇습니다. 하나님이 인간을 행복해지도록 만들어주셨다는 것을 믿을 수 없는 사람은" 하고 여자 노예는 이야기를 끝맺었다. "그 사람들이 살아가는 것을 보러 가는 게 좋을 겁니다."

율리우스는 여자 노예를 돌려보내고, 지금 들은 이야기를 생각하면서 혼자 꼼짝 않고 있었다. 자기의 생활을 판필리우스의 생활과 비교해보면 부러워지기 때문에, 그는 그런 생각을 하지 않으려고 했다. 기분 전환을 위해, 아내가 두고 간 그리스어語로 된 사본寫本을 집어들고, 그것을 읽기 시작했다. 사본 속에는 다음과 같은 말이 쓰여 있었다.

'여기에 두 길이 있다. 하나는 생生의 길이요, 하나는 죽음의 길이다.'

생의 길이란 다음과 같다. 첫째로, 너를 창조한 신神을 사랑해야 하는 것. 둘째는, 자기의 이웃을 자기 자신처럼 사랑해야 하는 것. 자기의 몸에 일어나는 걸 원치 않는 것은 모두 타인에게도 베풀지 말라. 이 말에 함축되어 있는 가르침은 다음과 같다. 너를 저주하는 자를 축복하고, 너의 적敵을 위해 기도하고, 너를 괴롭히는 자를 위해 정진精進하라. 너를 사랑하는 자를 사랑하는 것을 어찌 선행善行이라 할 수 있겠느냐? 이교도라 할지라도 그렇게 하지 않느냐? 너를 미워하는 자를 사랑하라. 그러면 적을 쳐야 하는 일이 없으리라. 육욕肉慾과 세속적인 욕망을 멀리 하라. 남이 만일 너의 오른쪽 뺨을 때리면 왼쪽 뺨도 내밀어라. 그러면 온전한 사람이 될 수 있으리라. 남이 만일 십 리를 함께 가자고 강요하면, 너는 그와 함께 이십 리를 가라. 남이 만일 너의 윗옷을 가져가면, 너는 아래옷마저 주어라. 남이 만일 너의 것을 가져가면 그것을 돌려달라고 다그치지 말라. 모든 것을 구하는 사람에게 주고, 돌려달라고 하지 말라. 하늘에 계신 아버지는 그 풍성한 선물을 모든 사람들이 나누어 갖기를 바라시니까. 이 훈계에 따라, 주는 사람은 복되도다…….

둘째 훈계, 죽이지 말라. 간음하지 말라. 길을 어지럽히지 말라. 도둑질을 하지 말라. 주술呪術을 행하지 말라. 남을 해치지 말라. 이웃에 속하는 것을 탐내지 말라. 맹세하지 말라. 거짓맹세를 하지 말라. 나쁜 말을 입에 올리지 말라. 악한 것을 기억하지 말라. 이심二心을 품지 말라. 한 입으로 두 말을 하지 말라. 너의 말은 헛되이 거짓이 많아서는 안 되며, 행실과 합치되어야 한다. 많은 욕심을 내지 말라. 간특한 꾀를 내지 말라. 위선자가 되어서는 안 된다. 못된 마음을 가져서는 안 된다. 오만해서는 안 된다. 이웃에 대해 나쁜 계략을 꾸미지 말라. 어떠한 사람에 대해서도 증오심을 갖지 말고, 가진 자는 이를 책망하고 있는 자에게는 기도를 올리고, 가진 자는 자기의 영혼 이상으로 이걸 사랑하라…….

나의 아들아! 모든 악惡 및 악과 유사한 것을 피하라. 노여워하지 말라. 노여움은 살육의 길로 이끄나니. 질투하지 말고, 소견이 짧아서는 안 된다. 이러한 성질은 살육의 원인이 된다. 나의 아들아! 다정하지 말라. 다정함은 음탕의 길로 이끈다. 음란한 말을 좋아하지 말라. 그것은 간음으로 이끈다. 나의 아들아! 주술을 행하지 말라. 이것은 우상 숭배로 이끈다. 요술이나 마술을 부리지 말라. 또 그러한 것을 보고 싶어하지도 말라. 이는 모두 우상 숭배이다. 나의 아들아! 거짓말을 하지 말라. 거짓말은 도둑질로 이끈다. 물욕物慾에 빠져 허영심을 갖지 말라. 그것은 모두 도둑질

의 원인이 된다. 나의 아들아! 원망하고 한탄하지 말라. 그
것은 모독冒瀆으로 이끈다. 무모한 짓을 하지 말라. 나쁜 마
음을 품지 말라! 그것은 모두 모독의 원인이 된다. 나의 아
들아! 부드럽고 온화해야 한다. 부드럽고 온화한 자는 땅
을 물려 받을 것이다. 인내심을 기르고, 자애로워지고, 못
된 마음을 버리고, 겸손하고 선량해져야 한다. 언제나 네가
듣고 있는 말에 주의하라. 뽐내지 말라. 제 마음에 교만함
이 깃들게 하지 말라. 자기의 마음을 교만한 자에게 맞추지
말고, 바르고 겸손한 자에게 향하게 하라. 자기의 몸에 생
기는 것은, 모두 선善으로서 이를 받아들이고, 하나님의 뜻
없이는 아무것도 생기지 않음을 알라…… 나의 아들아! 모
든 분열分裂의 원인을 만들지 말고, 다투는 자들을 화해시
켜라. 받기 위해 손을 내밀지 말고, 주려는 손을 당기지 말
라. 망설이지 말고 주고, 또 주면서 탄식하는 소리를 내지
말라. 가난한 자에게서 얼굴을 돌리지 말고, 세상의 모든
동포와의 교제를 유지하고, 무엇이든 자기의 소유물이라고
말하지 말라. 어릴 때부터 자기의 아이들에게 신神의 두려
움을 가르쳐라. 화가 나는 대로 하인이나 하녀를 질책하지
말라. 그들이 너희 주종 주인 및 하인 위에 계시는 신을 두려워
하지 않게 된다. 하나님이 오셨을 때, 신분에 따라 우리를
부르지 않고 성령을 준비해 둔 자를 부르실 테니까.

죽음의 길은 다음과 같다. 우선 첫째로 이 길은 악惡과 저주로 충만해 있다. 여기는 살육, 간음, 바람기, 음탕, 도둑질, 우상 숭배, 요술, 독해毒害, 약탈, 위증僞證, 위선, 이심二心, 속임수, 오만함, 울분, 긍지, 탐욕, 독설毒舌, 선망, 대담함, 자만심, 허영심 등으로 충만해 있다. 여기는 선善을 박해하는 자, 진리를 증오하는 자, 거짓을 사랑하는 자, 정의正義에 보답하려 하지 않는자, 좋은 일이나 올바른 봉사奉仕에도 참여하지 않는 자, 좋은 일을 멀리하고 나쁜 일에는 민첩하게 달려드는 자, 겸양과 인내를 멀리하는 것을 만족해하고, 또 여기에는 허영을 사랑하는 자, 앙갚음을 추구하는 자, 가난한 사람에게 동정심을 갖지 않는 자, 고통받는 사람을 위해 애쓰지 않는 자, 자기의 조물주를 모르는 자, 자식을 죽이는 자, 신神의 모습을 말살시키는 자, 가난한 사람을 외면하는 자, 학대받는 사람을 괴롭히는 자, 부유한 사람을 보호하는 자, 가난한 사람을 법에 어긋나게 재판하는 자 등, 온갖 죄인罪人으로 충만해 있다! 아들들아, 그러한 사람들을 징계하라!⋯⋯"

그는 이 사본寫本을 끝까지 읽기도 전에, 진리를 탐구하려는 성의를 갖고, 책을 — 타인의 사상을 — 읽는 사람들에게 흔히 볼 수 있는 심정을 경험했다. 그는 마음 속 깊은 곳에서, 이 사상을 고취하는 사람들과의 정신적인 교감交感을 경험한 것이다. 그는 앞에 쓰여 있는 것을 보면서 읽어갔다. 그리고 책에 쓰여 있는 사상에 동감했을 뿐만 아니라, 어쩐지 자기가 그 사상을 서술하고 있는 듯한 느낌이 들었다.

그의 마음에는 별로 두두러지게 와 닿지는 않지만 아주 흔해빠진, 그러나 이 세상에서 가장 신비롭고 의미 심장한 현상이 일어난 것이다. 그것은 이른바 생자生者가 사자死者와 교감하여 하나가 됨으로써 진정한 생자가 되는 것이었다. 율리우스의 영혼은 이 사상을 기술하여 그의 마음에 불어넣은 사람과 하나가 되었다. 이 하나가 된 것을 경험한 후에 그는 자기 자신과 자신과 생활을 뒤돌아보았다. 그러자 자신도 그의 생활도, 모두 하나의 무서운 과오처럼 생각되기 시작했다. 그는 생활하고 있던 게 아니라, 온갖 생生의 우려憂慮와 유혹에 의해 자기의 내부에 있는 진정한 생활의 가능성을 말살시키고 있었던 것이다.

"생명을 소멸시키고 싶지 않다. 살고 싶다. 생生의 길을 걷고 싶다" 하고 그는 자신에게 말했다.

그는 전에 만났을 때에 판필리우스가 말했던 것을 모조리 기억해냈다. 이제 와서 생각해 보니, 그것은 모두 의심할 여지가 없을 만큼 명료한 일들이었기 때문에, 어째서 그때 낯선 남자의 말을 믿고, 기독교도들이 지내고 있는 곳으로 가려는 의지를 버렸을까 하고, 스스로도 이상하게 여겨질 정도였다. 그리고 또 그는 "이 세상의 일을 모두 경험하고 나면, 그때는 가도 좋다"고 말한 낯선 남자의 말도 생각해냈다.

"그런데 나는 이 세상의 일을 모두 경험했지만 무엇 하나 발견할 수 없었다" 그리고 그는 판필리우스의 말도 생각해냈다. 언제라도 찾아오면 기꺼이 그를 동료로 맞아들이겠다는 그 말이었다. "아니 이젠 망설이고 괴로워하는 일은 더 이상 필요 없다" 하고 그는 자기 자신에게 말했다. "모든 걸 버리고, 그들과 한패거리가 되자. 그리고 여기에 쓰여 있는 바와 같은 생활을 하자." 그는 아내에게 이 이야기를 했다. 그러자 아내도 그의 의도를 기꺼이 환영했다.

아내는 어떤 일이든 각오가 되어 있었다. 문제는 어떤 식으로 자기의 생각을 실행하느냐 하는 것 뿐이었다. 대체 아이들은 어떻게 해야 할 것인가? 함께 데리고 갈 것인가, 아니면 할머니한테 두고 갈 것인가? 데리고 간다면, 어떻게 될까? 지금까지 편하고 자유로운 교육을 받아온 터라, 갑자기 궁핍하고 어려운 생활을 하게 할 수 있을까? 여자 노예는 함께 데리고 가라고 권했다. 그러나 어머니는 아이들을 걱정하여, 할머니 곁에 남겨두고 가는 게 좋겠다며, 자기들 두 사람만 가자고 말했다. 결국 그렇게 하기로 부부의 의견이 일치했다. 모든 게 결정되었다. 단지 율리우스가 병석에 누워 있기 때문에 실행을 하지 못하고 있을 뿐이었다.

7

이러한 기분으로 율리우스는 잠이 들었다. 이튿날 아침에 잠에서 깨어났을 때, 여행 중인 노련한 의사가 면회를 청하고 있다는 전갈이 왔다. 율리우스는 기꺼이 맞아들였다. 그 의사는 바로 율리우스가 기독교도들이 지내고 있는 곳으로 가는 도중에 길에서 만났던 그 낯선 남자였다.

대충 상처입은 데를 진찰한 다음, 의사는 강정제強精劑로서 약초藥草를 복용하도록 처방했다.

"나는 팔을 사용하는 일을 할 수 있게 될까요?" 하고 율리우스가 물었다.

"할 수 있고 말고요. 전차戰車를 다루거나 글을 쓰는 건 — 그야 가능하죠."

"그러나 거친 일은 — 땅을 파는 일 따위는요?"

"나는 그런 일은 생각하지 않았어요" 하고 의사는 말했다. "왜냐하면 그런 일은 신분으로 보아 할 필요가 없으니까."

"오히려 내게 필요한 것은 바로 그런 일이에요" 하고 율리우스는 말했다. 그리고 의사를 향해, 지난번에 헤어진 이후로 그의 충고에 따라 이 세상의 일들을 경험해 보았지만, 인생은 약속한 것을 안겨주지 않을 뿐만 아니라, 도리어 실망을 가져다 주었을 뿐이므로, 자기는 이번에 또 그때 이야기한 것과 같은 생각을 실행하려 하고 있다고 자초지종을 이야기했다.

"하하, 보아하니 그들이 또 그 속임수를 이용하여 당신을 부추긴 모양이군. 당신 정도의 신분을 갖고 있고, 갖가지 직무를 짊어지고 있으면서, 특히 아이들에 대해 무거운 책임을 지고 있으면서도, 그래도 그들의 혼미를 알아채지 못하고 있다니."

"이걸 읽어보세요." 어제 읽은 사본을 의사에게 건네주면서 율리우스는 말했다.

의사는 사본을 받아들고, 한 번 흘끔 눈길을 주었다.

"이것은 잘 알고 있어요" 하고 그는 말했다. "나는 이 속임수를 잘 알고 있기 때문에, 어째서 당신과 같은 현명한 사람이 이런 함정에 걸려들었는지 그 점이 정말 알 수 없군요."

"무슨 말을 하시는지, 나는 통 알 수가 없군요. 대체 어디에 함정이 있습니까?"

"모든 문제는 인생에 있어요. 그 패거리들은, 그 소피스트*는, 인간과 신神에게 반역하려 하고 있는 자들은, 행복한 생生의 길이라는 것을 주장하고 있지만, 그 길이라는 것은, 모든 사람이 똑같이 행복해질 수 있는 생활 방법이라는 거예요. ─ 전쟁도 사형死刑도, 빈궁도, 음탕함도, 투쟁도, 증오도 없어지는 생활 방법이라고 하지요. 그들의 주장에 의하면, 인간이 그리스도의 계율을 지켜, 다투지도 않고, 음탕함에 탐닉하지도 않고, 맹세도, 폭력도 사용하지 않고, 민중이 서로 적대敵對하지도 않게 되었을 때에 비로소 그러한 상태가 실현된다는 겁니다. 그러나 목적을 수단으로 생각하고 있는 점에서 그들은 스스로 잘못을 저지르고 있는 거요, 아니 기만하고 있는 거요. 그들의 목적은 다투지도 않고, 맹세하지도 않고, 음탕한 짓에 탐닉하지도 않는다는 것인데, 이 목적은 사회 생활의 방법에 의해 비로소 도달할 수 있는 것이오. 그들의 주장을 비유해서 말하자면, 마치 궁술弓術을 가르치는 스승이 제자들을 향해, 화살이 똑바로 과녁을 향해 날아가야만 비로소 과녁을 맞힐 수 있다고 말하는 것과 같아요. 그런데 어떻게 하면 화살이 똑바로 날아가느냐 ─ 그것이 문제인 거요. 이 목적을 달성하기 위해서는 활 시위가 강하게 메워지고 활에 탄력이 있고, 화살이 쪽 곧아야 해요. 인간의 생활도 이와 마찬가지 이치지요. 다투지도 않고, 음탕한 짓에 탐닉하지도 않고, 서로 죽일 필요도 없는 그러한 인간 최고의 생활은, 활 시위즉 지배자, 활의 탄력즉 권력, 쪽 곧은 화살즉 법法의 구성 등이 갖추어졌을 때에 도달할 수 있는 거요. 그런데 그들은 보다 좋은 생활의 추구를 구실삼아, 개선되었거나 개선되어가고 있는 생활을 모두 파괴하고 있어요. 그들은 지배자나 권력이나 법률도 인정하려 하지 않지요."

"그러나 그들의 주장에 의하면, 만일 인간이 그리스도의 가르침을 지켜가면, 지배자나 권력, 법률 등이 없는 편이 도리어 생활이 좋아진다는 겁니다."

"그래요. 그러나 인간이 그 가르침을 지킨다는 것을, 대체 무엇으로 보증할 수 있겠소? 아무것도 없어요. 그들의 주장은 이런 거요 — 너희는 권력과 율법 밑에서의 생활을 경험했지만, 생활은 완전한 게 되지 못했다. 그러므로 한 번 권력이나 법률도 없는 상태를 경험해 보라, 틀림없이 생활이 완전해질 테니 — 이렇게 말하는 거요. 역시 이러한 상태를 경험한 사람은 없으므로, 그것을 부정할 권리를 가진 사람은 하나도 없어요. 그러나 요컨대 거기에, 저들 무신론자들의 소피즘이 명료하게 나타나 있는 거요. 그들이 이런 말을 하는 것은, 마치 농부가 다른 사람을 향해, '자네는 땅에 씨앗을 뿌리고 흙으로 덮고 있지만, 그래도 자네가 바라는 수확은 얻을 수 없네. 그래서 내가 충고를 하겠는데, 바다에 씨앗을 뿌려 보게. 그러면 틀림없이 잘 될 걸세— 하는 것과 같아요. 사람은 이 가정假定을 부정할 권리를 갖고 있지 않아요. 아직 실험한 적이 없으니까."

"그래요. 그건 맞는 말이에요" 하고 율리우스는 마음의 동요를 느끼면서 말했다.

"그러나 그뿐만이 아니오" 하고 의사는 말을 계속했다. "이런 일은 어처구니가 없고 있을 수 없는 일이지만, 가령 세상 사람들이 모두 물약이라도 마시고, 기독교의 근본 뜻을 터득하여, 모두 갑자기 그리스도의 가르침을 실행하고, 하나님과 이웃을 사랑하며, 십계十戒를 실천하기 시작한다고 가정합시다. 가령 그렇다고 해도, 역시 그들의 가르침에 따른 생활의 길은, 도저히 엄밀한 비판을 견뎌낼 수가 없을 것이오. 그렇게 되면 생生이라는 것은 없어지고, 생은 중단되어버릴 거요. 그들의 교사는 집도 없는 독신자였으므로, 그를 따르는 자들 역시 같은 신세가 될 거요. 내가 상상해 보건대 온 세계의 사람들이 그렇게 되어버릴 거요. 지금 살아 있는 사람은 무사히 생애를 마친다 해도, 그 자녀들은 도저히 일생을 온전하게 마칠 수 없을 거요. 온전하게 살아갈 수 있는 자는 10명 중 한 명 정도에 지나지 않을 거요.

그들의 가르침에 의하면, 아이들은 모두 평등해야 한다 — 어머니에게 있어서나 아버지에게 있어서나 — 자기의 자식이나 남의 자식이나 모두 구별이 없다는 것이오. 이래가지고야 어떻게 아이들을 잘 보호할 수 있겠소. 실제로 우리가 보고 있는 바와 같이, 지금도 어머니의 내부에 잠재해 있는 그토록 강한 사랑과 열정을 갖고도 아이들을 무서운 죽음으로부터 완전히 보호하지 못하고 있는데, 만일 그것이 단순한 애련哀憐의 정情으로 바뀌어 모든 아이들에게 똑같이 기울인다면 어떻게 되겠소? 어떤 아이를 골라내어 보호해야 하나요? 열이 펄펄 끓는 아이 옆에서 며칠 밤이라도 지새우는 사람은, 어머니 외에 달리 누가 있겠소? 자연은 유아幼兒를 위해 갑옷을 만들어 주었는데, 그것은 어머니의 사랑이오. 그런데 그들은 그것을 빼앗아버리고, 대신할 것을 주려고 하지 않아요. 또 자기 아이를 교육하고 그 정신을 통찰하는 사람은, 아버지 외에 또 누가 있겠소? 누가 위험한 것을 제거해 주겠소? 그들은 이러한 걸 모두 빼앗으려 하고 있소. 생활 전체를, 즉 인류의 존속을 빼앗아 버리려 하고 있는 거요."

"그것은 정말 맞는 말입니다." 의사의 웅변을 듣고 마음이 움직인, 율리우스는 자기에게 이렇게 말했다.

"그렇고 말고, 너는 그런 어리석은 생각은 버리고 분별있게 생활을 해야 해. 더욱이 지금은 네 양 어깨에 그런 우대하고 중요한 그리고 절박한 의무가 지워져 있지 않은가. 그것을 실천하는 것은 명예로운 일이다. 너는 지금 제2의 회의懷疑시대에 접어들었지만, 그러나 계속 앞으로 나아가야 한다. 그러면 의심은 사라져 버릴 것이다. 너의 제일의 의무는 자식들의 교육이 아닌가. 너는 지금까지 아이들을 소홀히 해왔다. 그들에 대한 너의 의무는 그들을 국가에 유용한 인재로 키우는 것이다. 국가는 네가 갖고 있는 모든 것을 안겨 주었으니 너 자신도 국가에 봉사하고 자기의 아이들을 유요한 재목으로 제공해야만 한다. 그리고 제2의 의무는 — 바로 사회에 봉사하는 일이다. 너는 실패했기 때문에 낙담, 실망하고 있지만 — 이건 일시적인 우연에 지나지 않는다. 어떤 일에든 노력과 투쟁없이는 얻을 수 없다. 승리의 기쁨은 정복하기 곤란했던 것에서만 비로소 맛볼 수 있는 것이다. 기독교의 성경에 쓰여있는 그런 미망迷妄된 말들을 고마워 하는 것 따위는 배우자에게 맡겨둬라. 너는 사나이답게 임하고, 아이들도 사나이답게 길러야만 한다. 이것은 우선 의무를 자각하는 데서부터 시작하는 것이 좋다. 그렇게 하면 너의 의심은 모두 사라져 버릴 것이다. 그것은 결국 너의 병적인 상태에서 생겼던 것이니까. 국가에 봉사하고 아이들도 같은 봉사를 향해 준비시킴으로써 공공의 의무를 다하도록 해야 한다. 아이들이 너를 대신할 수 있게끔 홀로서기 할 수 있게 한다면 그때야말로 너의 마음에 흡족한 생활에 조용히 몸을 맡기도록 하라. 그렇게 되기까지는 네 맘대로 할 권리가 없다. 가령 그렇게 해보아도 괴로움 이외에 아무것도 발견할 수가 없을 것이다."

B

약초의 효험인지, 아니면 현명한 의사의 충고 때문인지, 아무튼 율리우스는 이윽고 건강을 회복하여, 기독교도의 생활을 동경하던 마음은 스스로도 어리석은 공상처럼 생각되었다.

잠시 체재한 후에 의사는 떠나갔다. 율리우스는 그 후 완쾌되어 병상을 털고 일어났다. 그리고 그 의사의 충고에 따라 새로운 생활을 시작했다. 그는 아이들을 위해 교사를 고용하고, 자기가 그 교육을 감독했다. 자기 자신의 시간은 모두 공공 사업에 바치고, 이윽고 시중市中에서도 커다란 세력을 얻게 되었다.

이런 식으로 율리우스는 1년을 보냈다. 그 동안 기독교도에 관한 일 따위는 한 번도 생각에 떠올리지 않았다. 그러나 1년이 지난 후에, 그 도시에서 기독교도에 대한 재판이 벌어지게 되었다.

기독교도의 선교宣教를 억압하기 위해, 로마 황제의 특사가 킬리키야에 도착했다. 율리우스는 기독교도를 박해할 방책方策이 강구되리라는 소문을 들었지만, 판필리우스가 살고 있는 공동 부락에는 관계가 없으리라고 생각되어, 별로 그에 대해서는 생각해 보지도 않았다. 그러나 어느 날, 자기가 근무하고 있는 관청으로 가려고 광장을 걸어가고 있는데, 남루한 옷차림을 한 중년 남자가 그에게로 다가왔다. 그는 처음에는 알아보지 못했지만, 그 남자는 판필리우스였다. 판필리우스는 그의 옆으로 다가왔다.

"자네, 잘 있었나?" 하고 그는 말했다. "실은 자네에게 긴히 부탁할 일이 있네. 그러나 요즘처럼 기독교도가 박해를 당하고 있는 시절이므로, 자네가 나를 친구로 인정해 줄지 어떨지 알 수가 없구먼. 나같은 사람과 교제하여 자기의 지위를 잃을까봐 두려워하지는 않는가?"

"나는 아무것도 두려워하지 않네" 하고 율리우스는 대답했다. "그 증거로 자네를 집으로 데리고 가겠네. 뿐만 아니라 자네의 이야기를 들어보고, 자네에게 도움이 되어 줄 수 있다면 시장市場 일을 집어치워도 상관없네. 자, 함께 가세.

그런데 그 어린애는 누구 아이인가?"

"내 아이야."

"하긴 그런 건 묻지 말았어야 하는 걸 그랬네. 자네를 꼭 닮았구먼. 이 푸른 눈도 그렇고 ─ 그러기에 누가 자네의 아내인가 하는 것도 묻지 않아도 알겠네. 6년 전에 자네와 함께 보았던 그 미인美人이지? 그녀의 눈을 닮았어."

"맞아" 하고 판필리우스는 대답했다. "자네와 만난 다음에 곧 그녀는 내 아내가 되었지."

두 친구는 율리우스의 집으로 들어갔다. 율리우스는 아내를 불러 어린애를 돌보게 하고, 판필리우스와 함께 안쪽의 호화로운 방으로 들어갔다.

"여기서는 무슨 이야기를 해도 상관없네. 아무도 엿듣는 사람은 없으니까" 하고 율리우스는 말했다.

"나는 남이 엿들어도 별로 두렵지 않다네" 하고 판필리우스는 대답했다. "게다가 나의 부탁도, 지금 붙잡혀 있는 기독교도들을 재판하거나 사형에 처하지 않도록 해달라는 게 아니라, 단지 그들이 여러 사람들 앞에서 자기의 신앙을 고백하도록 허용해 달라는 거라네."

그렇게 말하고 판필리우스는 관헌에게 체포된 기독교도들이, 자기들의 상태를 감옥 안에서 공동 부락으로 알려왔다고 이야기했다.

키릴르스 장로는 판필리우스와 율리우스의 관계를 알고 있기 때문에, 기독교도를 위해 탄원하는 역할을 판필리우스에게 의뢰했다.

기독교도는 사면해주기를 원하고 있는 것은 아니었다. 그들은 그리스도가 가르친 진리를 증명하는 일을 자기들 생애의 사명이라고 생각하고 있었다. 그들은 80년 이상의 긴 생활에서 그것을 증명할 수도 있었지만, 동시에 순교의 길로써 증명할 수도 있었다. 어느 쪽이든 그들에게 있어서는 마찬가지였다. 어차피 피할 수 없는 육체의 죽음은, 지금 당장이든, 아니면 50년 후이든 어느 쪽이든 무섭지 않고, 도리어 기쁜 일이었다. 그러나 자기들의 죽음이 사람들에게 유익해진다면, 그들에게 있어선 바람직한 일이다. 그래서 그들은 판필리우스를 사자使者로 보내, 재판이나 사형도 대중의 면전에서 이루어지도록 운동하게 한 것이다.

율리우스는 판필리우스의 부탁을 듣고 깜짝 놀랐지만, 가능한 한 노력해 보겠다고 약속했다.

"나는 자네에게 노력하겠다고 약속했지만" 하고 율리우스는 말했다. "그러나 그것은 자네에 대한 나의 우정과, 자네가 언제나 나의 마음에 불러일으켜주는 따스하고 부드러운 감정 때문이네. 그렇다 하더라도, 미리 말해두어야겠는데 자네들의 가르침은 더할 나위 없이 미치광이 같은 유해한 것이라고 생각하고 있네. 내가 이렇게 생각하는 것은, 나 자신도 지난번에 실망과 와병의 포로가 되었을 때, 완전히 의기 소침하여 또다시 자네들의 생각에 동감하게 되었었지. 그래서 다시금 모든 걸 버리고 자네들이 사는 곳으로 가려고 했었네. 나는 자네들의 미망迷妄이 어디에 잠겨 있는지 잘 알고 있지. 왜냐하면 나 자신도 그 속을 통과해 왔으니까 — 그 미망은 자기 자신에 대한 사랑과 연약한 정신과, 병적病的인 무기력함에서 오는 걸세. 그것은 여자들의 종교야. 남자가 믿을 게 못 돼."

"그 이유가 뭔가?"

"자네들은 인간의 본성에 불화의 씨앗이 숨어 있어서, 거기서 폭력이 생겨난다는 것을 인정하면서도, 그것에 관련되기를 싫어해서 남에게 맡겨버리고 싶어하는 거야. 더구나 자기는 노력하지 않으면서, 폭력을 기초로 한 이 세상의 조직을 이용하고 있지 않은가. 도대체 이게 옳은 일인가? 세계는 항상 지배자의 존재에 의해 유지되고 있네. 이 지배자가 자기가 모든 노고勞苦와 책임을 떠맡아, 우리를 외적外敵, 내적으로부터 방어해주는 거야. 그 대신 우리 백성은 이 지배자에게 복종하며, 그들에게 존경의 뜻을 표하거나 그들이 하는 일을 돕거나 하지.

그런데 자네들은 그 자만심 때문에 자기의 노력으로 국

무務에 참여하고 그 공로에 따라 점차 세상 사람들로부터 존경을 받으려 하지 않고, 그 자만심 때문에 느닷없이 모든 사람을 평등하다고 말하지. 이는 곧 누구도 자기보다 훌륭한 사람은 없다, 자기는 황제皇帝와 동등한 사람이다 라고 말하고 싶기 때문이지. 자네들은 자기도 그렇게 생각하고 있거니와, 남에게도 그렇게 말하며 가르치네. 약한 자나 게으른 자에게는 이건 꽤나 커다란 유혹이지. 어떤 노예든 힘들여 일하는 대신, 자기는 황제와 동등하다고 말할 수 있으니까. 그뿐만이 아냐. 자네들은 조세租稅나 노예 제도, 재판, 형벌, 전쟁 등도 ― 인간을 하나로 묶어 두는 것을 모두 처음부터 부정하고 있네. 만일 세상 사람들이 자네들이 말하는 대로라면, 사회는 붕괴되어 버려, 우리는 야만시대로 되돌아갔을 걸세. 자네들은 국가 속에 있으면서 국가가 붕괴되었다고 선전하고 있는 거야. 그런데 자네들의 존재 자체가, 국가라는 것을 근본 조건으로 하고 있는 게 아닌가. 만일 국가가 없었다면 자네들도 존재하지 않았을 것임에 틀림없네. 자네들은 모두 스키치아인ㅅ 또는 자네들의 존재를 제일 먼저 알아챈 다른 야만인의 노예가 되어 있었을 걸세.

자네들은 마치 종기 같은 존재야. 몸을 파괴하는 주제에, 그 몸이 없었으면 생기지도 못하고 자랄 수도 없어. 살아 있는 육체는 그것과 싸워서 파괴시켜 버리지. 우리와 자네들과의 관계도 마찬가지야. 그렇게 될 수밖에 없어. 자네의 부탁을 실행하고 자네를 돕겠다고 약속은 했지만, 그래도 나는 자네들의 가르침을 가장 해롭고 가장 저열한 것이라고 생각하고 있네. 내가 저열하다고 말하는 까닭은, 현재 자기를 길러주는 어머니의 유방을 깨무는 게 비겁한 것과 마찬가지로, 국가의 복지福祉를 이용하면서 그 근본인 조직에 관여하지 않고 그것을 파괴하려고 하는 것은 결코 옳은 일이라고 할 수 없기 때문이야."

"자네의 말에는" 하고 판필리우스는 말했다. "많은 진리가 포함되어 있을지도 몰라. 만일 우리가 정말로 자네가 생각하고 있는 그런 생활을 하고 있다면 말일세. 그러나 자네는 우리의 생활을 알지 못하고, 그릇된 관념을 갖고 있다구.

우리가 자기들을 위해 채택하고 있는 생활 방법은 폭력의 도움을 받지 않아도 이룰 수 있는 거라네. 인간이라는 것은 건강할 때에는 자기의 생활에 필요한 것 이상의 많은 돈벌이를 할 수 있도록 만들어져 있다네. 여러 사람들과 함께 지내고 있기 때문에, 우리는 같이 일을 하여 어린애나 노인, 환자, 허약한 사람 등을 부양할 수 있다네.

그리고 자네의 말에 의하면, 지배자는 외적이나 내적으로부터 백성을 방어해 준다지만, 우리는 적을 사랑하므로 우리에게 있어서는 그러한 것이 존재하지 않는다네. 또 자네의 주장에 의하면, 우리가 노예에게 황제가 되려는 희망을 갖게 한다고 하는데, 그것은 정반대의 말이네. 우리는 말이나 행동을 통해서 단 하나만을 선전하고 있네. 그것은 참을성 있는 복종과 노동일세 ― 가장 비천한 일로 여겨지고 있는 단순노동자의 일이지.

우리는 국무國務 따위에 대해서는 무엇 하나 알지도 못하고 이해하지도 못하네. 우리가 알고 있는 건 하나밖에 없어. 그 대신 확실하게 알고 있지. 즉 우리의 행복은 타인의 행복이 있는 곳에 숨겨져 있다는 것, 그래서 우리는 그 행복을 찾고 있는 걸세. 그런데 모든 사람의 행복은 그 결합 속에 존재하는 것일세. 그 결합에 도달하려면, 폭력이 아닌 사랑에 의해서만 가능하지. 노상 강도가 통행인에게 저지르는 폭력은, 군대가 포로에게 가하는 폭압暴壓이나 재판관의 피고에 대한 폭압과 같은 정도로 우리의 의분義憤을 불러일으키지. 그러므로 우리는 그 어느 쪽에도 관여할 수가 없다네. 스스로 노력하지 않고, 폭력을 이용한다는 것은 불가능 하지. 폭력은 우리에게도 반사反射되지. 그러나 우리가 말하는 폭력에 대한 관여란, 그것을 타인에게 적용하는 것이 아니라, 스스로 유순하게 그것을 참고 견디는 일이야.”

“그런가” 하고 율리우스가 판필리우스의 말을 가로막았다. “그러나 자네들은 진리를 위해 목숨을 버리는 순교자인 체하고 있을 뿐이야. 진리는 자네들 쪽에 있지 않아. 자네들은 사회 생활의 기초를 모두 파괴하려 하고 있는 오만한 미치광이에 지나지 않아. 자네들은 말로만 사랑을 선전하고 있지만. 그러나 자네들의 사랑에서 흘러나오는 것을 분석해 보면 전혀 다른 결과가 나오지 않는가 ─ 자네들의 사랑에서 생겨나는 것은, 살인이나 폭력, 약탈 등의 야만 시대의 상태로 되돌아가는 것이지. 자네들의 가르침에 의하면, 그런 행위는 어떤 속박도 받으면 안 되는 모양이니까 말야."

"아니, 그렇지 않아." 판필리우스가 말했다. "만일 자네가 진정으로 우리의 가르침이나, 우리의 생활에서 흘러나오는 것을 공평하고 주의깊게 살펴보려고 한다면, 그 속에서 흘러나오는 게 살인이나, 폭력, 약탈 따위가 아니라, 도리어 그러한 죄악과 싸워 이기기 위해서는 우리가 사용하고 있는 방법에 의하는 수밖에 없다는 것을 스스로 알게 될 걸세. 살인이나 약탈 따위의 모든 악惡은 기독교가 출현하기 이전에도 언제나 이 세상에 존재하고 있었던 거야. 세상 사람들은 언제나 그것과 싸우고 있었지만 번번이 성공하지 못했다네. 결국 우리가 부정하고 있는 방법에 의했기 때문이야. 이 폭력으로써 폭력에 대응하는 방법은, 범죄를 억제할 힘이 없을 뿐만 아니라 사람들 사이에 잔인성과 증오심을 전파하여 도리어 범죄를 불러일으킬 뿐이지.

저 위대한 로마 제국을 보게나. 다른 어떤 나라든 저 로마처럼 법률에 대해 고려하고 있는 나라는 없다네. 법률 연구나 개선이, 하나의 특별한 학문으로 다루어지고 있지 않은가. 학교에서도 법률을 가르치고, 원로원元老院에서도 그 조사에 종사하고 있고, 가장 유능한 시민은 그 개선과 적용에 몰두하고 있네. 사법司法이라는 것이 최상의 선善으로 여겨지고, 재판관의 직무는 세상 사람들로부터 특별한 존경을 받고 있지. 그럼에도 불구하고 현재 세계에서 로마만큼 음탕하고 범죄가 많은 도시는 달리 또 없지 않은가. 잠깐 로마의 역사를 머리에 떠올려 보아도, 이전의 원시 시대의 로마가, 갖가지 좋은 점을 많이 갖고 있었음을 금방 알게 되지. 더구나 그때는 아직 법률이 지금만큼 완성되어 있지 않았던 시대야. 그런데 우리의 시대에 이르러서는 법률의 연구, 개선, 적용과 병행하여, 로마 사람들의 도덕심은 더욱 타락하여 범죄의 수가 점차 증가되고 범죄의 종류도 점점 복잡하고 교묘해져 가고 있네.

실제로 그렇게 될 수밖에 없었던 범죄뿐만 아니라 모든 악과 싸워서 이기기 위해서는 오직 기독교의 무기, 즉 사랑에 의지하는 수밖에 없으므로, 복수나 형벌, 폭력 등의 이교적異教的인 무기는 아무런 도움도 되지 못하지. 자네도 아마 그렇게 생각할 거야 — 인간이 형벌이 두려워 악한 짓을 삼가는 것보다 그런 짓을 하고 싶지 않다고 스스로 바라는 게 좋을 거야. 감옥에 갇혀 있는 죄수는 간수가 지키고 있기 때문에 나쁜 짓을 하지 않지만, 도대체 자네는 모든 사람이 그렇게 되면 좋을 거라고 생각하나? 인간이 악을 바라지 않고 선을 따르게 하려면 예방, 중절中絶, 형벌 등을 목적으로 하는 법률의 힘에 의지할 수는 없네. 이 목적을 이루기 위해서는 인간의 내부에 뿌리를 내리고 있는 악의 근원과 싸워야 하네. 우리는 요컨대 그런 일을 하고 있는 걸세. 그런데 자네들은 그저 악의 표면적인 결과와 싸우고 있을 뿐이야. 자네들은 악의 근원에 도달할 수는 없을 걸세. 왜냐하면 자네들은 그것을 얻으려 하지도 않고, 그게 어디에 있는지 알려고도 하지 않기 때문이지.

살인, 약탈, 절도, 사기 따위와 같은 가장 일반적인, 종종 되풀이되는 범죄는, 자기의 수입을 증대시키고자 하는 인간의 욕망 때문에 생기는 거 아닌가? 그러나 때로는 단지 먹고 살 양식을 다른 방법으로는 얻을 수 없기 때문에 일어나는 경우도 있지. 이러한 범죄 가운데, 어떤 것은 법률로써 처벌받지만, 그러나 그런 의미에서 말해 가장 복잡하고 규모가 큰 범죄는 도리어 이 법률의 보호 하에서 이루어지고 있네. 이를테면 대규모의 상업상의 사기를 비롯하여, 그밖에 일반적으로 부자가 가난한 자를 착취하는 여러 가지의 잡다한 방법이지. 이런 범죄 중 법률에 의해 처벌되는 것은, 실제로 이로 인해 얼마간 억제할 수 있을 걸세. 아니 더 정확히 말하면, 어떤 종류의 단순한 범죄는 이 때문에 곤란해져서, 범인은 형벌에 대한 두려움 때문에 법망에 걸리지 않도록, 새로운 범죄 방법을 연구하면서 전보다 주의깊고 교묘하게 배회할 테지. 그런데 기독교적 생활을 하고 있으면, 그 생활 방법 자체에 의해 인간은 여러 가지 범죄로부터 자기를 지킬 수가 있다네. 이 범죄라는 것은 한편으로는 이익을 추구하는 데서 생겨나는 것이고, 또 한편으로는 평균 이상의 너무 많은 부富를, 한 사람이 축적하는 데서 생겨나는 거라네. 우리가 타인의 범죄, 즉 약탈이나 살인을 억제해서 방법은, 바로 자기 자신은 생활하는 데 꼭 필요한 것만을 이용하고, 자기의 노동의 잉여는 모두 타인에게 나눠주는 거야. 우리 기독교도는 하루하루 지내는데 필요한 것 외에는 거의 자기 곁에 남겨두지 않으며, 타인이 축적한 부富에 현혹되지도 않는다네. 굶주림 때문에 절망에 빠져 한 조각의 빵을 위해 범죄마저 저지르는 남자라도, 만일 우리에게 오면 굳이 범죄라는 수단에 의지하지 않아도 필요한 것을 얻을 수 있을 것이네. 왜냐하면 우리는 굶주린 사람, 추위에 떠는 사람과 마지막 남은 것을 나누기 위해 생활하고 있기 때문이지. 그 결과 어떤 범죄자는 스스로 우리의 곁을 떠나가고, 또 어떤 범인은 우리에게 접근해 오는 사이에 점점 공동 이익을 위해 일하는 노동자가 되어 그 속에서 자기의 구원을 발견하고 마침내는 범죄에서 벗어나게 된다네.

또한 다른 종류의 범죄는 방자한 욕정欲情에서 유발되지. 이를테면 질투나 복수, 동물적인 애정, 분노, 증오 따위인데, 이러한 종류의 범죄는 결코 법률로 억제할 수 있는 게 아니지. 이러한 범죄를 저지르는 사람은, 어떤 정욕情欲이 완전히 해방되어 동물적인 상태에 빠져 있기 때문에, 자기 행위의 결과를 고려할 여유가 없기 때문이지. 장해는 단지 그 정욕을 타오르게 할 뿐이야. 그러므로 법률의 도움을 빌려 이러한 범죄와 싸울 수는 없다네. 우리는 실제로 이러한 종류의 범죄와 투쟁을 계속하고 있다네. 우리는 인간의 영혼에서만 생生의 의의와 만족을 얻을 수 있으니까 자기의 정욕에 봉사하는 데는 만족을 얻을 수 없다고 믿고 있네. 우리는 스스로도 노동과 사랑의 생활에 의해 정욕을 조절하면서, 자기 내부의 정신적인 힘을 발달시키고 있어. 그러므로 우리의 수가 불어나서, 우리의 신앙이 넓고 깊이 보급될수록 그러한 범죄의 수는 필연적으로 감소되어 갈 걸세.

마지막으로 제3류類에 속하는 범죄는 타인을 도우려는 희망에서 생겨나지. 어떤 사람들은 민중의 운명을 경감시키고자 하는 희망 때문에, 비밀 결사를 조직하여 폭군을 쓰러뜨리면서, 많은 대중을 도울 수 있다고 생각하고 있지. 이러한 범죄의 근원은, 인간이 악의 도움을 빌려 선을 행할 수 있다고 착각하는 데 있는 거야. 사상思想에서 나오는 이러한 범죄는, 법률의 제재를 가함으로써 억제할 수 없을 뿐만 아니라, 도리어 그러한 형벌은 범죄를 장려하고 보급하는 결과를 가져온다네. 이러한 범죄를 저지르는 사람들은, 스스로도 혼미에 빠져 있으면서도 타인에게 봉사하려는 선량한 동기의 충동으로 행동하고 있는 것이지. 그들은 진지한 인간이며, 자기를 희생시키는 것조차 마다하지 않으므로, 어떤 위험 앞에서도 뒷걸음질치는 일은 없지. 따라서 형벌의 두려움도 그들을 억누를 수는 없지. 뿐만 아니라, 위험은 그들을 흥분시키고, 고통이나 형벌은 그들을 영웅의 지위에 끌어올려 타인의 동정을 모으고, 많은 사람들을 같은 길로 유도하는 것이라네. 이는 모든 국민의 역사에서 볼 수 있네. 우리 기독교도는 이렇게 믿고 있지— 악이 소멸하는 것은 악에서 필연적으로 생겨나는 자타自他의 불행을 모든 사람이 이해할 때에 한하지. 세계동포주의가 실현되는 것은, 우리들 한 사람 한 사람이 형제가 되었을 때일세. 형제 없이 세계 동포주의를 건설할 수는 없지. 우리는 이렇게 생각하고 있네. 우리는 비밀 결사의 미망迷妄을 간파하고 있지만, 그 성실성과 자기 희생의 정신에는 경의敬意를 아끼지 않으므로, 그들이 갖고 있는 좋은 점을 접촉점으로 하여 그들에게 접근하고자 하고 있네. 또 그들도 우리를 적敵으로 보지 않고, 자기들과 마찬가지로 선善을 바라는 진지한 인간이라고 생각하고 있으므로, 그들의 대부분은 우리 쪽으로 옮아오고 있지. 그리고 타인에 대한 부단한 배려를 기조基調로 하고 있는 조용한 노동 생활은, 인명의 희생을 수반하는 순간적 고행苦行보다도 비교가 안 될 만큼 유익하고 또 어렵다는 것을 터득하고 있지. 우리에게로 온 이러한 종류의 사람들은 우리 동료들 중에서도 가장 능동적이고 가장 왕성한 정신력을 가진 형제가 되었다네.

도대체 모든 종류의 범죄와 싸워, 그것을 근절시키는 데보다 많이 이바지 하고 있는 사람은 누구이겠나? 악이라는 것이 없는 정신생활의 기쁨을 보이면서 선행善行의 규범과 사랑으로 행동하고 있는 우리 기독교도일까 — 아니면 법률의 사문자死文字에 의해 판결을 내리고 결국 그 희생자를 멸망시켜 버리거나 혹은 극단적인 자포자기에 빠뜨리고 있는 자네들의 위정자나 재판관이겠는가?”

“자네의 말을 듣고 있으니까” 하고 율리우스는 말했다. “어쩐지 자네들 쪽이 더 그럴듯하게 여겨지는군. 그러나 한가지만 더 말해주지 않겠나, 판필리우스— 왜 세상 사람들은 자네들을 적대시하며 추궁하거나 박해하거나 죽이거나 할까? 왜 자네들의 사랑의 가르침 속에서 그런 불화가 생겨나는 것일까?"

"그 원인은 우리 자신의 내부에 있는 게 아니라 우리의 외부에 있네. 지금 나는 정부 측에서 보거나 우리가 보기에도 꼭같이 범죄로 인정되는 죄악에 대해 이야기를 했네. 이런 종류의 범죄는 국가가 정한 법률을 일시적으로 파괴하는 그런 폭력의 일종을 형성하고 있네. 그러나 이런 종류의 범죄 외에 또 다른 범죄가 있어. 사람에게는 자기 내부에 또 다른 영원한 율법을 의식하고 있지. 그것은 사람들의 가슴에 새겨진, 일반적인 인류 공통의 법률이야. 우리 기독교도는 이 일반적 인류에 공통한 신神의 율법에 따라, 무엇보다 명료하고 완전한 표현을 스승의 언행에서 발견하고 있네. 따라서 우리가 보기에는, 그리스도의 가르침을 따르지 않는 일체의 폭력은 모두 범죄인 것이라네. 즉 그 계율이 신의 율법을 나타내고 있기 때문이지. 우리에 대한 적의를 되도록이면 피하기 위해, 우리는 현재 살고 있는 나라의 국가적 법률도 지켜야 하네. 그것은 우리도 인정하지. 그러나 우리는 양심과 이성을 지배하는 신의 율법을 무엇보다도 준봉하고 있으므로, 신의 율법에 어긋나지 않는 국법만

따를 수는 없지. 카이저황제의 것은 카이저에게, 신神의 것은 신에게 돌려라이지. 우리가 목표로 하고 있는 것은, 자기들이 우연히 태어나 거기서 살지 않으면 안 되게 된, 한 국가의 법률를 위반하는 경우뿐만이 아냐. 우리는 무엇보다 먼저, 온 인류의 본성本性에 공통된 신의神意에 대한 범죄를 피하고 있는 것이라네. 그러므로 우리의 범죄에 대한 투쟁은, 자네들의 — 국가의 투쟁보다 훨씬 깊고 넓은 거야. 즉 이점은 우리가 신의 규율을 최고의 법률이라고 인정하는 점이, 개개의 법률 — 이를테면 국가가 정한 법률을 무엇보다도 고마워하고 때로는 자기들 주위의 관습을 법률로까지 떠받치는 자들을 걱정시키거나 분개시키곤 하는 걸세. 진정한 의미의 인간, 즉 그리스도가 '진리는 우리를 자유롭게 한다'라고 한 의미의 참인간이 되기를 바라지 않는, 내지는 그럴 만큼의 힘도 갖고 있지 않은 이러한 종류의 사람들은, 어느 한 국가의 신민臣民이나 사회의 일원이라는 상태에 안주하고 있기 때문에, 자연스런 결과로써 인간의 보다 높은 사명을 발견하고 증명하는 사람들에게 적의敵意를 품게 되는 거라네. 자기 자신 이 최고의 사명을 의식하기를 바라지 않거나 혹은 의식할 힘이 없기 때문에, 그들은 다른 사람에게도 그것을 허용하지 않는 걸세. 그런 사람들을 그리스도는 이렇게 말하고 있네. '율법을 통제하는 자는 재앙을 당하리라, 너희는 이해의 열쇠를 쥐고서도 자기도 들어가려 하지 않고 들어가려는 사람에게조차 방해를 하는도다' 자네가 우려하고 있는 우리에 대한 박해도 결국 이런 사람들 때문에 일어나는 거라네. 우리 자신은 누구에 대해서도, 우리를 박해하는 자에게마저도 적의를 품고 있지 않네. 또 우리의 생활 방식은 결코 타인에게 해독이나 손실도 안겨주지 않지. 만일 세상 사람들이 우리에게 반감을 갖고 적의마저 품고 있다면, 그것은 우리의 생활이 떠름을 기초로 하고 있는 그들의 생활을 폭로하여 그들에게 거북한 느낌을 갖게 하기 때문일 걸세. 우리가 발생시킨 것이 아닌 이 적의를 제거하는 것은, 우리의 힘이 미치지 않는 것이네. 왜냐하면 우리는 자기가 깨달은 진리를 포기할 수도 없고 양심이나 이지理知에 위배되는 생활을 시작할 수도 없기 때문이야. 우리의 신앙이 세상 사람들에게 불러일으키는 이 적의에 관해 스승은 이렇게 말하고 있네. '땅에 평화를 가져오기 위해 내가 왔다고 생각하지 말라. 평화를 가져오기 위해서가 아니라 칼날을 내리기 위해 왔느니라' 그리스도는 이런 적의를 자신도 경험했기 때문에 우리들 제자들에게 재삼 주의를 시키셨네. '세상은 그 행함이 악하기 때문에 나를 미워한다. 너희가 만일 세상 사람이 된다면 세상은 너희를 사랑하리라. 하지만 너희는 세상 사람이 되지 못하며,

내가 너희를 세상에서 선택하였기 때문에 세상은 너희를 미워하리라. 그러므로 너희를 죽인다고 해도, 나야말로 신을 섬기는 사람이라고 자부할 때가 오리라' 그러나 우리도 그리스도와 마찬가지로, 그저 육체를 죽이는 것 외에는 무엇 하나 할 수 없는 저들을 결코 두려워하지 않네. 진리의 빛을 받고 있는 우리는, 그 빛 속에서 살아가고 있는 거야. 그리고 이 생활은 죽음이라는 것을 모르지. 육체의 고통이나 죽음에 이르러서는, 어떤 사람도 이를 피할 수 없으니까. 우리의 목을 자르는 자도, 이윽고는 육체의 고통을 느끼며 마침내 죽음이 다가오겠지. 육체의 죽음 전에 아무런 힘도 없는 그들 불행한 인간들이 어떠한 고통을 경험할지는 생각만 해도 오싹 소름이 끼친다네. 아무튼 그들이 그토록 많은 걱정과 긴장된 노력으로써 평생 동안 획득한 모든 것을, 이 죽음과 함께 잃어야 하니까 말일세. 모든 고통중에서도 가장 무서운 이런 고통에서 우리는 고맙게도 처음부터 해방되어 있었다네. 우리의 행복은 육체의 고통을 맛보지 않는다든가 죽지 않는다든가 하는 그런데 있는 게 아니라, 자기 내부의 정신 생활을 높이고, 모든 상황에 있어서 마음의 평형을 유지하며 ― 우리의 의지와 상관없이 일어나는 모든 현상의 합리성과 필연성을 기꺼이 자각하고, 진리의 근원이 인간에게 부여한 최고의 선물인 양심과 이지理知에 충실한 자기를 인식하는 데 있지이게 가장 중요한 점이야. 그러므로 우리에게 반감을 갖는 박해자 때문에 고통 따위는 느끼지 않네. 고통을 느끼는 건 우리가 아니라 그들이지. 그들은 품 속에 감춰둔 뱀처럼 자기들의 마음 속에 감춰두고 있는 적의敵意와 증오 때문에 괴로워하는 거라네. '빛은 세상에 퍼져 있지만, 세상 사람들은 그 나쁜 행함 때문에 빛보다 어둠을 사랑했느니라' 이것이 그들에 대한 심판인 거라네. 이를 고통스러워할 필요는 없지. 진리는 결국 최후의 승리를 차지하는 것이니까. '양은 양치기의 목소리를 듣고 그 뒤를 따른다. 그들은 그 목소리를 알기 때문이다.'

이리하여 그리스도의 양떼는 멸하지 않을 뿐만 아니라, 지상 구석구석에서 새로운 양들을 끌어들이면서 점차 커져가고 있지, 왜냐하면 '바람은 저절로 분다. 너희는 그 소리는 들어도 어디서 와서 어디로 가는지는 모르지 않느냐' 이지."

"그런가" 하고 율리우스는 판필리우스의 말을 가로막았다. "그러나 자네들 중에 성실한 사람이 많이 있는지 모르겠네. 나는 자네들에 관한 이런 비난의 소리를 곧잘 듣는다네. 자네들은 진리를 위해 흔연히 죽어가는 순교자인 체 할 뿐이고, 진리는 자네들 쪽에는 없네, 자네들은 사회 생활의 기초를 모두 파괴하려고 하는 오만한 미치광이에 지나지 않는다고 하더군."

판필리우스는 아무 대답도 하지 않고, 걱정스러운 듯이 율리우스를 바라보고 있었다.

8

율리우스가 그렇게 말하고 있을 때, 판필리우스의 아이가 방 안으로 뛰어들어와 아버지에게 착 달라붙었다. 율리우스의 아내가 열심히 비위를 맞추어 주었는데도 아이는 그녀의 곁에서 빠져나와 아버지에게 달려온 것이다.

판필리우스는 한숨을 쉬고 아이를 달래면서 일어섰다. 하지만 율리우스는 그를 붙잡으며 좀더 남은 이야기도 하고 식사도 하고 가기를 권했다.

"나는 조금 놀랐네" 하고 율리우스는 말했다. "자네가 결혼하여 아이를 두고 있다니 나는 아무래도 납득이 안 가는군. 자네들 기독교도는 사유 재산을 부정하면서 어떻게 아이를 키울 수 있나? 기독교도인 어머니는 자기 아이의 의지할 곳 없는 불안한 입장을 알면서 어떻게 아무렇지 않게 있을 수 있나?"

"어째서 우리의 아이가 자네들의 아이에 비해 불안한 입장에 놓여 있다는 말인가?"

"다름아니라 자네들에게는 노예도 없고 재산이라는 것도 없기 때문이지. 나의 아내는 대단히 기독교에 마음이 기울어져 있어서 한때는 이 생활을 버리려고까지 생각했을 정도야. 그건 6년 전의 일이었네. 나도 그때 함께 자네들이 사는 곳으로 가려고 생각했었다네. 그러나 무엇보다도 아내가 걱정했던 것은, 아이들을 기다리고 있을 불안과 빈궁이었네. 그래서 나도 그 생각에 동의하지 않을 수 없었네. 그때는 내가 병중이었던 때인데, 나는 내 생활이 아주 싫어져서 모든 걸 버리고 싶어졌던 거야. 그런데 지금 말한 아내의 걱정도 그랬고, 한편으로 나를 치료해준 의사의 반대도 있었지. 그 의사의 말에 의하면, 자네들이 보내고 있는 기독교적 생활은 독신자에게는 좋은 일이기도 하고 가능하기도 하지만, 가족을 가진 사람이나 아이가 딸린 어머니 등이 있을 곳은 못된다고 하더군. 자네들이 하고 있는 그런 생활을 보내면 인생은, 결국 온 인류는 멸망하고 말 거라고 하더군. 그것은 실제로 지당한 말이야. 그래서 자네가 아이를 데리고 나타났을 때, 나는 각별히 깜짝 놀랐던 거라네."

"아이는 하나가 아냐. 집에 젖먹이 하나와 세 살짜리 딸아이 하나가 더 있네."

"대체 그건 어떻게 된 일인지, 한 번 설명해 주게. 나는 아무래도 납득이 가지 않네. 5년 전에 나는 모든 걸 버리고 자네들이 사는 곳으로 갈 각오를 했었지. 그런데 내게는 아이가 있기 때문에 나 한 사람에게는 아무리 좋은 길이더라도 아이를 희생시킬 권리는 없다고 깨달은 거야. 그래서 나는 아이들을 위해 본디대로의 생활을 계속하면서 나 자신이 성장하고 생활해 온 것과 같은 조건에서 그들을 양육하기로 결심한 거라네."

"기묘하군" 하고 판필리우스는 말했다. "우리는 그와는 정반대의 생각을 하고 있네. 어른은 비록 속세의 생활을 하고 있더라도 ─ 그건 허용할 수 있지. 어른은 이미 손상된 인간이니까. 그러나 아이들만은?

이야말로 무서운 일이군! 어린애들을 데리고 속세의 생활을 하는 것은, 바로 그들을 유혹하는 짓이네! '이 세상은 재앙인지고. 그것은 좌절하기 때문이다. 좌절, 실패는 반듯이 오게마련. 그러나 실패하는 자에게는 재앙이 따른다.' 우리의 스승은 이렇게 말하고 있네. 내가 이런 말을 하는 것은 반박을 하기 위해서가 아냐. 정말로 그렇기 때문이지 ─ 우리가 현재처럼 생활하지 않으면 안 되는 가장 큰 이유는, 요컨대 우리들 사이에 어린아이가 있기 때문이야. '너희가 어린아이와 같지 않으면, 천국에 들어갈 수 없느니라'고 그리스도께서 말씀하셨는데, 바로 그 어린애들 때문이야."

"하지만 어째서 기독교도의 가정은, 일정한 생활 규율規律을 갖고 있지 않나?"

"생활 규율이라는 것은, 우리의 신앙에 의하면 단 하나밖에 없다네— 그것은 남을 위해 사랑을 갖고 일하는 것이지. 그런데 자네들의 생활 규율은 폭력이라구. 그것은 부富가 소멸하는 것과 마찬가지로 소멸할지도 모르는 것이 아닌가? 그렇다면 뒤에 남는 것은 오직 인간의 노동과 사랑뿐이지. 모든 것의 기초가 되는 것은 굳게 지키고 크게 키워가지 않으면 안 된다, 이것이 우리의 신조야. 이 기초만 있으면 가족은 생활에 곤란해지지 않을 뿐만 아니라 도리어 행복한 나날을 보낼 수 있는 거지."

"자네의 생각은 틀린 거야 — 하고 판필리우스는 계속했다. — 가령 내가 기독교의 가르침에 의심을 품고, 그것을 실행하기를 주저했다손 치더라도, 이교異敎의 세계에서 양육되고 있는 아이들, 자네나 자네의 아이들이 성장한, 그러한 조건에서 양육되고 있는 아이들의 운명을 생각하기만 하면, 그러한 의혹이나 주저도 이내 사라져버릴 걸세. 우리들 소수의 인간이 아무리 생활을 윤택하게 하려해도— 궁전을 짓거나, 노예를 두거나, 외국에서 온갖 값비싼 물품을 갖고 올지라도, 대부분의 사람들의 생활은 여전히 현재와 같은 상태에 머물러 있을 거야. 이 생활의 보증은 단 하나밖에 없네, 인간들의 사랑과 노동이야. 사람은 자기 자신이나 자기의 친구들, 폭력에 호소해서라도 이 조건에서 해방시키려 하고 있네 — 사람에 의하지 않고 남을 자신에게 봉사시키려 하고 있지. 더구나 놀랍게도 — 그렇게 해서 남이 자기 자신을 보장하면 하는만큼 자연히 영원하고 진정한 보증인 사랑을 더욱더 잃게 되는 것이지. 왕王의 권세가 커지면 커질수록 그 왕에 대한 사랑은 줄어드는 걸세.

또 하나의 보증 — 노동에 관해서도 같은 말을 할 수 있지. 인간이 노동을 기피하고 사치스러워지면 질수록 점점 노동 능력을 잃어가고, 따라서 영원하고 진정한 보증은 박탈당하게 되는 걸세. 세상 사람들은 자기의 아이들을 이러한 조건 하에 두고 있으면서 그것을 삶의 보증이라고 말하고 있지. 시험 삼아 자네 아이와 내 아이를 불러, 길을 찾게 하거나 말을 전하게 하거나 어떤 일을 시켜보세. 어느 쪽이 그걸 잘 해내는지 지켜보세. 그리고 아무 학교에라도 보내 보라구. 어느 쪽이 더 기꺼이 채용될 것인지를. 아니 기독교도의 생활은 아이가 없는 사람만이 할 수 있다니, 그런 무서운 말은 하지 말아줘. 그건 전혀 정반대로 생각하고 있어. 이교도의 생활이야말로 아이가 없는 사람에게만 허용되어야 할 걸세."

'그러나 이 작은 아이 하나를 비틀거리게 하는 자는 화가 미칠지어다'라구.

율리우스는 잠자코 있었다.

"그래" 하고 마침내 율리우스는 말했다. "자네의 말대로일지도 모르지. 그러나 아이들의 교육은 이미 일단 시작한 것이고, 훌륭한 교사도 확보해 두었으니까, 내가 알고 있는 것은 아이들에게도 모두 익히도록하세, 해가 되지는 않겠지. 나에게 있어서나 아이들에게 있어서도 아직 시일時日이 있으니까. 아이들이 어른으로 성장한 다음에, 만일 자기들이 필요하다고 생각되면 자네들이 사는 곳으로 가겠지. 또 나는 나대로 아이들을 독립시켜 자유로운 몸이 되면 그것을 실행할 수도 있을 걸세."

"진리를 알면 자유로워지네" 하고 판필리우스는 말했다. "그리스도는 즉시 완전한 자유를 안겨주시네. 하지만 속세의 가르침은 결코 그것을 부여하지 않지. 그럼 잘 있게."

이렇게 말하고 판필리우스는 자기 아이와 함께 돌아갔다.

재판은 공개되었다. 율리우스는 그 장소에서 많은 기독교도들과 함께 순교자의 시체를 치우고 있는 판필리우스를 보았다. 그는 그를 보았지만 관헌官憲의 의심이 두려워 가까이 다가가지 않고 자기 쪽으로 오도록 부르지도 않았다.

10

그로부터 또 12년이 지났다. 율리우스의 아내는 죽었다. 그의 생활은 공공公共사업의 심로心勞와 권력을 추구하는 동안에 유수처럼 흘러갔다. 그 권력들은 손에 잡힐 듯하다가는 또 빠져나가고 했다. 그의 재산은 막대해지고 계속 늘어났다.

아들들은 모두 장성했고, 특히 둘째 아들은 사치스러운 생활을 하기 시작했다. 그는 아버지가 재산을 모으고 있는 통桶 밑바닥에 큰 구멍을 뚫어버리고 말았다. 재산이 모이면 모일수록 그 구멍으로 흘러빠지는 속도도 더해 갔다. 율리우스와 아들들 사이에는, 예전에 율리우스 자신과 아버지 사이에 벌어졌던 격심한 투쟁이 시작되었다. 분노와 증오, 질투가 있을 뿐이었다. 더구나 마침 이 무렵, 새로 부임해온 태수太守:지방 장관가 율리우스를 괴롭히기 시작한 것이다. 율리우스는 이전에 아부하고 추종하던 자들로부터도 소외를 당하고 이제는 추방될 처지에 놓이게 되었다. 그는 진정陳情을 하기 위해 로마로 갔지만, 그의 소원은 받아들여지지 않고, 그대로 귀국하라는 명령을 받았다.

집에 돌아와 보니, 아들은 방탕한 청년들을 집에 끌어들여 놓고 있었다. 키리키야에는 율리우스가 죽었다는 소문이 퍼져 있었기 때문에, 아들은 아버지의 죽음을 축하하고 있는 중이었다. 율리우스는 앞뒤를 분별하지 못하고 아들을 마구 때렸다. 아들은 죽은 것처럼 그 자리에 쓰러졌다. 율리우스는 아내의 방으로 가보니, 거기에 복음서福音書가 놓여 있기에 무심코 읽어보았다. '모든 지쳐버린 자나 무거운 짐을 진 자는 내게로 오라, 내가 너희를 쉬게 하리라.'

"그렇다" 하고 율리우스는 생각했다. '이 사람은 이미 오래 전부터 나를 부르고 있었던 거야. 그런데 나는 그걸 믿지 않고 고집을 부렸기 때문에 내 멍에는 더 무거워지고, 내 짐은 악이었던 거다.'

한참 동안 율리우스는 복음서의 사본寫本을 무릎 위에 펼쳐놓은 채, 지난 날의 생활을 생각해 보기도 하고, 기회 있을 때마다 판필리우스와 주고받은 이야기를 회상하면서 언제까지나 꼼짝 않고 앉아 있었다.

이윽고 율리우스는 일어서서 아들에게로 가 보았다. 그러나 아들은 이미 멀쩡하게 서 있었다. 그래서 율리우스는 자기가 마구 때렸지만 아무런 위해危害도 없었음을 확인하고 이루 말할 수 없으리만큼 기뻤다.

아들에게는 한 마디도 하지 않고, 율리우스는 밖으로 나갔다. 그리고 기독교도들이 살고 있는 부락을 향해 걷기 시작했다.

그는 하루 종일 걸은 뒤 저녁때에 묵어가기 위해 어느 농가農家에 들어갔다. 그가 들어간 방에, 먼저 온 한 남자가 누워 있었다. 남자는 발소리를 듣고 일어나 앉았다.

그는 이전에 만났던 그 의사였다.

"안 돼요. 이번에는 나를 설복說伏 시킬 수 없을 거요" 하고 율리우스는 외쳤다. "나는 벌써 세 번째 길을 나선 거에요. 그곳 말고는 마음의 평안을 찾을 곳이 없음을 깨달았어요."

"어디에서?" 하고 의사는 물었다.

"기독교도들이 살고 있는 곳이오."

"그래, 어쩌면 마음의 평안을 찾을 수 있을지도 모르지. 그러나 자네는 자기의 의무를 다하지 못할 걸세. 자네에게는 남자다움이 결여되어 있기 때문에 불행에 정복당한 거요. 진정한 철학자는 그런 식으로는 하지 않네. 불행— 그것은 단지 황금을 시험하는 불에 지나지 않네. 자네는 도가니 속을 빠져나와 이제야 말로 자네도 세상에 유용한 재목이 되었는데, 이제 와서 도피하려 하는군. 이제야말로 남이나 자신도 시험해 보도록 하게. 자네는 진정한 지혜를 얻었으니까, 그것을 국가의 복지福祉를 위해 사용해야 하네. 인간이나, 그 정욕이나, 인생의 조건을 인식한 사람들이, 자기의 지식이나 경험을 사회의 공익에 제공하는 대신에, 편안함을 추구하는 노력에 묻어버린다면, 나라 안의 사람들은 대체 어떻게 되겠나? 삶에 관한 자네의 지혜는 사회 속에서 얻은 것이니까, 자네는 그것을 이 사회에 바치지 않으면 안 돼요."

"그러나 나에게는 아무런 지혜도 없어요. 나는 머리끝에서 발끝까지 미망迷妄으로 가득차 있습니다. 미망을 갖게 된 지 오래 되지만, 그렇다고 해서 결코 지혜로 변하지는 않아요. 물은 아무리 오래 되어 썩어도 결코 술이 될 턱이 없으니까요."

율리우스는 이렇게 말하고 외투를 집어들고는 그대로 그 집을 뛰쳐나와 쉬지도 않고 앞으로 계속 걸어갔다.

이튿날 저녁때에 그는 기독교도들의 부락에 도착했다. 이 부락 사람들로부터 존경받고 있는 판필리우스의 친구인 줄은 모른 채 사람들은 기꺼이 그를 맞았다.

식사 때에 판필리우스는 친구가 와 있음을 알게 되어, 기쁜 듯이 미소를 지으면서 그의 곁으로 달려와 그를 껴안았다.

"드디어 왔네" 하고 율리우스는 말했다. "무슨 일을 하면 좋을지 알려주게. 나는 자네가 시키는 대로 할 테니까."

"그런 것은 걱정하지 않아도 돼" 하고 판필리우스는 말했다. "함께 가세."

판필리우스는 율리우스를 안내하여, 신참들이 지내고 있는 집으로 데리고 갔다. 그리고 침대 하나를 가리키면서 이렇게 말했다.

"어떻게 하면 이곳의 여러 사람들에게 도움이 될 것인가 하는 것은, 우리의 생활을 잘 보고나면 납득이 갈 거야. 하지만 우선 한가한 시간을 이용하도록 자네에게 내일 한 가지 할 일을 일러 주겠네. 지금 포도밭에서 한창 수확을 하고 있으니까 거기에 가서 거들도록 하게. 어디가 자기가 있어야 할 장소인지 자연히 알게 될 걸세."

이튿날 아침에 율리우스는 포도밭으로 갔다. 첫번째 밭은 젊은 나무들뿐이어서 열매가 주렁주렁 달려 있어서, 젊은 이들이 그 열매를 따 모으고 있었다. 사방이 모두 막혀 있어, 오랫동안 샅샅이 돌아다녀 보았지만, 율리우스는 자기가 있어야 하는 장소를 발견하지 못했다.

그는 더 앞으로 가 보았다. 거기에는 좀 오래 된 밭이 있었고, 달려 있는 포도도 얼마간 적었다. 그러나 거기서도 율리우스가 할 일은 아무것도 없었다. 모두 두 사람씩 한 조組를 이루어 일하고 있었기 때문에, 그가 끼어들 여지는 없었다. 그는 더 걸어가서, 이번에는 아주 오래 된 포도밭으로 갔다. 포도 덩굴은 모두 구부러지고 비틀어 있고, 열매는 하나도 달려 있지 않는 것 같았다.

"나의 생애도 꼭 이와 같구나" 하고 그는 혼잣말을 했다. "만일 내가 처음 이리로 오려고 생각했을 때에 이곳에 와 있었다면, 나의 생애도 첫번째 포도밭 같았을 텐데. 만일 두번째로 마음먹었을 때에 와 있었다면 두번째 포도밭 같았을 것임에 틀림없다. 그런데 지금의 나의 생활은, 불쏘시개로나 쓰일, 아무 쓸모없고 노쇠한 포도 넝쿨과 마찬가지구나."

율리우스는 스스로 자기가 지나온 일을 돌이켜보고 깜짝 놀랐다. 그리고 허망하게 생애를 망쳐버린 보상으로서 지금 자기를 기다리고 있는 형벌의 공포 앞에서 전율했다.

율리우스는 수심에 잠겨 말했다.

"나는 아무 쓸모도 없다. 이제 와서 아무것도 할 수가 없다." 그는 그 자리를 뜨려고 하지 않은 채, 이미 돌이킬 수 없는 귀중한 것을 망친 것을 비탄하는 것이었다.

이때 갑자기 자기를 부르고 있는 노인의 목소리가 들려왔다.

"일을 하게나, 형제여" 하고 그 목소리는 말했다.

율리우스가 뒤돌아보니 눈처럼 흰 백발의 허리 굽은 한 노인이 가까스로 발을 옮기고 있었다. 그는 한 그루의 포도나무 옆에 서서 여기저기 남아 있는 달콤한 포도 열매를 따고 있다. 율리우스는 그 옆으로 다가갔다.

"일을 해요, 형제여. 노동은 즐거운 것이야."

그는 그렇게 말하면서 여기저기 남아 있는 포도송이를 찾는 방법을 가르쳐 주었다. 율리우스는 찾기 시작하여, 이윽고 몇 개의 포도송이를 발견할 수 있었다. 그는 그것을 갖고 와서 노인의 바구니 속에 담았다.

그러자 노인은 그를 향해 이렇게 말했다.

"자, 보라구. 저쪽 밭에서 따 모으고 있는 포도에 비해 이 포도송이는 대체 어디가 못한가?

'빛이 있는 동안에 빛 속을 걸어라'라고 우리의 스승께서 말하고 계시네. '하나님이 그 아들을 세상에 보내신 것은 세상 사람들을 심판하기 위해서가 아니라, 그로 하여금 세상 사람들을 구원하기 위해서이니라. 그를 믿는 자는 생명을 얻을 것이요, 심판의 날에 다시 살아나게 할 것이며 믿지 않는 자는 이미 심판 받았느니라. 이는 하나님의 독생자를 믿지 않기 때문이니라. 죄가 정해지는 까닭은, 빛이 세상에 왔는데도 사람들은 그 악의 행위로 인해 빛을 사랑하지 않고 도리어 어둠을 사랑하기 때문이니라. 악을 행하는 자는 모두 빛을 미워하고, 그 행위를 비난받지 않기 위해 빛 쪽으로 오지 않느니라. 하지만 정성을 행하는 자는 그 행위를 드러내기 위해 빛 쪽으로 오느니라. 신의 뜻에 따라 행하기 때문이니라.'

자네는 자기가 해온 것 이상의 일을 할 수 없다고 괴로워하고 있는데, 괴로워할 것은 없네. 형제여, 우리는 모두 신의 자식이기도 하고 신의 종이기도 하다네. 우리는 모두 신을 섬겨야 하는 한 동아리니까. 도대체 자네 외에는 신의 종이 없다고 생각하기라도 하나? 만일 자네가 한창 일할 나이에 하나님에게 열심히 봉사했다면, 그분이 필요로 하시는 걸 모두 성취할 수 있었을까? 하나님의 왕국을 건설하기 위해 인간이 해야 할 일을 모두 성취할 수 있었으리라고 생각하나?

배나, 십 배나 백 배를 더 많이 해낼 수 있었으리라고 자네는 말할지도 모르겠네. 가령 모든 인간보다 만 배나 억 배를 더 많이 성취했다 하더라도— 신의 조화造化 전체를 통해 보면 그게 대체 무엇일까? 미미하기 짝이 없고, 아무것도 아니네. 신의 조화는 신 자체와 마찬가지로 한도 끝도 없는 것이네. 신의 조화는 자네 속에 있다네. 하나님께 와서 일하는 사람이 아니라 아들의 한 사람이 되라구. 그러면 자네는 끝이 없는 신과 그 조화에 참여하는 사람이 될 걸세. 신의 곁에는 작은 것도 큰 것도 없어. 또 인생에도 작은 것도 큰 것도 없어. 그저 똑바른 것과 구부러진 것이 있을 뿐이지. 인생의 똑바른 길로 들어가게. 그러면 자네는 신과 함께 있게 될 걸세. 그리고 자네의 일은 크지도 작지도 않고, 오직 신의 일이 되는 거야. 하늘에서는 백 명의 의인義

人을 위해서보다도 한 명의 죄인罪人을 위해 보다 많은 기쁨이 얻어진다는 것을 상기하게. 속세의 일은, 자네가 체험해온 일은, 모두 자네의 죄를 보여주었을 뿐이네. 그러나 자기의 죄를 깨달았을 때, 자네는 회개하게 되지. 회개와 동시에 올바른 길을 발견한 것이지. 일단 똑바른 길을 발견한 이상, 신과 함께 그 길을 걸으며, 지나간 일이나 큰 것이나 작은 것도 생각하지 않는 게 좋아. 신에게 있어서는 살아 있는 모든 것은 동등하니까 말야. 단 하나의 신과 하나의 생명이 있을 뿐이야."

율리우스는 겨우 안심하고, 형제를 위해 힘이 미치는 한 일하면서 생활을 계속했다. 이리하여 기쁨 속에서 20년을 더 산 후에, 육체의 죽음이 찾아온 것도 깨닫지 못했다.

변명의 말

체르토코프

이 이야기에 관해 우선 미리 분명히 양해를 구해두어야 할 것은, 레프 니콜라에비치 톨스토이가 이 이야기를 그의 작품들 속에 포함시키기를 원하지 않았을 뿐만 아니라, 전집에 포함시키는 것조차 거부했다는 사실이다. 그러나 그가 이런 의미의 의사 표시를 한 것은, 이 이야기가 인쇄되어 널리 사람들에게 읽히게 된 지 수년 후의 일이었다.

우리가 이 작품을 이 전집에 편입시키기로 결정한 것은, 이 경우, 레프 니콜라에비치의 저자로서의 역할과 관련하여 어떤 오해가 생길 수 있는 가능성을, 이 해제解題에 의해 제거할 수 있으리라고 믿었기 때문이다. 이 이야기를 전혀 무시해 버리거나 혹은 단지 첫번째 원고의 단편斷片을 게재하는데 그치는 것은, 이 이야기가 오래 전부터 단행본으로 간행되어, 러시아뿐만 아니라 외국의 독서계에도 널리 알려져 있는 만큼 ─ 특히 여러 외국에서 호평을 받고 있는 만큼, 아무래도 적절치 못한 일로 느껴진다. 뿐만 아니라 이 작품이 창작되었을 때의 특수한 조건은, 또한 독자적獨自的인 흥미를 지니고 있다. 특히 레프 니콜라에비치가 사망한 후, 그의 문학적 노작勞作에 약간이나마 관계가 있는 모든 것에 깊은 애착을 갖고 있는 이들에게 있어서는 특히 그렇다.

1880년대 초엽에 내가 처음으로 레프 니콜라에비치의 지우知遇를 얻은 당시, 손궤 밑바닥에 묻혀져 있던 여러 가지 초고草稿를 정리하는 일에 종사하고 있을 때에, 나는 언제나처럼 잔글씨가 잔뜩 쓰여져 있는 몇 장의 종이를 발견했다. 그것은 그의 복안腹案을 세운 원시 기독교 시대의 이야기에 대한 프롤로그와 이야기의 처음과 끝임을 알 수 있었다. 나는 이 원고를 언제나처럼 정서淨書하는 동안에 이 단편적인 초고 속에 담겨 있는 아름다운 내용에 감동된 나는 톨스토이 옹翁을 향해, 제발 글을 쓰다가 짬이 나는 대로 이 이야기 속에 남아있는 공란을 초고의 형태로라도 좋으니까 메워주었으면 좋겠다고 요청했다. 왜냐하면 이야기 전체의 근본 사상이 독자에게 이해되지 않고 끝나 버릴까봐 두려웠기 때문이다. 레프 니콜라에비치 톨스토이는 이 일에 착수하여 꽤 오랫동안 그 퇴고推敲를 하느라 애썼다. 그리고 이야기의 중간에 결여되어 있던 에피소드 부분을 삽입하거나, 마지막에 기독교도가 된 주인공의 이상주의적 노력에 대항하는 이교도들의 물질론자의 논의를 특히 명쾌히 전개하기도 했다.

그러나 이 작품은 톨스토이 옹이 다른 기분이 되어 있던 때에 구상한 것이어서, 그 당시는 이미 전적으로 그의 마음을 차지하지 않고 있었다. 그래서 완전히 흥미를 잃은 옹은, 본질적으로 보면 미완성인 채로 이 일을 포기해 버렸다. 더구나 외면적으로 말하면 이 이야기는 완전히 원숙한 작품의 형식을 갖추고 있기는 했지만.

이 이야기는 원고인 채로, 레프 니콜라에비치 톨스토이의 친구들 사이에서 읽혀졌다. 그리고 전체적으로 톨스토이가 쓴 모든 작품과 마찬가지로 커다란 흥미를 불러일으켰다. 그러나 한편으로 그뿐만 아니라, 이 작품이 인생 및 인간 행위의 가장 근본적인 문제를 다루고 있는 점도 특히 깊은 흥미의 원인이 되기도 했다. 옹은 나중에 여러 논문에서 이 문제를 다루었지만, 그 무렵에는 아직 그다지 완전하고 자세하게 자신의 견해를 말하고 있지 않았기 때문에, 이 이야기에 묘사된 두 개의 세계관 — 이교적 및 기독교적 세계관 — 의 충돌이나, 이 두 개의 상이한 견지에서 본 인생의 여러 현상의 분석은, 새로운 길을 추구하는 청년들에게 있어

커다란 의의를 갖고 있었던 것이다.

  그렇다고는 하지만 사상적인 측면에서 볼 때, 이 이야기가 갖는 하나의 결점은 모든 사람들에게 인정받으면서도 독자의 마음에 불만을 남겨주었다. 왜냐하면 이교도의 주장이 자세히 그리고 근본적으로 기술되어 유감없이 명석하고 강한 인상을 주는 데 반해 기독교적 견지에서 시도된 반박이 많은 점에서 절제된 느낌을 주고 커다란 공백과 불완전함을 내포하고 있기 때문에, 작자 자신은 전적으로 기독교 편을 들고 있음이 느껴짐에도 불구하고, 이교도 측에 보다 많은 진리가 있는 것 같은 인상을 주고 있다. 만일 이야기 속에 더 직접적인 힘이 주입되어 있었다면, 묘사되어 있는 생활 자체가 모든 논의를 초월하여 독자의 심정을 사로잡고, 물질론자의 소피스틱한 주장을 정복했으리라. 그러나 앞에서도 말했듯이 작자가 흥미를 잃어버린 결과, 이 이야기에는 그러한 순수한 예술적 감흥이 너무 적기 때문에, 작품 그 자체도 겉으로 보기에도 소설이라기보다는 오히려 논쟁의 성질을 띤 이론적 대화의 연속이라 할 수 있는 형식을 채택하고 있다. 따라서 이 작품은 예술적 창작으로 보기보다는, 단지 인물을 빌려 표현한 '두 세계관의 검토'로 다루어지게 되었다. 그래서 답변 없이 내버려둔 물질론자의 논증에 반박을 가하여 기독교도의 주장을 보완할 필요성이 느껴졌다.

그런 관계로 레프 니콜라에비치의 친구 두세 명이 미리 보완했으면 좋겠다고 여겨지는 초안을 만들어, 옹에게 그것을 검토해 달라고 요청하자, 옹은 그들의 생각에 동감하여 이 초안을 세심하게 퇴고하기 시작했다. 이리하여 완성된 것이 지금 여기 독자들에게 권하고자 하는 이야기의 완전한 서술이다.

그러나 얼마 후에 원고를 재교열할 때, 너무 많은 추상적 논의가 이 작품을 가득 채우고 있는 점이, 레프 니콜라에비치의 눈에 비쳤다. 원래 이 작품은 예술적 형식으로 구상된 것이었다. 그래서 옹은 기독교도의 주장을 약간 할애했다. 그리고 또 얼마 후에 다시 전편을 읽어보고, 이 작품은 형식 면에서 전혀 성공하고 있지 않은, 그렇다고 순수한 예술적 작품도 아니어서, 엄정한 의미에서의 이론적 고찰도 아니고, 그 양자가 뒤섞인, 바람직하지 못한 결실이라고 느꼈다. 그때 옹은 이 노작勞作을 자기의 문학 작품 중에 넣지 않기로 결심한 것이다.

독자들의 편의를 위해 이 책에서는 레프 니콜라에비치가 이 이야기에서 삭제하려고 생각한 부분은 [ ]로써 구별하기로 했다. 우리가 전혀 옹이 집필하지 않은 이 부분 및 논의 속에 삽입한 그밖의 몇몇 부분도 보존하기로 결심한 것은, 옹이 이 부분에 아주 세심한 퇴고와 개작을 거듭하고, 손수 적당한 부분에 삽입시킨 사실을 존중하기 때문이다. 실제로 옹이 얼마나 많은 주의와 노력을 이 개정改訂에 기울이는 것을 자기의 의무라고 생각했는가 하는 것은, 이런 사실이 증명하고도 남음이 있지 않을까?

이상의 서술에 의해, 레프 니콜라에비치가 이 이야기에 서명하기를 거부하면서까지 피하려고 한 오해의 발생을 미연에 방지하는 동시에, 다른 한편으로는 작품 자체에 점차 가해진 많은 변경의 성질을 다소나마 알릴 수 있었으리라고 믿는다.

비뤼코프 역 '톨스토이 전집' 제12권 부록

} 연보

1828년 8월 28일 야스나야 폴랴나에서 톨스토이 백작 집안의
        넷째아들로 출생.
1830년 어머니 마리아 사망.
1836년 푸슈킨의 시 <바다에> 및 <나폴레옹>을 낭독하여 아버지
        를 놀라게 함.
1837년 아버지 니콜라이 뇌일혈로 급사, 이후 고모 댁에서 자람.
1838년 5월 25일 조모 베라게야 사망.
1840년 현존하는 최초의 시 <친절한 고모님에게> 씀.
1841년 고모 사망. 카잔으로 이사.
1844년 카잔 대학 입학. 동양어학과에서 아랍어와 터키어 전공.
1845년 동양어학과에서 법과로 전과. 이 무렵부터 철학적 명상에
        잠김.
1847년 괴테, 루소, 고골리 등의 저서 탐독. 대학 중퇴, 고향에서
        농장을 경영.
1849년 농민 자제를 위한 학교를 세움. 툴라 귀족회에 취직.
1850년 모스크바 생활의 자전적 <각서>를 쓰기 시작했으나 미완
        으로 그침.
1851년 <유년시대>를 구상.
1852년 카프카즈 포병대에 입대. <유년시대>를 집필하여 《현대
        인》지誌에 익명으로 발표. 단편 <습격>을 씀.
1853년 크림 전쟁 발발. 각지 전전. 단편 <크리스마스의 밤>을 탈
        고. <소년시대>를 쓰기 시작.
1854년 <소년시대>를 《세바스토폴리》에 전재.
1855년 <당구 기록원의 수기>, <산림 벌채>, <1854년 12월의 세
        바스토폴리>, <1855년 5월의 세바스토폴리>를 씀.
1856년 11월에 제대. <1855년 8월의 세바스토폴리>, <눈보라>,

<두 경기병輕騎兵>, <지주地主의 아침>, <진중 해후陣中邂逅>를 씀.

1857년	1월 서유럽 여행, 7월 귀국. 농업에 종사. <류세 른>, <아리벨리트>, <청년시대> 발표.
1858년	피아니스트 에르모르체 주재의 음악회 설립에 열중.
1859년	<세 죽음>, <결혼의 행복>을 발표.
1860년	교육 문제에 지대한 관심을 쏟음. 7월 재차 외국 여행. 맏형 니콜라이 사망.
1861년	농노해방령 선포. 4월 귀국. 야스나야 폴랴나 학교를 설립하고, 기관지《야스나야 폴랴나》를 간행. 투르게네프와 절교.
1862년	시의侍醫의 둘째딸 소피아 안드레예프나와 결혼. <카자흐 사람들>, <꿈>, <목가>, <폴리쿠시카>를 발표.
1863년	장남 세르게이 출생, <12월 당원> 쓰기 시작.《전쟁과 평화》구상. <호르스트메리>, <진보와 교육의 정의>를 발표.
1864년	장녀 타치야나 출생.《전쟁과 평화》<당시 제목은 1850년>을 쓰기 시작.
1865년	《전쟁과 평화》일부를 <러시아 통보>에 발표.
1866년	차남 일리야 출생.《전쟁과 평화》제 2권 탈고.
1867년	《전쟁과 평화》전 3권 완결.
1869년	3남 레프 탄생. 쇼펜하워와 칸트에 심취.《전쟁과 평화》전 4권 완결.
1870년	그리스어 연구, 그리스 고전 탐독.
1872년	<카프카즈의 포로>, <표트르 1세> 발표.
1873년	《안나 카레니나》를 쓰기 시작.《톨스토이 저작집》18권 간행.
1874년	<국민교육론> 발표.

1875년 《안나 카레니나》를 《러시아 통보》에 연재하기 시작. 《초등교과서》 제 1,2,3,4권 간행.

1877년 《안나 카레니나》를 탈고, 간행. 《참회록》 집필.

1878년 〈최초의 기억〉, 《안나 카레니나》 재판 간행.

1879년 〈12월 당원〉 미완성으로 끝남. 《참회록》 첫 부분 발표하여 러시아 내에서는 발행이 금지되었으나 계속 집필.

1880년 〈교의신학비판〉 간행.

1881년 알렉산더 2세 피살. 도스토예프스키 사망. 《사람은 무엇으로 사는가》, 〈요약복음서〉 간행.

1882년 모스크바 시세 조사市勢調査에 참가하여 빈민 생활을 보고 괴로워함. 《참회록》 완성하여 〈러시아 사상〉에 발표. 그러나 발행 금지됨.

1884년 〈나의 종교〉를 발표했으나 발행 금지됨. 젊을 때부터 좋아하던 사냥을 그만둠.

1885년 헨리 조지의 〈토지 국유론〉을 읽고 깊은 감명을 받아 사유 재산을 부정함으로써 아내와 의견 대립. 그 결과로 모든 저작권을 아내에게 양도함. 〈이반 일리이치의 죽음〉쓰기 시작. 아내의 힘으로 《톨스토이 저작집》 12권 간행.

1886년 《인생론》 쓰기 시작.

1887년 〈어둠의 힘〉 저작권을 버리고 3월부터 육식 끊음. 《인생론》을 발간했으나 발행 금지됨. 음주반대 동 맹 운동을 일으킴.

1888년 담배를 끊음. 초등학교 교사가 되기 위해 원서를 제출했으나 당국으로부터 거절당함.

1889년 논문 〈1월 12일의 기념제紀念祭〉 씀. 《예술이란 무엇인가》쓰기 시작. 《크로이체르 소나타》, 《악령》, 〈각성할 때다〉,

	<신을 섬겨야 하는가 혹은 황금을 섬겨야 하는가>, <손의 노동과 지적知的 노동> 등을 발표함.
1891년	중앙아시아와 동남아시아에 걸쳐 기근이 일어나자 농민 구제를 위해 활약함.
1893년	<무위無爲>를 <러시아 통보>에 발표. <종교와 국가> 집필. <노자老子>의 번역에 몰두함.
1894년	모스크바 심리학회의 명예 회원으로 뽑힘. <주인과 하인> 쓰기 시작.
1896년	<그리스도의 가르침>, <복음서는 어떻게 읽는가>, <현대의 사회 조직에 대하여>, 《예술이란 무엇인가》 등을 쓰기 시작.
1897년	《예술이란 무엇인가》 출판. <헨리 조지의 사상>, <국가와의 관계> 등을 씀.
1898년	두호보르 교도를 돕기 위한 자금 마련 방편으로 《부활》을 완성하기로 결심.
1899년	3월 《부활》을 발표하여 주목을 끌어 작가적 정열을 증명.
1900년	1월 아카데미 예술회원에 뽑힘.
1901년	그리스 정교正敎에서 파문됨. <파문 명령에 대한 종무원宗務院에의 회답>을 쓰기 시작.
1904년	전쟁반대론 <반성하라>, <유년 시절의 추억> 탈고. 《해리슨과 무저항》, 《과연 그러지 않으면 안되는가》 출판.
1905년	제1차 혁명의 발발로 국민의 폭동에 정부의 탄압이 가해지자 어느 쪽도 편들지 않고 몹시 고민함.
1906년	<인생 독본>, <셰익스피어론>을 <러시아의 말>에 게재.
1909년	탄생 80주년 기념 톨스토이 박람회가 페테르스부르크에서 열림.

1910년   단편 <모르는 사이에>, <마을의 사흘 동안>, 희곡 <모든 것의 근원> 씀. 10월 28일 새벽, 아내에게 마지막 글을 써놓고 집을 나가 도중에서 사형을 논한 <효과있는 수단>을 집필. 10월 31일 여행 중 병이 들어 랴잔 —— 우랄선 線 중간의 조그만 시골 역 아스타포보에서 내림. 11월 3일 최후의 감상을 일기에 씀. 11월 7일 오전 6시 5분 역장 집에서 눈을 감음. 11월 9일 야스나야 폴랴나에 묻힘.

* 옮긴이 | 김진욱

서울대학교 사범대학 졸업
한국교재개발공사 주간 역임.
역서 : 《작은 것이 아름답다》, 《우연과 필연》, 《갈매기의 꿈》,
　　 《타임머신》, 《적극적 사고방식》 등이 있음.

톨스토이 작품집

초판 1쇄 발행 / 2017년 4월 20일

지은이　톨스토이
옮긴이　김진욱
펴낸이　윤형두
펴낸데　종합출판 범우(주)

등록번호　제406-2004-000012호
등록일자　1966년 8월 3일
주소　　　(10881) 경기도 파주시 광인사길 9-13 (문발동)
전화　　　031)955-6900~4, 팩스 031)955-6905

잘못된 책은 바꾸어 드립니다.　　　교정·편집 : 김영석

ISBN 978-89-6365-163-7
　　　978-89-6365-161-3(세트)
홈페이지 www.bumwoosa.co.kr
이메일 bumwoosa1966@naver.com